人间失格

にんげんしつかく

〔日〕太宰治◎著

杨　晔◎译

煤炭工业出版社

·北　京·

图书在版编目（CIP）数据

人间失格／（日）太宰治著；杨晔译. --北京：煤炭工业出版社，2017（2022.5 重印）

ISBN 978-7-5020-6234-7

Ⅰ.①人… Ⅱ.①太… ②杨… Ⅲ.①中篇小说—小说集—日本—现代 Ⅳ.①I313.45

中国版本图书馆 CIP 数据核字（2017）第 265239 号

人间失格

著　　者　（日）太宰治
译　　者　杨　晔
责任编辑　马明仁
装帧设计　小　许

出版发行　煤炭工业出版社（北京市朝阳区芍药居 35 号　100029）
电　　话　010-84657898（总编室）
　　　　　010-64018321（发行部）　010-84657880（读者服务部）
电子信箱　cciph612@126.com
网　　址　www.cciph.com.cn
印　　刷　德富泰（唐山）印务有限公司
经　　销　全国新华书店

开　　本　880mm×1230mm 1/32　印张　8　字数　200 千字
版　　次　2017 年 11 月第 1 版　2022 年 5 月第 7 次印刷
社内编号　9114　定价　30.00 元

译者序

一、太宰治介绍

太宰治原名津岛修治，日本小说家。明治四十二年(1909年)6月19日，他出生于青森县的金木村(现为五所川原市金木町)。父亲津岛原右卫门曾任众议院议员、贵族院议员，同时经营银行、铁路。母亲体弱多病，他自小在姑母和保姆的照顾下长大，直到小学二年级，才得知母亲的存在。母爱的缺失，对太宰治的人生有着不容小觑的影响。

从小学开始，太宰治就擅长作文。中学时期，太宰治的创作热情更加高涨，在小说、杂文、戏剧领域都有所涉猎，并倾倒于芥川龙之介和泉镜花的文学作品。太宰治十八岁那年，他喜爱的作家芥川龙之介自杀，给他的心灵带来巨大的冲击和影响。1930年，太宰治考入东大法文科，初遇井伏鳟二，并尊为老师。同年，他以资金援助方式参与日本共产党的重建工作；他还与艺伎小山初代私奔，因而与家庭断绝关系，另立门户。二十一岁时，他与银座咖啡馆的女招待投海自杀未遂。此后，太宰治便退学了。文学、爱情、革命是他青年时期文学创作的三大主题。

太宰治思想消沉、幻灭，不满现实人生，几度自杀未果。1935年，他因短篇小说《逆行》入围第一届芥川奖。1939年，他的短篇小说《女生徒》获第四届北村透谷奖。同年，在井伏鳟二夫妇的撮合下，他与石原美知子结婚。婚后，太宰治度过了一段家庭和精神都较为安定的生活，他写出了《富岳百景》《斜阳》《快跑！梅勒斯》等作品，成为当代流行作家。战争结束后，太宰治迎来了创作的黄金时期。1947 年，他描写颓废文人家庭生活的小说《维荣之妻》完稿，他的重要作品《斜阳》同年开始在杂志上连载。因为作品中弥散着浓郁的颓废气息，太宰治是无赖派当之无愧的旗手。

1948 年，他创作了小说《樱桃》，并以《如是我闻》再度震惊文坛，并着手中篇小说《人间失格》的创作。此时，他肺结核病恶化，身体极度虚弱，经常咯血。在完成了《人间失格》后，他于 1948 年 6 月 13 日夜，与崇拜他的女读者山崎富荣一起跳玉川上水自杀，结束了绚烂而凄美的一生，时年 39 岁。

二、《人间失格》《维荣之妻》《斜阳》

太宰治的一生起起落落，充满波折，本身就是一部传奇。他的创作生涯虽然不足二十年，但他却留给我们许多耐人寻味的作品。时至今日，我们仍能从太宰治的作品里读到很多东西。本书选录了太宰治最重要的三部作品——《人间失格》《维荣之妻》《斜阳》。

首先是《人间失格》。

《人间失格》又名《丧失为人的资格》，是太宰治的遗作，可以算是天鹅之作，也折射出他一生的境遇。全书由序言、三篇手札及后记构成，是典型的太宰治式的套匣式结构。该书通过男主人公大庭叶藏，以第一人称的视角，带领读者进入一个悲剧世界。叶藏从小就连人最基本的吃饭的欲望都没有，对于他而言，吃饭都是一种痛苦。他从小就体弱多病，生性怯懦敏感，对人类充满恐惧不安，再加上世态炎凉、家人的虚伪和欺骗、校园生活的无趣以及社会现实的残忍冷酷，他痛感自己是这人世的“异类”。他扮演小丑，通过滑稽搞笑的演出来祈求“人类”的爱，同时掩饰自己的无能为力和恐惧不安。他为自己作为一个人而感到羞耻，认为自己失去了为人的资格，成为一个完全的“边缘人”。戴上假面是叶藏融入周遭的唯一手段。能够看穿他的，只有班上一个叫竹一的人。竹一曾给出两个预言：一个说叶藏将成为花花公子，一个说叶藏将成为了不起的画家。

这两个预言，应验了一个，叶藏成为一个花花公子。在东京求学期间，他在画塾结识了年长他6岁的堀木。在堀木的带动下，他酗酒、嫖娼、寻欢作乐。然而，他很快便开始深深厌倦这种生活。他曾积极参加非法的马克思主义社团。后来，他与同样孤寂的酒馆女招待常子到镰仓投海殉情。女方身亡，他却获救了。他以教唆杀人的罪名被短暂入狱，沦为罪人。在“比目鱼”家寄居一段时间后，他向堀木求援，看清了这个都市人丑陋自私的虚伪嘴脸。所幸，在堀木家，他认识了女记者静子，第一次过上了小白脸的生活，他帮忙照看孩子，也通过静子找到了画漫画的差事。叶藏未能改掉酗酒的恶习，最终离开静子，栖身于京桥“蓝花”酒吧的二楼。对面香烟铺子的姑娘良子爱上了他，两人结婚。和纯洁善良的良子结合，叶藏感到了以前从未有过的平静和安宁。良子信赖他人而遭到玷污，叶藏彻底崩溃。最终，叶藏陷入堕落的深渊，他沉湎于药物、买春、自杀、完全不理解他人，最终被送进了精神病院。从精神病院出来后，叶藏被送回乡下休养，年近六十的女佣阿铁负责照顾他，即便如此，有好几次，他都受到老女佣的侵犯。

太宰治也认为叶藏失去为人的资格了吗？不是的。我们从后记部分，与叶藏相识的京桥酒吧老板娘的话中可以得知。她说：“我们认识的阿叶，诚实又乖巧，要是不酗酒的话，不，就是他酗酒，他也是个天使一样的好孩子。”

可以说，《人间失格》是毁灭式的绝笔之作，是一部滴血的灵魂自白。本书蕴藏了太宰治短暂一生的种种境遇和迷茫挣扎。就算时过境迁，那种迷茫和彷徨都几乎贯穿了太宰治和我们每个人的青春。所以，人们视《人间失格》为残酷而永恒的文学，是“青春文学的巅峰之作”。

其次是《维荣之妻》。

维荣，是法国中世纪末期的近代诗先驱者弗朗索瓦·维荣，他才华横溢，放荡不羁，过着逃亡、入狱、流浪等悲惨生活，也因此成为放浪无赖者的代表人物。《维荣之妻》中的男主人公大谷穰治，是位作家，长年酗酒，四处风流，甚至在新年将至时，盗窃他人钱财，堪称“日本的维荣”。

被盗劫钱财的是经营酒馆的吉藏夫妇，他们追到了大谷和阿佐家里，请求大谷归还那五千元钱。大谷趁乱逃走。阿佐将吉藏夫妇请进自己家，一脸和气，礼貌地向吉藏夫妇赔罪，祈求他们暂时先不要报警。在这个破旧的小房子里，在昏黄的灯光下，吉藏向阿佐讲述了大谷在酒馆的种种表现。原来，大谷不但盗劫了五千元钱，还欠下酒馆很多酒钱。阿佐说她会想办法解决钱的事情。深夜，一筹莫展的阿佐躺在儿子身旁，祈求天不要亮。

次日，阿佐背起年小体弱的儿子，来到椿屋，无奈撒下谎言，说一两天定会有人来偿还那笔钱，在此之前，她作为人质在酒馆里帮忙。当晚，大谷在京桥酒吧老板娘的带领下，归还了盗劫吉藏的那五千元钱。一个人支撑整个家的阿佐，为了替丈夫还酒债，在酒馆当起了帮佣，很快便成为酒客们的焦点，备受欢迎。

女人、酒精，带给大谷安慰，却无法支撑他作为一个健全的人活下去。对于他而言，“男人只有不幸。男人时时刻刻都在与恐惧作战。”他只是活着而已，而且从来都是没有人样地活着而已。他经常有家不归，即便回来，也是深夜时分，喝得烂醉如泥。

与大谷不同，阿佐开朗地面对一切。从小说中，我们几乎看不到阿佐的怨言，她白天微笑着为酒客倒酒，承受酒客言语上或动作上的骚扰，整天忙碌地工作；深夜时分，她从睡榻上爬起来，温柔地迎接丈夫。就是这样的日子，阿佐仍然觉得幸福。

事情出现转变，正月月末的那个雨夜，阿佐没有带伞，店里的一个常客谎称自己住在小金井附近，护送阿佐回家，此后又谎称没电车，借住在阿佐家玄关的地板上，当夜趁机将阿佐玷污了。次日清晨，阿佐照旧去上班，见到在酒馆里边看报纸边喝酒的大谷，说要搬到酒馆来住，还留下意味深长的话：“没人性又如何？我们只要活着就行了。”

可以说，故事中的大谷和阿佐身上，闪烁着耀眼的光芒，两个人分别代表着日本“二战”后的男性和女性，男性软弱而女性坚强，形成了光与影明暗的人生对比。一向风格颓废的太宰治，通过阿佐形象，带给读者“活着的希望”。

2009年，在太宰治诞辰100周年之际，电影《维荣之妻——樱桃与蒲公英》得以拍成。这部作品以《维荣之妻》为基础，融入了《回忆》《灯笼》《樱桃》《二十世纪旗手》《蟋蟀》等数部作品的精髓。其中的“樱桃”和“蒲公英”分别象征着容易受伤却有着甜味被人所爱的大谷，以及能够在任何环境下成长的有着诚实之美的佐知。

最后是《斜阳》。

小说以和子第一人称回忆的方式展开。日本无条件投降那一年的12月初，和子和母亲听从和田舅舅的建议，卖掉了西片町老家的房子，遣散佣人，来到伊豆的中式山庄居住。两人在伊豆山庄的生活并不安静，母亲生病了。这个贵族家庭，已经开始没落。和子不慎引发火灾，幸好没酿成大祸，但她到各相关人士家道歉，说明她已经失去贵族小姐的身价。此后，和子尽心干农活，逐渐变成了一个健壮的村妇，而母亲则越加衰弱。

和子有个弟弟叫直治，在太平洋战争爆发时被征派到南方小岛去了，一直生死未卜。直治爱好文学，厌恶自己的出身，为了忘记这样的家庭，他漠视周围的一切，染上毒瘾。6年前，为了直治，和子去见他的文学老师——小说家上原二郎。两人分别时，上原先生给了和子一个吻，和子被动地接受了这个吻。那一年，和子离婚，所怀的孩子也是死胎。如今，直治回来了，依旧过着吃喝玩乐的生活，经常从家里拿钱，在外流连，使得这个本就靠变卖东西度日的家庭雪上加霜。

在近乎绝望之际，和子想到了上原先生，尽管知道他名声不好，而且有妻室，她还是给上原写了四封信，表示愿意做上原的妾，愿意为他生孩子。和子翘首以盼，可一直没得到上原的回信。就在她想要到东京直接去见上原时，母亲病危了，被诊断是肺结核，不治之症。

那个秋天的黄昏，日本最后一个贵妇人病逝了。母亲临终时，只有子女陪侍在身旁。当时，母亲脸色未变，薄薄的嘴唇含着安静的微笑，就像圣母玛利亚。在母亲病逝后，直治仍然过着放荡颓废的生活。和子没有沉溺在悲哀之中，她寻找新生活，并开始为之奋斗。她要寻找的是爱情。

那天，直治领一个舞女回家过夜，和子趁机离开家，到东京去找上原先生。此时的上原，已经和6年前判若两人，像个衰老的猿猴一样，窝在酒店的沙发里。当晚，和子终于实现了自己的愿望。天亮时，和子醒来了，她望着那个人的睡脸，那是张垂死之人的脸。

就是在这个早晨，直治在伊豆的山庄里自杀身亡。

纵观《斜阳》整篇，文笔简单优美，结构收放自如，是那么独特。那阴柔的笔调，让人完全沉浸于女人的内心世界中，根本想象不出是出自男人之手。《斜阳》以没落贵族家庭为背景，描写了“二战”后这一道德过渡期牺牲者的悲剧，好评如潮，被誉为“日本的《樱桃园》”。

三、日本“私小说”

日本一向都有“私小说”传统。私小说一词于1920年散见于当时的报刊上。广义解释为凡是作者以第一人称的手法来叙述故事的，就成为私小说。但多数人更倾向于狭义解释，认为私小说脱离时代背景和社会生活而独立描写个人的身边琐事及心理活动。太宰治的重要作品都是其自身生活的写照，主题上也大多重合，多是落魄的主人公的毁灭之路，职业多为作家或画家，连自杀的时间、地点、缘由也通常和他的亲身经历重叠。太宰治的作品历来被认为是私小说的典型之作。

伊藤整、平野谦曾就“私小说”做出分类，认为破灭型的“私小说”表达“生存的危机”，认为调和型的“私小说”克服“生存的危机和破灭”。虽然太宰治未必认可这种分类，但我们从太宰治的作品风格来看，无疑属于前者。他无力也无心调和现实，这是他懦弱的表现；他拒绝一切妥协，这是他的骄傲之处。

四、太宰治及作品评价

太宰治一生放荡不羁、颓废潦倒，终日沉溺于酒精、艺伎、麻醉药以及自杀的冲动之下，可他身上，仍有打磨不掉的贵族气息和不俗品味。太宰治只活了三十九岁，但他留给日本文学的记忆，却是深刻难忘的。直到现在，仍有不少人痴迷于太宰治，尤其是年轻人。或许，他们是把太宰治视为自己心灵秘密的代言人，甚至是青春密友了吧？

人们对于太宰治的作品，历来争议很大，爱之者众多不假，诋毁者也不少。或许，三岛由纪夫是批评他最严重的，说太宰治“气弱”，人也很讨厌。后来，他在自己的文章中对此做出分析，说自己讨厌看太宰治的作品，或许是因为太宰治暴露了三岛自己所不愿意暴露的心情。作家奥野健男也认为：“太宰治的作品总拥有一种不可思议的磨砺，在今后很长一段时间里，太宰治笔下生动的描绘都会直逼读者的灵魂，让人无法逃脱。”可以说，上述两位的评价是十分中肯的，因为，我们的内心无论明暗，都存在懦弱的一面，无法回避。

目录

CONTENTS

人间失格

序　言

我见过那个男人的三张照片。

第一张是他童年时的照片。照片中的他十岁左右的样子，站在庭院中的水池边，被一群女孩子（我猜那群女孩子应该是他的姐妹或者表姐妹）簇拥着。他身穿粗条纹的和服裤裙，脑袋向左倾斜三十度左右，脸上挂着难看的笑容。难看？那些冷漠麻木的人（抑或是那些对美丑不敏感的人），如果随口恭维一句“这真是位可爱的小少爷呢”，这种夸奖也不会让人觉得别扭。因为这孩子的笑脸上，多少还是带着一点儿人们常说的那种“可爱”的影子。可但凡有一点审美能力的人，只消看那孩子一眼，就会很不愉快地嘟囔：“什么嘛，这孩子可真招人讨厌！”说着，还会像弹掉身上的毛毛虫一样，随手把那张照片扔到一边去。

不知道为什么，越看那张照片，越觉得那孩子笑得阴森，让人莫名感到厌烦。仔细一看，才发现那孩子根本没笑。这从他攥紧的双拳就可以看出来，因为人是没办法一边攥紧拳头一边笑得出来的。那分明是一张猴子脸——一张爬满了丑陋皱纹的猴子脸！照片上的他诡异至极，如果有人说他是“脸皱成一团的小少爷”，那可一点也不为过，而且他表情猥琐，让人看了很不舒服。迄今为止，我还从没见过一个神态如此诡异的孩子。

第二张是他学生时代的照片。那时的他，已经发生了惊人的变化，一副学生打扮，虽然看不出是高中生还是大学生，但那长相已经相当英俊了。奇怪的是，照片上的他还是没有一点活人的气息。他身穿校服，胸前的口袋露出白色手帕的一角，两腿交叉着坐在藤椅上，面带笑容。他这次的笑很讲技巧，不再是满脸皱纹的猴子脸了，可不知为什么，还是让人觉得他笑得与常人有异。他的笑容里缺少那种血气的浓重和生命的艰涩，让人觉得一点也不鲜活。那笑容不像是鸟儿，更像是鸟儿轻盈的羽毛。他就那样笑着，从头到脚都像是虚假的。这笑容，用“矫揉造作”“轻薄”“女孩子气”“时髦”等词来修饰都不太合适。而且，仔细端详那照片就能发现，这美少年身上依然有一种莫名的诡谲气息。这以前，我还从没见过长得如此诡异的美少年。

第三张照片最为出奇，因为我无法判断出他的年龄。他头发花白，坐在一个脏乱不堪的屋子的角落里（我们能清楚看到屋子的墙壁有三处剥落的地方），伸着两只手，在一个小火盆上方烤火。这次，他没有笑，可以说脸上没有任何表情。好像他坐在火盆边烤火的间隙，生命就会自然消亡一样。整张照片都弥漫着不祥的气息，这着实是一张令人厌恶，让人感到触霉头的照片。诡异的地方还不止这些，因为这次刻意给了他脸部的特写，我得以仔细端详他的长相。怪异的是，他的额头、抬头纹、眉毛、眼睛、鼻子、嘴、下巴都和常人没有什么不同。天哪，这张脸岂止是没有表情，分明是不给别人留下任何印象，因为它毫无特色。这张脸真是太普通了，以至于我看完照片后闭上眼睛回想，竟然想不起他长什么样儿来。我能记起屋子的墙壁，能记起那小小的火盆，可在我的脑海里，那房间主人的脸就如消散了的云雾一样，我是无论如何也记不起来了。如果用画来勾勒那张脸，那可真画不成一幅画，就连漫画也画不成。睁开眼再去看那张脸，我甚至没有“啊，我想起来了，原来长这个样子”的喜悦。说得过分一点，就是我再看到这张照片，也不会有丝毫熟悉的感觉，反而会觉得快快不乐，焦躁难安，不自觉地会将目光从这张照片上挪开。

我想，就是人们说的“死人脸”，也多少会带点表情，多少给人留下一点印象吧。可这张照片，给人的感觉就像是人身上长了马脑袋，只会让人感到抗拒与恐慌。迄今为止，我还从没见过如此诡异的男人。

第一手札

我这一生，尽是可耻的过往。

我总是不能理清人类生活的头绪。我从小生活在东北地区的乡下，直到稍大一点后才初次见到火车。我在火车站的天桥上爬上爬下，以为这是铁路局特意打造的新潮设施，好将车站建设得像国外的游乐场那样复杂有趣。很长一段时间里，我都对此深信不疑。在天桥上爬上爬下，这是我的拿手好戏。我原本以为天桥是铁路局的一项贴心服务，可后来我发现，天桥不过是供乘客跨越铁路的设施，顿时就觉得索然无味了。

除此以外，我小时候在绘本上看到地铁，也没意识到它是为了满足实际需求而建的，竟然以为比起地面上跑的车来，地下跑的车更显得别出心裁，也更充满乐趣。我竟然以为这就是地铁出现的缘由。

我从小体弱多病，经常卧床不起。躺在床上那段时间，我总觉得那些床单、枕套、被套都是让人感到单调乏味的装饰品。直到快二十岁的时候，我才意识到，那些都是实用物品。我感到意外，为人类的节俭而感到黯然神伤。

还有，我不知道饥肠辘辘是一种什么滋味。不，我并不是要傻乎乎地说我生活在衣食无忧的大户人家，我想说的是我真的从没有感到过饥肠辘辘。你可能不会相信，我就是肚子再饿也感觉不出来。上小学和中学时，我一从学校回来，就会有人围上来，七嘴八舌地问我："肚子饿了吧？我们是过来人，放学时肚子已经饿得够呛了。来点甜纳豆怎么样？还有蛋糕和面包哦。"众所周知，孩子放学回家时会有那种猫抓一样的饥饿感。而我，只是发挥那种与生俱来的讨好人的精神，我嘴上说着"饿了饿了"，顺手将十多粒甜纳豆放进嘴里。但其实那时，我根本没有饥饿感。

当然，我的饭量并不小，但印象中，我没有一次是因为感到饥饿才进食的。我吃众人眼中的山珍海味，吃众人艳羡的奢华美食。外出用餐时，我总是强迫自已吃到撑了才罢休。小时候，对于我来说，最痛苦的就是在家里用餐的时候了。

在乡下的家中，每次用餐时，全家十几个人都会坐成相对的两列，各吃各的。身为幼子，我自然要坐在最后边的席位上了。用餐的房间光线暗淡，就是午饭时，十几个家人默默坐在桌前咀嚼，这光景也让我觉得脊背发凉。我家是个传统守旧的大家庭，每顿饭吃的饭菜大多是一成不变的，这让我渐渐对山珍海味或奢华大餐也失去了兴趣，竟然觉得用餐时间是最为恐怖的。我坐在那间昏暗房间的餐桌末端，因为恐惧而哆哆嗦嗦，勉强将饭菜一点点地塞进嘴里，心里暗忖："人为什么要一天吃三顿饭呢？"有时我甚至觉得，一家人满脸严肃地聚在一起用餐就如同参加某种仪式：一家老小每天必须三次准时聚集到这个昏暗的房间里，井然有序地摆上餐盘，不管你想吃不想吃，都必须一声不吭地佝偻着身子咀嚼饭食，就好像对着蛰居在家中的亡灵们祈祷一样。

在我听来，"人不吃饭就会饿死"这句话带着令人厌恶的恐吓意味。但这种迷信的说法（即便是到了现在，我依然觉得这是一种迷信的说法）却总能给我带来不安和恐惧。对于我而言，没有比"人不吃饭就会饿死，所以人人都要劳动和吃饭"这样的话更让我觉得晦涩难懂，而且更有胁迫感的了。

总之，即便是到了现在，我依然无法理解人类的很多行为。我的幸福观和世人大相径庭。我经常为这种不同而深感不安，辗转反侧，痛苦呻吟，几近发狂。我究竟能否称得上是幸福的人呢？从我小时候起，就经常有人说我是幸福的，可我总觉得自己身处在炼狱中一样，反而是那些说我幸福的人，在我看来，他们比我要幸福好多，他们能享受的安乐生活不是我能够比的。

我有时甚至觉得，我身上背负着十座大山，随便把其中的一座给别人，都会将那个人给压死。

总之，我不懂别人都会为什么而苦恼，抑或到底有多苦恼。对于他们来说，或许有饭吃就能化解他们的痛苦，而这才是最大的痛苦。或许，他们所承受的痛苦是比压在我头上的大山还要惨烈得多的阿鼻地狱。果真是这样吗？我不知道。但我不明白的是，他们为什么不会因此而发狂或自杀，而只是通过政治手段，满怀希望地不屈不挠地斗争下去。他们好像并不觉得痛苦啊？他们变得自私自利，而且认为自己所做的一切都是理所当然的，难道他们就从来没有怀疑过自己吗？如果真是这样，那可真是快活。不是每个人都这样吧？人们真的能就此满足吗？我不知道……他们不是在夜晚酣然入睡，到了早上就神清气爽吗？他们夜里做了什么样的梦？他们走路时想的是什么？是金钱吗？我想应该绝不仅仅是金钱吧？我听说过“人为了吃饭而活着”，可我还没听说过“人为了金钱而活着”呢。不，或许因人而异吧……我还是弄不明白……我越想越感到惶恐不安，仿佛自己就是这个世界上的怪物。我无法和别人交谈，因为我既不知道该说什么，也不知道该从何说起。

于是，我想到一个办法，那就是用滑稽的言行来讨好别人。

这是我对世人的最后示爱。我极度恐惧人类，可却无法彻底和人类断绝交往。于是，我靠扮演小丑这种手段，保住和人类的最后一丝联系。表面上，我总是笑脸迎人，可内心深处，我却为了这难得的机会拼死拼活、汗流浃背地忙碌着，想要为人类提供最周详的服务。

我的家人会有多痛苦呢？他们为了生计，每天都想些什么呢？从孩提时代起，我便对这些事情一无所知，只是蜷缩着，因为不堪忍受家人的隔阂，我从小就练就了取悦他人的本领。也就是说，不知不觉中，我已经成了一个不随便说真话的孩子。

翻看我那时和家人的合照便会发现，其他人都一脸严肃，只有我一个人莫名其妙地笑着，笑得诡异而扭曲。那其实是我幼稚而可悲的取悦他人的一种方式。

而且，无论我怎样被家人责备，我从来都不顶嘴。哪怕只是一些玩笑话，我听了也犹如晴天霹雳一般，根本不敢反驳。我深信，他们的责备之词就是亘古不变的人间“真理”，而我觉得自己没有能力去践行这些“真理”，所以才没有办法和人相处，也没有办法和人抗争或辩解。听到别人说我坏话，我总觉得是我的错。为此，我总是默默地承受别人的攻击，内心感到几近疯狂的恐惧。

谁受到别人指责或怒斥时，心情都不会好到哪儿去。我从人们发怒的脸上看到了比狮子、鳄鱼、巨龙还要可怕的动物的本性。平时，人们将这种动物本性隐藏起来，但一有机会，他们就借着怒火，将这种可怕的动物本性暴露出来。就像温顺地躺在草地上打盹儿的牛，会冷不防地甩尾巴，“啪”地一下抽死肚子上的牛虻。

每次看到人们露出凶恶的本性，我都会感到毛骨悚然。而一旦想到，拥有这种本性是人类生存下去所必须具备的一种品质，我就感到彻底绝望。

面对世人，我总是瑟瑟发抖。作为人类社会中的一员，我对自己的言行没有一丝一毫的自信。我将自己的懊恼深埋心中，一味地掩藏自己的忧郁和敏感，将自己伪装成一个天真无邪的乐天派，将自己塑造成一个滑稽逗乐的怪胎。

为了博得人们一笑，我什么都愿意做。这样一来，就使我置身于他们那种生活之外，他们也应该不会太在意。总之，千万不能妨碍到他们。我觉得我并不存在，我是风，我是虚空的——这种想法与日俱增，我就这样用扮演小丑的方法取悦家人。就是在那些比家人更可怕的也更令人觉得费解的男佣和女佣面前，我也竭力扮演着小丑的角色，为他们提供滑稽逗乐的服务。

我曾经在一个夏天，在单和服的里面穿了一件鲜红的毛衣，沿着走廊走来走去，惹得家人们捧腹大笑。就连平时不苟言笑的大哥也忍不住笑了，用满是疼爱的口吻说：

“喂，阿叶，这样可不合时宜哟！”

再怎么说，我也不是那种不知道冷热、大夏天穿着毛衣走来走去的怪人呀。其实，我只是把姐姐的绑腿套在了手臂上，故意在和服的袖口露出来一截，让别人以为我穿了一件毛衣罢了。

那时，我父亲在东京有很多事务要忙，于是便在上野的樱木町购置了一栋别墅，他每个月的大半时间都是在那里度过的。父亲回来时，总会给家人甚至是别的亲戚带来很多礼物。而这，俨然成了父亲那段时期的一个乐趣。

一次，父亲在去东京的前一晚，他将孩子们都叫到客厅里来，笑呵呵地问他回来时，孩子们想要什么礼物，并将孩子们的要求一一记在本子上。印象中，父亲是难得和孩子们那么亲近的。

“叶藏，你呢？”

被父亲突然这么一问，我一下子不知道该怎么回答才好。

别人问我想要什么的时候，我总是突然什么都不想要了。因为我脑子里总是会涌现这样的想法：什么都好，反正也没什么东西能让我感觉到快乐。不过，别人送给我东西，我就是再不喜欢，也是不会拒绝的。对讨厌的事不说讨厌，对喜欢的事又总是偷偷摸摸的，我总是品味着苦涩的滋味，经常在难以名状的恐惧和痛苦中挣扎。可以说，我连在喜欢和讨厌两者间做选择的能力都没有。我想，正是这种性格上的缺陷，最终导致我充满耻辱地度过这一生。

那一次，因为我扭扭捏捏地一声不吭，父亲显得有些不悦。

“你还是要书吗？浅草的商店街里卖那种新年时舞狮子的狮子玩具，大小嘛，正适合小孩子戴在身上玩。你不想要吗？”

一旦被问到“你不想要吗”，我就傻眼了，因为不能再用搞笑逗乐的办法来搪塞过去了。我想，作为一个小丑演员，我碰到那种情况就彻底黔驴技穷了。

“还是……书好吧？”大哥认真地表态。

“这样啊……”父亲一脸扫兴的样子，连记都没记，就“啪”地一声把本子合上了。

竟然让父亲扫兴了，我可真是失败啊！我想，他一定会用很可怕的方式报复我的。

那天夜里，我躺在被窝里瑟瑟发抖，想着该用什么办法挽回残局。于是，我悄悄起床，来到客厅的桌子旁，拉开父亲放笔记本的那个抽屉，取出那个记事本，呼啦啦地翻到他记礼物的那页，舔舔本子里夹的铅笔[①]，写下“狮子”以后，才回到房间睡觉。其实，我想要的并不是狮子，还是觉得书更好些。我之所以深夜冒着危险潜入客厅里，是因为我觉得父亲想要送给我的是狮子，我这样做只是为了迎合父亲，想要重新讨父亲的欢心罢了。

不出我所料，我这个特殊手段果然取得了成功。没过多久，我父亲便从东京回来了，我在房间里，听见他大声对母亲说：

“我到了商店街的玩具店里，打开记事本一看，那上边竟然写着‘狮子’。那可不是我的笔迹。我当时觉得纳闷，想来想去才弄明白了，是叶藏那小子的恶作剧！那小家伙，我问他想不想要时，他坏笑着一声不吭，后来还是忍不住想要那狮子啊！这孩子可真怪，装作什么也不想要，却一笔一画地写到本子上了。既然那么想要，早说不就得了？逗得我在玩具店里笑了半天。快把叶藏给我叫来。”

我还会将佣人召集到房间里，让一个男佣弹钢琴（虽然是在乡下，但我家的东西还是很齐全的），我就随着那杂乱的曲调跳起了印第安舞，把众人逗得捧腹大笑。二哥用镁光灯给我照相。等照片洗出来，众人一看，就见我腰上围着的布裙子（其实就是一块印花的包袱皮）没有遮严，我的小鸡鸡从缝隙处露出来了，这又惹得众人笑个不停。对我来说，这算是一次意外的成功吧。

每个月，我都会购买十几本新出版的少年杂志，除此之外，还有从东京订购的各种书籍，我总是静静地将这些书籍读完。所以，

① 铅笔：以前，日本的铅笔笔芯前端裹着蜡，蘸水以后才更容易写字。

无论麦恰拉克恰拉博士[1]，还是纳蒙贾博士[2]，我都说得上来；鬼怪故事、评书相声、江户趣谈等，我也样样精通。平日里，我自然少不了一本正经地说玩笑话，逗得家人捧腹大笑。

然而，说到学校！

我在学校也很受人尊敬，可这个事实同样让我惶恐万分。我对我当时状况的分析是：近乎天衣无缝地蒙骗别人，然后被某个聪明的家伙识破，当众出丑，颜面扫地，生不如死。我通过蒙骗众人而获得尊敬，终究有一天会被人识破，慢慢地，其他人也会得知真相。到那时，众人的愤怒和报复该有多可怕？不用想象，我就已经战栗不已了。

我在学校里受人尊敬，不是仰仗我出生在富贵人家，而是得益于人们所说的那种"聪明"。我从小体弱多病，经常请假，有时一两个月，甚至整个学年都在家养病。就是这样，当我拖着大病初愈的身子，坐着人力车去学校参加期末考试时，我的考试成绩仍然比班上其他人的要好。身体状况较好时，我也没用功学习过，就是出勤上课，我总在课上画连环画，课下就讲给同学们听，逗他们发笑。作文课上，我尽写些滑稽故事，就算老师警告也照写不误。因为我知道，其实老师也期待我的滑稽故事。有一天，我采用了往常那样悲凉的笔调，讲述了母亲带我乘火车去东京的途中，我往车厢的痰盂里小便的糗事（我那次小便，并不是不知道那是痰盂，只是为了显示孩子的天真，故意将尿尿在痰盂里罢了）。我十分有把握，这篇作文交上去之后，老师肯定会被逗乐的。于是，我尾随在

---

① 麦恰拉克恰拉博士是杂志《少年俱乐部》（已停刊）的连载专栏《滑稽大学》中的人物。

② 纳蒙贾博士是杂志《母亲之友》上连载的童话漫画名。

老师身后，想看个究竟。果然，老师才走出教室门，就迫不及待地从全班的作文本中挑出我的那本来，在走廊里边走边读起来，还不时地发出“哧哧”的笑声。到办公室时，老师已经读完我的作文了，他放声大笑，满面通红，还把我的作文拿给其他老师看。见到这种情景，我在心理上得到了莫大的满足。

淘气孩子的恶作剧。

我成功地让人以为往痰盂中小便是我的恶作剧，顺利地从受人尊敬的恐惧中逃脱出来。在我的联络本[①]上，各科成绩都是十分，唯有操行评定总是六七分，这也成了家里人的一个笑料。

其实，我的性格和淘气是完全相反的。那时的我，受家中男女佣人的教唆，做了不少悲哀的事情。现在回想起来，那年幼的孩童做出那样的行径，应该是人类所犯下的罪行中最丑陋、最卑劣和最残酷的了。但我只能忍气吞声，只觉得发现了人类的又一个本性，对此，我只能无力地苦笑。如果我习惯于说真话，或许我就会理直气壮地将他们做的坏事禀告我父母，可我连我的亲生父母都不怎么了解，所以从不对“向别人诉苦”有所期待。无论是向父母诉苦，还是向警察诉苦，抑或是向政府诉苦，终究都会被那些深谙处世之道的人给打败的，到时就只能任他们花言巧语、说个没完罢了。

我知道我的想法有失偏颇，可我仍然觉得向人诉苦是徒劳无功的事情，与其这样，我还不如缄默不言。我想，除了继续扮演小丑搞笑外，我没有别的选择。

或许有人会嘲笑我：“怎么，你不信任人类？你什么时候成了

---

① 联络本：学校用于和学生家长沟通的笔记本。

基督教徒了？”我觉得，不信任人类，不一定就要走宗教的道路。事实上，包括那些嘲笑我的人，大家不都是活在相互猜疑中吗？大家不都是将耶和华以及别的什么抛在脑后，都若无其事地活着吗？我记得我小时候，我父亲所属的那个政党的一位有名人士来镇上演讲，我也被男佣们带去听那场演讲。就见剧场内满满当当的，座无虚席，有许多和我父亲要好的人都来了，场内掌声如雷。那场演讲结束后，听众们三五成群，冒雪踏着夜路回去，一边走一边议论，将当晚那场演讲贬得一文不值，我听出，其中就掺杂着一些和我父亲交往很密切的人的声音。那些父亲所谓的“同志”，用近乎愤怒的口吻抨击父亲的开场白是何等拙劣，抨击那位名人的演讲是如何让人云里雾里，根本就不知道他讲的是什么。接着，那些人顺道来到我们家里，满脸堆笑地向我父亲夸赞，说当晚的演讲真是太成功了。就连母亲向男佣们询问当晚演讲如何时，男佣们也若无其事地答道：“非常有趣。”我清楚地记得，他们在回家路上叹息说：“没有比听演讲更无聊的事了。”

这只是一个微不足道的事例。相互欺骗的人丝毫没有受到伤害，甚至没有察觉到相互欺骗这件事。我认为，在人类的生活中，这样简明的不信任的例子比比皆是。但是，我对相互欺骗这样的事没有多大兴趣，我自己不就是在从早到晚地扮演小丑来欺骗别人吗？我对那些教条式的正义的道德也没什么兴趣。而那些相互欺骗却又豁达活着的人，抑或是那些相互欺骗却又胸有成竹应对生活的人，他们真是让人感到费解。人类终究没有教会我其中的奥妙。如果我能懂得其中的奥妙，或许我就不用像这样畏惧人类，也不用竭力讨好众人，更不用和人类生活对立，每晚遭受那炼狱般的苦难了。换句话说，我没有向任何人揭发男女佣人犯下的可恨罪行，并不是因为我不信任人类，也不是因为受基督教的影响，而是人类向我这个叫叶藏的人封闭了信任的外壳，就是我的父母，他们时不时向我展示的也是令人费解的一面。

然而，很多女性还是本能地嗅出我身上散发出的孤独气息。而这也成为多年之后，我频频被女性乘虚而入的一个原因。

就是说，在女人眼中，我是一个能够守住秘密恋情的男人。

第二手札

靠近海岸线的地方，并排矗立着二十多棵黑色粗大的山樱树。新学年伊始，这些山樱树长出片片褐色的嫩叶来，在蓝色海洋的映衬下，绽放出灿烂的花朵。时间不长，便到了落花时节，花瓣纷纷扬扬地撒入大海，漂在海面上，随着波浪起起伏伏，又被送回到岸边来了。东北地区有所中学，直接将这片樱树沙滩划为校园的一部分。我没怎么准备，就成功地考进了这所中学。这所中学校帽的徽章上以及校服的纽扣上，都印有盛开的樱花。

我有个远房亲戚住在这所中学附近。或许是出于这个原因，我父亲帮我选择了这所樱花盛开的海边学校。我就寄住在那个亲戚家里，因为距离学校实在太近了，我变得越来越懒惰，总是听到早会的钟声[①]响起才奔向学校。但就是这样，我还是凭借着自己惯用的搞笑的本领，越来越受到同班同学的欢迎。

那是我有生以来第一次离开家生活，可我竟然觉得，和我自己家相比，这遥远的异乡反倒更让我觉得轻松自在。或许，这是因为我的搞笑本领已经出神入化了，用这种本领来欺骗别人，我已经不像儿时那么费力了。这么解释也不是不可以，更重要的是，面对亲人和面对陌生人是不同的，身处家乡和身处异乡是不同的，自然会存在演技方面的差异。无论是怎样的天才，即便是上帝之子耶稣，

---

① 钟声：在日本，学校在开始一天的学习之前，需要全员集合，互相敬礼。

他也不可避免地存在演技方面的差异。对于演员而言，难度最大的演出场所莫过于故乡的剧场。特别是亲朋好友齐聚一堂时，就算是再出色的演员，恐怕也会黔驴技穷吧。我就经历了那样的表演，不但坚持了下来，还取得了不小的成功。所以，像我这样功力深厚的演员，即便是身处异乡，我也绝不会演砸的。

我对人类的恐惧与日俱增，它不停地在我的内心深处蠕动着。不过，我的演技也日臻成熟。我常常逗得同学们哄堂大笑，老师一边感叹着“这个班要是没有大庭（叶藏），该是个多好的班级啊”，一边捂着嘴偷笑。就连那个吼声如雷的驻校军官，我也曾轻而易举地将他逗得扑哧大笑出来。

我以为彻底掩盖了自己的真实面目，并为此长嘘了一口气的时候，却被人从背后揭穿了。揭穿我的人，竟然是班上最瘦弱、脸色苍白的那个孩子。他身上穿的似乎是他爸爸或哥哥的破旧衣服，拖着又大又长的衣袖，就好像圣德太子[①]的衣袖那样。他的功课一塌糊涂，军训课和体操课总是见习，像个白痴一样站在一旁观看。连我都觉得，没有必要提防这么一个人。

一天，上体操课的时候，那个男生（我已经忘记他的姓了，只记得名字好像叫竹一）仍然像往常一样见习，在旁边看我们练习单杠。我故意摆出严肃的神情，瞄准单杠，然后“嗨”地大叫一声，向前冲去，像跳远一样朝单杠飞身一跃，结果却一屁股跌坐在沙地上。这是预谋好的失败！众人果然被逗得捧腹大笑，而我也苦笑着爬起来，用手拍着裤子上的沙土。这时，竹一悄悄来到我身边，

---

① 圣德太子：是飞鸟时代的皇族、政治家，用明天皇的第二个儿子。飞鸟时代的礼服有垂领，有大而长的袖口。

对我低声咕哝道：

“故意的，你是故意的。”

我一下子惊呆了，做梦也没想到，我故意出丑，竟然被竹一在众目睽睽之下一语道破。我仿佛看见，就在一瞬间，整个世界都被地狱之火裹挟着熊熊燃烧起来。我“哇”地大叫一声，极力克制着，才没有发狂。

从那以后的每一天，我都生活在恐惧和不安中。

表面上，我依然上演可悲的滑稽戏码，以此来逗笑他人，但是在不经意间，我总会发出沉重的叹息。无论我干什么事，竹一都能一眼看穿，这样一来，他迟早会将真相告诉别人的。每想到这一点，我总是额头冒出冷汗，继而用怪异的眼神审视四周，鬼鬼祟祟，就像一个疯子。如果可以，我真想从早到晚寸步不离地盯着他，好防止他泄密。我想黏住他，和他形影不离，我会使尽浑身解数，让他相信我的“搞笑之举”不是刻意做出来的，而是真实的。如果顺利的话，我想成为他独一无二的密友。如果这一切都不可行，那我就只能祈祷他早死了。虽然这样想，但我从没有萌生过杀害他的念头。尽管在过去的日子里，我曾经多次祈祷自己死在别人手里，但我却从没有动过杀人的念头。面对可怕的对手，我想到的反而是让他得到幸福。

为了让竹一就范，我屡次脸上堆起基督徒般充满善意的笑容，将头左倾三十度，轻轻搂住他瘦小的肩膀，低声下气地跟他说话，殷勤地邀请他到我寄宿的亲戚家做客。可他总是心不在焉的，一声不吭。印象中，那是初夏的一天，傍晚放学时，突然下起了大暴雨，学生们都被困在了教室里。我因为住得近，就打算冒雨回去。正当我要往雨里冲时，突然看见竹一正垂头丧气地站在鞋柜旁呢。

我对他说："去我家吧，我借伞给你！"于是，我便一把拽着怯生生的竹一，两个人在暴雨中狂奔。到家后，我拜托婶婶帮我们烘干衣服，成功地将竹一邀请到我二楼的房间里。

我寄宿的亲戚家只有三个人：一个是五十多岁的婶婶，一个是三十岁左右、戴着眼镜、体弱多病的高个子表姐（她曾经嫁过人，后来又回到娘家来了，我跟她的家人一样，都喊她"阿姐"），一个是刚从女校毕业的雪子妹妹。雪子妹妹和阿姐不同，她个头娇小，脸庞圆润。她们在一楼有间商店，经营文具和运动器具。除此外，她们生活的主要经济来源是已故先生留下的五六栋长屋的租金。

"我耳朵疼。"竹一站着说，"每次淋雨都会疼。"

"可能是雨水流进耳朵里了吧。"我仔细一看，发现他有严重的耳漏[①]，脓水都要流到耳朵外边来了。

"这样可不行！很疼吧？"我露出夸张的惊讶的表情，"都是我不好，刚才拉着你淋雨。"

我用女人般温柔的口吻向他道歉，然后就到楼下拿来棉花和酒精，让竹一把头枕在我的膝盖上，细心地给他清理耳朵。竹一没有觉察到我伪善的诡计，他一头枕在我的膝盖上，说着傻傻的奉承的话：

"你呀，肯定会有女人迷恋你的。"

日后我才发现，竹一无意间说出的这句话就像恶魔的预言一样，着实令人感到恐惧。

无论是迷恋，还是被迷恋，两者实际上都又粗俗又戏谑，给人一种得意扬扬愚弄别人的感觉。无论是多么严肃的场合，只要一

① 耳漏：耳道排出的异常分泌物的总称，常见于外耳炎、中耳炎等。

出现这些词眼，那忧郁的伽蓝[①]就会在顷刻之间崩塌，流于庸俗平淡。可如果不用“被迷恋的痛苦”这样的俗语，转而使用“爱带来的不安”这样的文学术语，那忧郁的伽蓝便又没什么事了。想想，这是多么奇妙的事情啊。

我帮竹一清理耳朵里的脓水，他竟然愚蠢地恭维我以后会被女人迷恋。那时的我听了，只是满面通红地笑着，没说什么话，心里却觉得他说得不无道理。“被迷恋”这种粗俗的说法，总是让人得意忘形，而我竟然觉得他说得不无道理，这无异于说明我的想法也是愚笨无知的，连相声里表达自己愚昧想法的傻女婿都不如。我自然没有抱着那种戏谑的、得意扬扬的态度来认为他的话“不无道理”。

我觉得这世间，女人要比男人复杂难懂得多。我们家女人比男人多，亲戚家也有很多女孩，再加上之前提到过的那些坏女佣，说我从小是在女人堆里长大的，这一点也不为过。然而，我是始终怀着如履薄冰的心情和她们交往的。多数情况下，我猜不透她们的心思，就感觉坠入云里雾里一般，不时受到失败的伤害。与男人们带来的外伤不同，女人带来的伤痛是内伤，短期内是难以治愈的。

女人有时会非你不可，有时又弃你如敝履。在众人面前，她们对你尖酸刻薄，背地里又拼命地搂紧你。女人能像死了一样沉沉地睡去，让人怀疑她们就是为了睡觉而活的。从孩提时起，我就注意观察女人，我发现同为人类，女人是一种和男人迥然不同的生

---

① 伽蓝：是梵文略语。原意指僧众所居住的园林，后一般用来称僧侣所居住的寺院、堂舍。

物，她们不可理喻，也不容小觑。而这种奇妙的生物竟然包围在我周围。不过，用“被女人迷恋”和“被女人喜欢”这两种说法来形容都不够贴切，倒是“受女人呵护”这种说法，更能贴切地形容我的实际情况。

女人似乎比男人更能轻松地对待滑稽搞笑。当我扮演小丑来滑稽搞笑时，男人们从来不会哈哈大笑，而且我知道，如果在男人面前表演得过于得意忘形的话，那往往会过犹不及，所以我总是把握时机，见好就收。女人们却不懂得什么叫适可而止，她们总是缠着我继续表演。为了满足她们没完没了的要求，我经常搞得筋疲力尽。女人们经常笑，她们似乎比男人更能享受快乐。

我中学时期寄宿在亲戚家里时，那对姐妹一有空闲就到二楼找我，每次都把我吓得要跳起来。

“你在用功吗？”

“没有。”我胆战心惊，微笑着合上书本，“今天，学校里的那个叫‘棍棒’的地理老师……”我言不由衷地说起笑话来。

“阿叶，你戴眼镜给我们看看！”

一天晚上，阿姐和雪子妹妹一起到我房间玩，在我跟她们讲了大量滑稽搞笑的话后，她们提出了这样的要求。

“为什么？”

“你就别问了，快戴上吧。借阿姐的眼镜戴上！”

雪子总是用这种粗暴的口气命令我。于是，我这个滑稽的小丑便乖乖地戴上了阿姐的眼镜。我才戴上眼镜，她们两个就笑得前仰后合。

“太像了！简直和劳埃德一模一样！”

哈罗德·劳埃德是当时风靡日本的外国喜剧电影演员。

于是，我站起身，举起一只手来，说道："诸位，我此次特地为日本影迷带来……"

我模仿着劳埃德的样子致辞，惹得她们哈哈大笑。从那以后，每次镇上播放劳埃德的电影，我都会去观看，偷偷揣摩他的言行举止。

一个秋天的夜晚，我正躺着看书。阿姐像鸟一样冲进了我的房间，径直扑倒在我的被子上，哭泣道：

"阿叶，你肯定会救我的，对吧？住在这样的家里，还不如离家出走呢！你一定要救我，救救我！"

她激动地说完这些话，就又哭泣起来。我并不是第一次目睹女人这样，所以听到她过激的言辞，并没有感到惊慌。她毫无新意的话让我感到索然无趣。我轻轻地从被窝里爬起来，将书桌上的柿子削好，切下一片，递给她。阿姐抽抽搭搭地吃起柿子来。

"有什么好看的书吗？借给我一本。"她说。

我从书架上挑了夏目漱石的《我是猫》，递给她。

"谢谢你的款待。"

阿姐难为情地笑着，走出我的房间。不光是这位阿姐，而是这世上所有的女人，她们到底抱着怎样的心态生活呢？让我思考这个问题，那真是比揣摩蚯蚓的心思还要麻烦的事，让我心生畏惧。不过，凭着孩提时的经验：女人如果突然哭起来，只要给她们一点甜食，她们吃了以后，心情自然会变好的。

此外，雪子妹妹甚至会把她的朋友带到我房间来。我依旧公平对待，竭力逗大家笑。等到朋友走后，雪子定然会说朋友的一些坏话，诸如"她是个不良少女，你可要当心啊"之类的坏话。如果真是那样的话，你不把她们带来不就好了？也多亏了雪子，我的房间来的访客几乎都是女人。

在那时，竹一奉承我的那句“你呀，肯定会有女人迷恋你的”还没有成真。换而言之，我那时不过是日本东北部地区的哈罗德·劳埃德罢了。竹一的那句笨拙的奉承话变成可憎的预言，在我身上鲜活地呈现出它不祥的样貌，是多年以后的事情。

竹一还赠送过我一份大礼。

“这可是妖怪的画像。”

有一次，竹一到我二楼的房间来玩，他得意扬扬地拿出一张原色版的卷头插画[①]给我。

“呃？”我大吃一惊。多年以后，我强烈意识到，或许就在那一瞬间，我此生的道路就已经规划好了。我知道，那不过是梵高的自画像罢了。因为我所处的少年时代，法国印象派绘画作品在日本颇为流行，西洋绘画鉴赏大多是从这些绘画作品开始的。所以，就是像我这样的乡下中学生，也见过梵高、高更、塞尚、雷诺阿等人的画作的照片。我见过不少梵高的原色版画，对梵高充满新意的绘画手法以及鲜艳的绘画色彩很是感兴趣，但我从不认为他画的是妖怪。

“那你看这张画呢？画的也是妖怪吗？”我从书架上拿出莫迪里阿尼的画册，翻到有古铜色肌肤的裸体妇人像的那页，指着那幅画给他看。

“这画可真厉害呀！”竹一瞪着眼睛感叹道，“像地狱之马。”

然后他改口道：“不，还是像妖怪。”

“我也想画这种妖怪的画！”

---

① 卷头插画：书籍、杂志的扉页或正文前刊登的照片或图画。

我这个对人类感到极端恐惧的人，反倒有一种想亲眼见识一下妖怪的可怕之处的想法。就好比越是敏感怯懦的人，越是渴望暴风雨来得更猛烈些一样。啊，这群画家被一种名为人类的妖怪所伤害、所恫吓，最终只能寄希望于幻影，并且在光天化日之下见到了活生生的妖怪。他们没有用搞笑的手法来歪曲这些妖怪，而是努力将自己所见到的描绘出来。正如竹一所说，他们勇敢地描绘出“妖怪的画像”。看来，我以后也会这样啊！我这样想着，兴奋得几乎落下泪来。

“我也要画妖怪的画像，画地狱之马的画像。”不知为何，我竭力地压低声音，这样轻轻地对竹一说。

从小学开始，我就喜欢画画，也喜欢欣赏画。但我的画作没像我的作文那样受到大家的认可。因为不太相信人类的语言，我只是将作文视为搞笑表演的一种致辞。从小学到中学，我写的作文能将老师逗得前仰后合，可我仍然觉得写作没什么意思。只有绘画（漫画就另当别论了）时，我才能全身心地投入，虽然笔法稚嫩，特立独行，却煞费苦心地表现所描绘的事物。小学的绘画课上发的画帖很是无趣，老师的绘画水平也很拙劣，我不得不漫无目的地摸索各种表现手法。进入中学后，我也有了一套齐全的油画画具，可不管我怎么临摹印象派的作品，期待能掌握标准的印象派绘画技巧，可我画出的东西永远都像千代色纸工艺[①]那样呆板乏味，不成样子。竹一的话让我恍然大悟，我以前的绘画认知存在偏差。一直以来，我都在捕捉美好的事物，并努力展现它原有的美好。这种做法真是太稚嫩、太愚蠢了。绘画大师们凭借想象力把平淡无

---

① 千代色纸工艺：用千代色纸做成的偶人，具有日本传统工艺美术特点。

奇的东西创造得很美好，抑或是将丑陋的事物塑造得令人作呕，但这些都无法遮蔽他们的兴趣，大师们沉浸在表现事物的喜悦中。换而言之就是，他们从来不会为他人的想法所左右。受竹一的启发，我得到了绘画的原始秘籍。此后，我便瞒着那些来访的女客人，开始了自画像的创作。

最终，我完成了一幅阴森凄惨的自画像，令我自己都觉得毛骨悚然。但这正是我深藏于心的真面目。表面上，我活泼开朗，常常逗人发笑；可实际上，我有一颗阴郁的心。“我自己也没办法啊。”我暗自承认。除了竹一，我没有给别人看过那幅自画像。一方面，我不愿意别人看穿我搞笑表演背后深藏的阴郁，继而对我生出戒备之心；另一方面，我担心别人没有意识到这是我的真实面目，反而将它视为我搞笑的新成果，导致这画像成为人们的新笑料。这会比什么都令人难过，所以我当即将那幅画藏进了抽屉的深处。

在学校的美术课上，我竭力收敛“妖怪画风”，而是照旧采用那种平庸的笔法，将美丽的事物画得更美丽。

此前，只有竹一看穿了我脆弱的神经。所以，我才放心将自画像给他看，没想到他啧啧称赞。这之后，我又连续画了两三幅自画像。竹一又预言说：“你会成为一个了不起的画家！”

“会有女人迷恋你的”“成为一个了不起的画家”——白痴竹一在我身上烙下了这两个预言。

此后不久，我便到了东京。

原本，我想去美术学校读书，但我父亲告诫我，他一直想让我上高中，以后好进入政界。听了他的这个决定，从小就不敢还嘴的我只好默默答应了。父亲让我念到四年级就参加高中考试，而我也对海边的那所樱花学校感到厌倦了，所以就没有继续升级，而是在完成四年级的学业后，直接考入了东京的高中，开始了住宿生活。可我无法忍受肮脏的、粗暴的住宿生活，也没有兴致再继续搞笑扮演小丑了，就请医生帮忙开了张“肺部感染”的诊断书，搬出了学生宿舍，搬进了父亲位于上野樱木町的别墅。我无法适应集体生活，每当听到有人说“青春涌动”以及“年轻人骄傲”之类的话语，我就浑身起鸡皮疙瘩。总之，我与那种朝气蓬勃的高中生精神是格格不入的，无论是教室里还是宿舍里，都弥漫着扭曲了的性欲的气息，我那近乎炉火纯青的搞笑本领，在这里根本派不上用场。

在议会休会期间，我父亲不住在东京。所以他每个月有一两周时间不在东京。此时，这栋宽敞的别墅里，就剩下老管家夫妇和我三个人。我经常旷课，但没有观光东京的兴致（最终，我连明治神宫、楠木正成[①]的铜像、泉岳寺的四十七烈士墓都没有参观过），只是窝在家里读书画画。父亲来东京时，我每天清早装出急匆匆上学的样子，但多半是去了本乡千驮木町的西洋画画家安田新太郎的画塾，在那里练习素描，一待就是三四个小时。搬出高中宿舍后，兴许是我别扭的性格导致的吧，我越来越觉得自己身份特殊，上课时就像个旁听生，便越来越没有上学的兴趣了。从小学到高中，我从来都不知道该怎样去爱学校，我甚至连一首校歌都没有记住过。

从画塾的一个同学那里，我知道了抽烟、喝酒、嫖妓、当铺和左翼思想。上述那些东西组合在一起，让人感觉挺奇怪的，可事实真的是这样。

---

① 楠木正成：日本南北朝时代的著名武将。

这个学生叫堀木正雄，家住东京下町，比我大六岁。他从私立美术学校毕业后，因为家里没有画室，他便到这里来学习西洋画。

“能借给我五元钱吗？”

他跟我说这句话时，我们才打过几次照面而已，根本没有交谈过。我惊慌失措地拿出五元钱给他。

“太好了！去喝酒，我请客，怎么样？”

我还没来得及说出拒绝的话，就被他拉着到了画塾附近蓬莱町的一间酒馆。从此，我们便有了交往。

“我早就注意到你了。看你那腼腆的笑容，就知道你是个大有前途的艺术家。为我们的相识干杯！——阿娟，这家伙是个美男子吧？你可别被他迷倒哦。这家伙来画塾后，我就沦为二号美男子了。”

堀木肤色偏黑，但长相端正，穿得西装革履，打着花色朴素的领带，头发是整齐的中分，打了发蜡。在学美术的学生里边，这样打扮的可不多见。

身处酒馆这样陌生的环境里，我内心很是局促，一会儿盘着胳膊，一会儿又打开，但脸上始终挂着腼腆的笑容。三两杯啤酒下肚后，我竟然有一种全身放松的感觉。

“我原本也想读美术学校的，但……”

“哎呀，那多无聊，那地方可无聊了。学校本身就是无聊的。我们的老师是大自然，我们要对大自然充满激情！”

然而，我心里根本不认同他的话。我认为，堀木很蠢，画画估计也不怎么样，但他倒是个很好的玩伴。他是我有生以来见到的第一个城市无赖。从外表看，他和我装束不同，但他也茫然地游离于人类社会的边缘，从这点来看，我们的确是同一类人。但堀木和我存在本质不同，那就是他的伪装是无意识的，而且他完全没有意识到这种伪装的悲哀。

“就是玩玩，只拿他当个玩伴罢了。”我打心眼里瞧不起他，觉得有他这样的朋友是个耻辱。在和他结伴游玩的过程中，我终究还是被这个我瞧不起的男人给击垮了。

起初，我坚信这个男人是个难得一见的好人。那样恐惧人类的我，居然会放松警惕，以为自己在东京遇到了一个好向导。我独自一个人，坐电车时害怕见车长；想去看歌舞伎表演，看见玄关处铺着红地毯的台阶边上的迎宾小姐就害怕；去餐厅吃饭，怕见到站在我身后等着收拾盘子的服务生，尤其是结账的时候，我的手显得笨拙而僵硬。买东西付账，我并不是一个吝啬的人，可因为过度紧张、腼腆、不安和恐惧，我经常会感到头晕目眩，眼前发黑，整个人都处于狂乱的状态，哪里还顾得上讨价还价，常常连别人找的零钱，甚至是买的东西都忘了拿。我是没办法一个人走上东京的街头的。这才是我整天闷在家里不出门的真实原因啊。

如果我把钱包交给堀木的话，情况就大为不同了。堀木很会讨价还价，还善于游玩，社交能力很强，能让有限的钱发挥最大的效用。比如，无须乘坐昂贵的出租车，他会带我乘坐便宜的电车、公交车和小汽艇，就能在最短的时间里到达目的地。早晨从娼妓那里出来后，他会带着我顺路到某家饭馆里泡澡，然后点个豆腐锅，喝点小酒，消费不多，却给人奢华的感觉。他向我传授经验，小摊贩卖的牛肉盖浇饭和烤鸡肉串便宜又有营养。他还向我保证，要想醉得快，电白兰地[①]是最好的选择。总之，把钱包交给堀木来

① 电白兰地：是一种仿冒白兰地的杂牌酒，最早出现于明治初年。

结账，我没有感到一丝不安和害怕。

和堀木形影不离，还让我得到另外一种救赎。堀木是一个全然不顾听者感受的人，他只顾不停地释放他自己的“激情”（也许这种所谓的“激情”是根本无视他人存在的）。他一天到晚唠唠叨叨，净说些无聊的话。和他在一起，我永远不用担心两个人走累了会陷入令人尴尬的沉默中。和别人交往的时候，最怕这种突然而至的沉默了，于是原本就少言寡语的我，在那种尴尬降临之前，就拼命地插科打诨，以免冷场。而眼前堀木这个笨蛋呢，他总是无意识地扮演搞笑的角色，又不强迫我做出回应，我只需要假装听他唠叨，偶尔笑着说句“是吗”就可以应付了。

时间不长，我就渐渐发觉，抽烟、喝酒和嫖娼是我暂时消除畏惧人类的心理的绝妙手段。我甚至觉得，为了拥有这些手段，就是让我变卖所有家当也是值得的。

在我眼中，娼妓不是人类，不是女人，只是白痴或者疯子。躺在她们怀中，我反倒能够放松身心，睡得香甜。其实，我和她们都是可悲的，没有半点欲望。或许，我身上散发的某种气息让她们觉得我是同类人，她们在我面前总是表现得友好而自然。她们的友好里没有勉强和算计，对我这个不知道下次是否还会光顾的人也一视同仁。茫茫黑夜，我常在这些白痴或疯子般的娼妓身上，真切地看到了圣母玛利亚的光环。

为了摆脱对人类的恐惧而求得一夜安眠，我经常去和娼妓会面。在和这群“同类”一起玩乐的过程中，我身上慢慢有了一种令人厌恶的气息，并且产生了我没有预料到的“副作用”。这种“副作用”渐渐显现出来，让堀木给发现了。我在惊愕之余，也感到深深的厌恶。说得通俗一点，在旁人眼中，我利用娼妓磨炼和女人打交道的能力，而且近来功效显著。据说，通过娼妓来磨炼和女人打交道的本领是最富有成效的。我身上已经有了“情场老手”的气息，凭着本能，女人（不仅仅是娼妓）会循着这种气息而来。这种下流的、不光彩的气息就是我所说的“副作用”，已经远远超过了我想要放松休息的本意。

堀木的提醒原本是带着恭维的意思，但一些被他说中的事情让我感到异常压抑。比如，我的确收到了酒馆的小姐给我写的幼稚的情书；樱木町住处邻居将军家的那个刚刚成年的女儿，明明没有什么事情，每天化好淡妆，在我每天清晨出门上学时，故意在她家门口徘徊；去餐厅吃牛肉时，即便我一言不发，那里的女招待也会……那间我经常光顾的香烟铺子，那个小姑娘递给我的香烟里竟然有……去看歌舞伎表演时，邻座的女人……喝得酩酊大醉的我，在深夜的电车里被旁边的女人……乡下亲戚的女儿，有一天突然给我寄来缠绵的书信……一个不认识的姑娘，趁着我外出时送来一个亲手做的人偶……不过，由于我的态度极为消极，每个故事都到此为止，没有深入发展。但我身上似乎散发着让女人魂牵梦绕的气息，我没有炫耀，也没有开玩笑，这是不可否认的事实。当堀木一语道破时，我倍感屈辱的同时，也渐渐失去了对娼妓的兴趣。

一天，为了赶时髦（到现在，我也没有找到驱使堀木这样做的其他理由），堀木带我去参加了共产主义读书会（好像叫R.S吧，我也记不太清了）的一个秘密集会。对于堀木这类人来说，带我去参加那样的集会，不过是他带我“游览东京”的一个行程。我被介绍给所谓的“同志”，然后买了一本宣传册，听首席上的一个相貌丑陋的年轻人讲授马克思主义经济学。在我看来，他讲授的东西浅显易懂，也言之有理，但人的内心比理论更复杂，也更可怕。称之为“欲望”，好像又不全是；称之为“虚荣心”，好像又不贴切；合称为“色欲”，仍然词不达意。我自己也说不清楚。但我总觉得人类生存的基础不单单是经济事物，还有其他神仙鬼怪类的东西存在。对鬼怪退避三舍的我，就像水往低处流一样，自然会肯定唯物论。但这仍不能使我消除对人类的恐惧，放眼望去，即便都是绿叶，我依然感受不到充满希望的喜悦。不过，我从未缺席过 R.S（这样称呼可能有误）的活动。看到“同志们”总是如临大敌一般全身心地投入类似“一加一等于二”这样的初级数学理论的研究中，我常常忍俊不禁。于是，我就努力拿出自己的搞笑本领来活跃气氛，渐渐地，研究会上那种拘泥古板的气氛得到了缓解，而我成了集会上不可或缺的红人。也许，这些单纯的人会以为我和他们一样单纯，把我看成一位乐观诙谐的“同志”。如果果真是那样的话，那我算是彻头彻尾把他们欺骗了。我并不是他们所谓的“同志”，我从不缺席集会，只是为到场的“同志们”奉上滑稽的搞笑服务罢了。

我喜欢这样做，我喜欢这群人，但并不是因为马克思主义下所建立起来的同志情谊。

有人会说，这种集会是不合法的。我喜欢的是这种集会的非法性质。或者说，这种“非法”给我带来了乐趣，让我觉得身心舒畅。事实上，这世上那些合法的东西才让人觉得更可怕（它们让我觉得高深莫测），结构更复杂难懂。就像身处在一个没有窗户的冰冷房间里，纵然已经知道外面是非法的海洋，我也要纵身跳下去，就算游得筋疲力尽，最后死去，我也心甘情愿。

有个词语叫“湮没于世”，似乎是用来形容人世间的那些可怜虫、失败者或道德沦丧的人的。可我却觉得，我从一出生就是湮没于世的，所以遇到那些遭人指责的同类之人，我定然会温柔地对待那些同类之人。我那柔软的心房，令我自己都如痴如醉。

还有个词语叫“犯罪意识”。我这一生都饱受这种意识的折磨。它已经融入我的生活，就如糟糠之妻一般，和我耳鬓厮磨，和我寂寞嬉戏。俗语有云：“小腿上有伤口，怕被人知道。”这种意识就如同长在我腿上的伤口一样，伴随我身体的成长，这个伤口非但没有愈合，反而日益严重，渐渐地深入骨髓了。每天晚上，我就如同掉进变幻莫测的地狱那般痛苦，但那伤口却和我日渐亲密，比我自己的血肉之躯还要亲密无间（这种说法听起来可能有些怪异吧）。伤口传来的痛楚反倒成了对伤口的情感，就好比爱情的呢喃一样。所以，对于我这类人来说，前面所提到的秘密集会反倒给我带来安全感，让我觉得心旷神怡。换而言之，那种活动的外壳比活动本身更吸引我。对于堀木来说，那种集会就是白痴的消遣行为，他在将我介绍进读书会后，就再也没去过。他还开了一个拙劣的玩笑：“马克思主义者在研究生产关系的同时，也应该视察一下消费关系嘛。”所以，他不愿意参加集会，倒是总想拉着我去视察消费。现在想来，那时真是什么类型的马克思主义者都有啊。有像堀木那样爱慕虚荣、赶时髦的、自诩为马克思主义者的人；也有像我这样只是喜欢“不合法”的感觉而频繁参加集会的人。如果那些真正的马克思主义信仰者识破了我们两人的真实面目，那我们必然招致烈火焚身般的愤怒，被视为卑鄙的叛徒，立刻被驱逐出组织。可是，我们根本没有被除名，特别是我，在这个非法的世界里，竟然要比合法的绅士世界还要如鱼得水，可谓是“朝气蓬勃”。读书会的人认为我是一个大有前途的“好同志”，透露给我很多机密，也托付给我很多重要的任务。我一次也没有拒绝这些任务，总是泰然自若地接受任务，而且从来没有因为举止反常而遭到“狗”（同志们这样称呼警察）的怀疑和盘问。我总是笑着或者逗人发笑（那帮从事共产主义活动的家伙总是如临大敌一样，紧张兮兮的，他们有时甚至笨拙地模仿侦探小说中的方法，高度戒备着。他们交给我的任务都无聊透顶，还煞有介事地制造紧张气氛），准确无误地完成他们所谓的危险工作。当时，我内心无比平静，觉得就是因为入党被捕入狱，要在牢里度过一生，我也无所谓。我惧怕现实生活，与其每天晚上都在地狱的深渊中痛苦呻吟，那还不如锒铛入狱来得痛快。

我父亲经常外出办事，或是忙着在樱木町的别墅里招待客人，我们就是生活在同一个屋檐下，也常常三四天见不着面。我总觉得父亲严厉可怕，让人难以接近，私下盘算搬出别墅，想租间房子单住。正当我不知道怎么跟父亲说的时候，别墅的老管家告诉我，我父亲有意卖了这栋别墅。

我父亲的议员任期将满，他因为各种理由，没有继续参选的想法了，打算到故乡建一处院落过隐居的生活。他似乎对东京毫无眷恋，也可能觉得没必要为我这个高中生留下住宅和佣人吧（父亲的心思和世人一样，不是我所能理解的）。总之，没过多久，这栋别墅就被转卖给别人了，而我则搬进了本乡森川町的一家叫仙游馆的旧公寓，我住在一间阴暗的房间里，生活一下子就陷入了困顿。

一直以来，我每个月都会从父亲那里得到一笔固定金额的零用钱，就算我两三天就将这笔钱挥霍一空，可家里总备有香烟、酒、乳酪、水果等东西，就连书籍、文具、衣服那些东西，我也是可以在附近的店铺赊账购买的。就连我款待堀木所吃的荞麦面和炸虾盖浇饭，只要是附近父亲经常光顾的餐馆，我都可以吃完了就甩手离开的。

现在突然一个人租房子住了，我的花销全都仰仗着每个月固定金额的汇款，我一下子变得焦头烂额起来。我依然会两三天就把那项汇款花光，惊慌失措，心里害怕得要发狂了，轮流给父亲、哥哥、姐姐发电报，又写长信（信中写的都是虚构的搞笑的故事，因为我觉得要想请人帮助，上策是先讨他欢心），我催促他们快给我寄钱。在堀木的教唆下，我开始频繁地出入当铺，可即便这样，我手头依然很拮据。

总之，我是没有能力独自一个人在无亲无故的出租房里生活的。我害怕一个人静静地待在屋子里，感觉随时可能受到袭击。于是，我便冲上街头，或是为地下运动提供支援，或是和堀木去喝廉价酒，将学业和绘画都荒废了。高中第二年的十一月份，我和一位比我大的有夫之妇殉情，这件事彻底改变了我后半生的命运。

我经常旷课，学习上也不用功，但因为摸清了考试的要领，所以虽然劣迹斑斑，学习成绩上还是瞒过了家人。但终究，学校向家乡的父亲通报了我严重缺课的事情，我父亲让大哥给我寄来一封措辞严厉的长信。比起读到这封信的痛苦，没钱花的苦痛更甚，而且我在地下运动中承担的工作日益繁重，不允许我再抱着游戏的心态来对待了。我当上中央地区还是什么地区（具体我也记不清了）的，反正包括本乡、小石川、下谷、神田一带所有学校的马克思主义学生行动队的队长。听说要搞武装暴动，我特意买了一把小刀（如今想来，那把小刀真是连削铅笔都不够锋利呀），放进雨衣口袋里，四处奔走，从事所谓的“联络”事宜。我真想喝醉酒好好睡上一觉，可惜我手里没钱。而且P（我记得P是党的暗语，不过我也可能记错了）不断地给我下达任务，让我觉得连喘息的时间都没有了。我这羸弱的身子骨实在吃不消了。原本，我就只是对这种运动的“不合法”性感兴趣，谁料假戏真做，如今变得骑虎难下了。我整个人手忙脚乱，在心里暗暗抱怨：“你们搞错对象了吧？这些任务应该交给你们的嫡系成员去做嘛。”最后，我逃走了。即便这样，我的心情也没变得好些，我甚至想一死了之。

当时，有三个女人对我特别有好感，其中一位便是我寄宿的仙游馆公寓东家的女儿。每次我参加完地下活动，身心俱疲地回到住处，饭也不吃就倒头睡下时，那个姑娘就拿着纸笔来敲我的房门：

“不好意思，弟弟妹妹在楼下太吵了，我没办法专心写信。”说完，她便在我的桌子前坐下，一写就是一个多小时。

原本，我可以装作什么都不知道，就那么一直躺着，可我看那姑娘的神情，好像特别希望我能跟她说点什么。于是，我明明疲惫得连一句话都懒得说了，还是发扬自己之前的那种奉献精神，强打起精神，一边抽烟，一边和她聊天。

“听说有一种男人，用女人寄来的情书烧洗澡水。”

“哎呀，那可真讨厌。你就是那种男人吧？”

“我倒是用情书热过牛奶。”

“可真了不起。那你就尽情喝吧。”

我巴不得这姑娘赶紧离开，说是来写信的，其实我早就看透了，她不过是在那里装模作样，胡乱涂鸦罢了。于是，我便试探着说：

“给我看看吧。”我嘴上这么说，其实是打死也不想看的。

谁知，她竟然撒娇说：“哎呀，不行，不能给你看。你真讨厌。”她那兴奋的样子真是让人不忍看下去了，真叫人倒胃口，我就想借机将她支走。

“有件事想拜托你，能不能去电车轨道那边的药店，帮我买点卡尔莫钦[1]？我太累了，脸发烫，睡不着觉。麻烦你了。钱嘛……”

“钱是无所谓的。”她愉快地起身走了。

我十分清楚，男人让女人去办事，她们是不会垂头丧气的，反而会因为受了男人的嘱托而倍感高兴。

另外一个女人，是女子高等师范学校的学生，读文科的，是我所谓的“同志”。因为参加地下活动的关系，不管我愿不愿意，我都得每天和她碰面。活动结束后，那个女人还总是跟在我屁股后面，而且给我买各种东西。

“你把我当成你的亲姐姐好了。”

她那么装模作样，让我觉得浑身难受。我带着忧郁的笑容，说道：“其实我也是这样想的。”

我知道惹怒女人是很可怕的，必须想方设法讨好她们才行。为此，我还是选择牺牲自己，去奉承这个丑陋而讨人嫌的女人。她买东西（其实她买的东西实在没什么品位，我大都送给烤鸡肉串的老板了）给我，我就装出兴高采烈的样子，说些乐子逗她开心。一个夏夜，我被她缠得实在没有办法，便在街头的一个昏暗的角落里吻了她。我想，这下她该早点回去了。哪知她欣喜若狂，竟然厚颜无耻地叫了一辆车，将我带到一座他们租赁来从事秘密活动的大楼，在一间狭小的西式房间里，我们一直折腾到天亮。我暗自苦笑：“这可真是位荒唐的大姐。”

不论是房东的女儿，还是这位女“同志”，我几乎每天都和她

---

① 卡尔莫钦：英文名为 Calmotrin，是一种安眠药。

们见面，没办法像避开往常那些女人一样避开她们，只好怀着忐忑不安的心理，拼命去讨好她们，结果被她们套得牢牢的，根本动弹不得。

那段时间里，银座一家大型酒吧的女招待也格外施恩于我。我和她虽然仅有一面之缘，却因为受了她的恩惠，我还是感受到了被紧紧束缚住的不安和恐惧。那时的我，无须堀木带领，也能乘坐电车和去看歌舞伎了，我甚至脸皮厚到可以穿着花纹衫光顾酒馆了。内心深处，我依旧对人类的自信和暴力感到不解、恐惧和烦恼，但至少表面上能和人一本正经地寒暄了。不，如果不带着充满挫败感的小丑角色的苦笑，只凭着我的本性，我是根本没办法和别人沟通的。总之，我所掌握的寒暄方式虽然有点结结巴巴、答非所问，但好歹能拿得出手了。这难道是为地下活动四处奔波练就的？或是得益于女人？抑或是因为酗酒？应该说，这一切都归功于手头拮据吧。走到哪里都惴惴不安的我，或许只有混迹在大型酒吧里，湮没于醉鬼以及男女招待中，我那颗时刻紧绷着的恐惧之心才能获得安宁吧。抱着这样的想法，我怀揣着十元钱，独自走进了银座的那家大型酒吧，笑着对女招待说：

"我身上只有十元钱，能不能喝点什么？"

"您不必担心。"她说话带着关西腔。听了她的话，我惶惶不安的心竟然瞬间平静下来。这并不是因为我不用担心钱的事情了，而是因为我在这个女人身旁感觉很踏实。

我喝了酒。因为对她很放心，我反倒没有心情扮演小丑搞笑，于是就毫不掩饰自己沉默寡言的本性，一言不发地喝着酒。

"这些菜，您喜欢吗？"

那个女人把很多菜肴摆在我面前。我摇摇头。

“只喝酒吗？那我也陪您一起喝吧。”

那个寒凉的秋夜，我按照常子（我记得是这个名字，但我的记忆已经模糊了，所以不太确定。我这个人啊，连殉情对象的名字都能忘记）吩咐的，在银座小巷里的某家寿司摊里，一边吃着难以下咽的寿司，一边等着她。（虽然忘了她的名字，但不知道为什么，那寿司的味道我至今还记得。那位光头店老板，长得活像条锦蛇，他摇头晃脑地捏着寿司，佯装手艺高超的样子，我至今仍然历历在目。日后我乘电车时，总觉得有些人的脸在哪里见过。苦思冥想之后，我不禁苦笑：原来是像那个寿司店的老板。事到如今，我已经忘了那女人的名字，连她的脸庞也模糊了，却仍然清晰地记得那寿司店老板的脸，甚至能准确地画下来，或许是他卖的寿司过于难吃，给我留下太多痛苦的缘故吧。不过，就是别人带我到好评如潮的寿司店用餐，我也从没有品尝到美味寿司的记忆。寿司实在太大了。我总是暗忖：难道就不能把它们捏成大拇指大小吗？）

她在本所[①]一位木匠家的二楼租住。在她二楼的房间里，我毫不掩饰自己阴郁的内心，就好像害了牙疼病一般，单手托腮喝茶。没想到，我这副模样，反倒更惹得她怜爱。她给人的感觉，完全是个遗世独立的女人，仿佛身旁刮着凛冽的寒风，落叶随风狂舞。

我们躺在床上，她倾诉了自己的身世。她比我年长两岁，老家在广岛。她说：“我是个有夫之妇。我先生原本在广岛开理发店。去年春天，我们两个人一起逃离家乡。来到东京后，我丈夫不干正经事，不久就因为诈骗罪被关进了监狱。我每天都去监狱给他送吃的，不过从明天开始，我不打算再去了。”不知道为什么，

① 东京都墨田区西南部的地名，原东京区名。

我生来就对女人的身世没有半点兴趣，可能是因为她们讲话技巧差，或者她们抓不住讲话重点的缘故吧。总之，我全当她们说的话是耳旁风。

真是寂寞啊。

对于我而言，听女人诉说冗长的身世，也不及听到她们的一声叹息更能引起我的共鸣。尽管我一直期待着，但令我感到不可思议的是，我在这世上所遇到的女子中，还没有一个人向我倾诉过这句话呢。不过，眼前这个女人嘴上没说“寂寞”，可她的身体却流露出“寂寞”的气息。她身旁萦绕着一股一寸见宽的气流，连我的身体也被她的气流包裹着。她的气流和我自身携带的阴郁气流完美地融合，就如同贴在水底岩石上的枯叶一般，使我从恐惧和不安中抽离出来。

和躺在那些白痴娼妓的怀中安然入睡的感觉截然不同（最起码那些娼妓是快活的），跟这个诈骗犯的妻子度过的那个夜晚，对于我而言，是获得解放的幸福之夜（我想，毫不犹豫地使用如此夸张的字眼，这在我所有的手札里，可谓是绝无仅有的）。

但仅限于那晚。第二天清晨我睁眼醒来，又变回了那个浅薄无知的、矫揉造作的小丑。胆小鬼连幸福都怕，碰到棉花都会受伤，有时还会被幸福所伤。我想趁着自己还没受伤，及早和她分道扬镳。于是，我又使出惯用的搞笑的烟幕弹。

“俗话说‘财尽情亦绝’。其实，人们对这句话的解释是颠倒的。它并不是说男人的钱一用光，就会被女人给甩掉。而是说男人一旦没有了钱，就会意志消沉，变得颓废窝囊，连笑的力气都没有了，性格也变得扭曲，最终破罐子破摔，主动甩掉女人。他们会精神失常似的，分分合合，最终彻底和女人断了联系。《金泽大词典》里就有这样的解释。可悲啊，我懂那样的心境。”

我记得我说了上面那段傻话，把常子逗得捧腹大笑。“此处不宜久留，以免夜长梦多。”我这样想着，连脸都没洗就慌忙逃了出来。没承想，我胡诌的那句“财尽情亦绝”，日后竟然产生了意外的关联。

此后的一个月，我都没有去找我那晚的恩人。分开的日子越久，最初的喜悦越发淡薄，倒是对方施恩于我的事让我感到惶恐不安，更感到强烈的束缚。想到那晚在酒吧竟然是她结的账，我更是耿耿于怀。我觉得，她和房东的女儿、女子高等师范学校的那个“同志”一样，不过是将我逼上绝路的女人。我远离她，还是会对她充满恐惧，而且我总觉得，一旦再见到那些和我上过床的女人，她们必然心怀怒火，所以我将重逢视为麻烦事，对银座也敬而远之。但我这种胆怯的性格绝非出于狡猾，而是我无法理解女人的某些行为：她们会将和男人上床睡觉这件事和早晨醒来后发生的事区分开来，就好像两者没什么关联一样，怡然自得地游走在两个世界之间。

十一月末，我和堀木在神田的小摊上喝着廉价酒。我这位损友，他在这家喝完酒之后，又要换个地方继续喝。我们明明已经口袋空空了，可他还吵着“我还要喝，我还要喝”。我当时也喝得醉醺醺的，借着酒劲壮胆，说道：

“好，我就带你去梦之国，那里可是酒池肉林啊……”

“酒吧吗？”

“对！”

“那还不快走！”

于是，我们搭上了去市营的电车。堀木很是兴奋，欢蹦乱跳的，嚷嚷道：

“今晚我饥渴难耐，想女人哪。我可以亲女招待吗？”

我不喜欢堀木醉后的丑态，而堀木也深知这一点，又特意问了我一句：

“听见没有？我要玩亲亲。我要亲我旁边的女招待给你看。你不会介意吧？”

“随便你。”

“太好了！我真是太饥渴了。”

在银座的四丁目下车后，仗着和常子的关系，我和堀木两个几乎口袋空空的人，进了那家大型酒吧，在一个空着的包厢里面对面坐下。常子和另外一个女招待迅速跑过来，那个女招待坐在了我身边，常子则坐在了堀木身旁。我暗暗吃了一惊：常子要被堀木亲吻了。

但我并不感到可惜。我原本就不是个占有欲强的人，就算偶尔觉得可惜，也没什么精力去跟别人争什么，以至于后来的某一天，我眼睁睁地看着和自己同居的女人被人侵犯，竟然始终没有吭声。

我竭力避免介入人世间的纷争，害怕卷入是非的旋涡。常子和我只是露水情缘，她并不属于我。按理说，不会有让我觉得可惜的欲念，可我仍然吃了一惊。

常子将在我面前被堀木狂吻，想到这一点，我就觉得她可怜。被堀木玷污过的常子，势必会和我分手，而我也就不用热情挽留常子，这样，我们两人的关系也到此结束了。想到这里，我就为不幸的常子感叹，但随即就看破了一切，对她的那点同情也瞬间像潮水一样逝去，我来回瞅着堀木和常子，皮笑肉不笑。

但是，事态的发展远比我想象得更糟糕。

“算了吧！”堀木撇撇嘴，说道，“我就是再饥渴，也不能亲吻这样穷酸的女人……”

堀木一副难以忍受的样子，抱着双臂，上下打量常子，露出苦笑。

“请给我酒。我没有钱。”我小声对常子说。

我现在真想好好喝个痛快。从世俗的眼光看，常子甚至不配得到一个醉鬼的亲吻，是个难看又穷酸的女人。这未免太出乎我的意料，让我觉得五雷轰顶。我从没喝过那么多酒，一直喝到天旋地转，和常子悲戚地相视而笑。经堀木这么一说，我才意识到，她确实是一个疲惫又穷酸的女人，但又有一种同是穷人的亲近感涌上心头（我到现在都认为，贫富差距虽然是陈词滥调，却是戏剧的永恒主题）。迷迷糊糊中，常子变得可爱动人，我有生以来第一次萌发了微弱的却是主动的爱恋之心。我吐了，醉得分不清东南西北，醉得不省人事，对于我而言，这还是第一次。

从宿醉中醒来，我发现常子坐在我的枕边。原来，我睡在了本所木匠家二楼的房间里。

“你说‘财尽情亦绝’，我还以为你在和我开玩笑呢。原来你是认真的。那以后就再也没来过。咱俩的缘分是没那么容易断的，我挣钱给你花，还不行吗？”

“不行。”

然后，她也躺下睡了。

拂晓时分，她的嘴中第一次说出“死”这个字眼。她似乎已经被生活折磨得疲惫不堪了，而我，一想到自己对人类的恐惧，再想到金钱、女人、学业和地下运动等带来的烦恼，也感到自己无法再忍耐下去了。于是，我便不假思索地同意了她的提议。

但那一刻，我并没有做好真的去死的准备，对于“死亡”，我多少抱着点“游戏”的心态。

那天上午，我们在浅草的六区徘徊，接着就进了一家咖啡店，各自点了一杯牛奶。

“你去付账吧。”

我起身，从和服的袖子里取出钱包，打开一看，里面只有三枚铜币。一种比羞耻更强烈的情愫顿时俘虏了我。那一刻，我脑中浮现的是我在仙游馆的房间，那里面除了学生制服和被子，就没有什么可典当的东西了。再加上我身上穿的碎花和服大衣，就是我的全部家当了。我清楚地意识到自己的现状，我已经没法再活在这世上了。

她见我一副不知所措的样子，便站起身来，望向我的钱包，说道：

“哎呀，只有这些了吗？”

虽然是无心之语，我还是感受到刺骨的疼痛。生平首次，我为自己恋人的话所刺伤。这真不算什么大事，三枚铜币根本算不得钱。但这件事带给我奇耻大辱，是让我无法再苟活于世的耻辱。说到底，是当时的我还没有彻底忘记自己“大户人家公子哥儿”的身份。从那一刻起，我才真正下定了决心，想要一死了之。

当夜，我们在镰仓跳海。她说：“腰带是跟店里的朋友借的。”她解下腰带，叠放在岩石上；我也脱下大衣，放在岩石上。随后，我们便双双跳入大海。

那个女人死了，我却得救了。

或许因为我还是个高中生，加上我父亲声名在外，报社认为这件事很有新闻价值，将我殉情的事情大肆报道。

我被送入一家海边医院，老家那边派来一个亲戚帮忙收拾残局。那位亲戚临走时说，我故乡的父亲和家人十分震怒，今后可能要和我断绝关系。但我无暇顾及这些，只是想念死去的常子，终日以泪洗面。因为在我认识的人中，我真正喜欢的只有模样穷酸的常子。

房东的女儿给我寄来一封长信，是由五十首短歌[①]凑成的，而每首短歌都是以“为我而活”这句古怪的话开头的。此外，常有护士到我的病房玩，她们脸上带着爽朗的笑容，有些护士总是在紧紧握过我的手之后才转身离去。

医院检查发现，我的左肺出了问题，这对我来说是好消息。不久，警察就以“协助自杀罪”为名将我从医院带走了。在警察署，我被当作病人看待，被关在特别看守室里。

深夜，在看守室旁边的值班室里，一个值夜班的老巡警悄悄打开看守室与值班室之间的门，向我招呼道：

“冷吧？来这边烤烤火吧。”

我故意装出无精打采的样子，走进值班室里，坐在椅子上凑向火盆取暖。

“还在想那个死去的女人吧？”

“嗯。”我故意用小得如同蚊子哼哼的声音回答。

“这也是人之常情。”

接着，他就渐渐摆开架势，像法官一样装模作样地审讯我：

“你和那女人第一次发生关系，是在哪里？”

---

① 短歌：是由五、七、五、七、七音节构成的日本格律诗。

他当我是个乳臭未干的小孩，在这个百无聊赖的夜晚，当自己是审讯案件的审讯官，想要套出我的香艳情史。我早就洞悉真相了，拼命忍住了才没笑出来。面对这个巡警的“非正式审讯”，我是有权利拒绝回答任何问题的，但为了给这漫漫秋夜增添些趣味，我怀着满脸诚意，仿佛面前的这个巡警就是真正的审讯官，而我所受刑罚的轻重都在这个人的一念之间。我做出“适度”的陈述，好满足这个老色鬼的猎奇心理。

“嗯，我大致了解了。你如果坦白一切，我会从轻处理的。”

“谢谢，还请您多多关照。”

我的演技已经到了炉火纯青的地步，进行了一场对自己没任何益处的卖力表演。

因为天亮后，我便被警察署署长叫过去了。这次是正式审讯。

我推开门，走进署长办公室，映入眼帘的是一位皮肤黝黑的，像是刚毕业不久的年轻署长。

“哟，长得很帅嘛。这不是你的错，要怪就怪你母亲将你生得太俊俏了。”

署长一见到我就这么说。这话让我倍感悲哀，仿佛我是个半张脸都长满红痣的相貌丑陋的残疾人。

这个署长就像是柔道或剑道高手，他审讯麻利，和那个色眯眯的老巡警的隐秘审讯风格截然不同。审讯结束后，署长一边整理呈送给检察署的文件，一边说道：

“你可得好好养病啊。是不是还在吐血啊？”

那天早晨，不知道为什么，我咳嗽起来。每次咳嗽，我都用手帕捂住口鼻，结果手帕上沾染了血渍，就像下过红色的雪一般。但那些血并不是从我喉咙里咳出来的，而是我昨天夜里抠耳垂上的小脓包流出来的。我突然意识到，不向警方说清楚这件事，或许对我更有利。于是，我便低眉顺眼，用确有其事的口气说：“是的。”

署长写完文件后说道：“至于是否要起诉你，得由检察官来决定。你最好还是打电话或发电报给你的担保人，让他来横滨检察署一趟。你总该有担保人或监护人吧？”

我猛然想起，一个叫涩田的书画古董商人，之前有段时间频繁地出现在我父亲在东京的别墅里，是我在学校的担保人。那个涩田，是个矮胖子，四十多岁了还没结婚，是我的同乡，习惯拍我父亲的马屁。他的脸，尤其是眼睛，长得特别像比目鱼，所以我父亲总叫他“比目鱼”，我也这么称呼他。

我跟警察借来电话簿，查到比目鱼家的电话号码，请他来横滨检察署一趟。和以前相比，比目鱼就好像换了一个人，趾高气扬地跟我说话，但他最后还是答应来一趟。

“喂，最好将那个电话筒消消毒，没看见他吐血了吗？”

我回到看守室后，听见署长这样大声吩咐巡警们。

午饭后，他们用细麻绳捆住我的胳膊，让一个年轻巡警带着我乘电车去横滨。我被准许用大衣遮住被捆绑的手，但麻绳的另一端牢牢地握在那个年轻巡警的手里。

但我没有感到丝毫不安，反而有些怀念警察署的看守室以及那个老巡警。哎，我怎么沦落到这个地步了呢？不过，被当作罪犯五花大绑起来，反倒让我松了口气，心情平静不少。就是现在提笔写那些回忆，我还是觉得很惬意。

在这段令人怀念的往事里，有一次悲惨的经历让我觉得冷汗淋漓，让我终生难忘。在检察署一个阴暗的房间里，接受了检察官的简单问讯。那位检察官四十多岁，性情温和，气度不凡（如果说我长相俊美，但我的俊美里带着淫邪之气；那位检察官浑身散发着睿智文雅的气息，让人不得不承认那才是真正的俊美）。在他面前，我不再心怀戒备，心不在焉地叙述着事情的经过。突然，我又咳嗽起来，便从袖子里掏出手帕来，我瞥见了上面的血迹，顿时产生了一个卑鄙的念头：何不将咳嗽作为讨价还价的筹码？于是，我故意夸张地大咳两声，用手帕捂住口鼻，悄悄瞥了一眼检察官。

恰好在这时候，他露出平静的笑容，问道：

“你是真咳嗽吗？”

我吓得直冒冷汗，就是现在回想起来，我依然会紧张得不知如何是好。中学时代，当白痴竹一在我背后说“故意的，你是故意的”，戳穿我的把戏时，我就像一下子堕入地狱里。可说实话，这次我心中的恐慌要远远超过那一次。这两件事，是我平生仅有的两次演技穿帮记录。有时我想，比起受那个检察官沉着冷静的羞辱，还不如让他直接判我十年徒刑呢。

我被缓期起诉处理，但我一点也高兴不起来。我满心悲戚地坐在检察署休息室的长凳上，等着担保人比目鱼将我领走。

透过身后高高的窗户，我看见晚霞染红了天空，一群海鸥排成“女”字形，朝天边飞去。

第三手札

一

竹一的两大预言，一个成真，一个落空。“有女人迷恋”这个不光彩的预言成真了，可“成为一个了不起的画家”这个祝福性的预言却成了泡影。最终，我只是个无名的漫画家，靠给粗俗的杂志投稿来维持生计。

我因为镰仓殉情事件，被学校除名了。此后，我便寄宿在比目鱼家里，住在他家二楼的一间三张榻榻米大的房间里。我家里每个月只寄来很少的一点钱，而且不是直接寄给我，是悄悄寄到比目鱼名下的（似乎是老家的哥哥们瞒着我父亲寄来的）。除此外，我便完全和老家的亲人们断绝了联系。比目鱼总是摆出一张臭脸，就是我在一旁满脸赔笑，他也没什么改变。一个人能够前后判若两人，这让人吃惊，不，应该说让人觉得滑稽才对，没想到人类翻脸就跟翻书一样快。

比目鱼一改往日的殷勤，只是一味地警告我：

“不准出去。总之，你不要出去。”

比目鱼好像在监视我，防止我自杀。换句话说，比目鱼认为我有自杀或再次跟女人跳海的可能，所以严禁我外出。我没有酒喝，没有烟抽，只能蜷缩在二楼三张榻榻米大小的房间里，翻看旧杂志，过着白痴一样的生活，早就没有自杀的力气了。

比目鱼家位于大久保医专附近，门口的招牌响亮，写着“书画古董商”“青龙园”，但不过是一栋双住户人家，而且他家只是其中的一户，店铺门面狭小，店内堆放着很多破烂货，货物上布满灰尘（比目鱼并不靠着这些破烂玩意儿为生，他常常出入一些场合，将某位老板的珍藏品转卖给另外的老板，好从中牟利）。比目鱼本人很少待在店里，每天一大清早，他就板着个脸急匆匆地出去，留下个十七八岁的小伙计看店。比目鱼出去后，那个小伙计就负责监视我。小伙计一有闲工夫，就跑到外面跟附近的孩子去玩投球游戏，俨然将我这个二楼的食客当作疯子或傻瓜，甚至像大人那样向我说教。我素来懒得和人争吵，便经常摆出疲惫又钦佩的神情，聆听他的说教，表现出屈从的样子。有传闻说，那个小伙计是涩田的私生子，可不知为什么，他和涩田从来没有以父子相称过。而且传闻说，比目鱼选择不结婚，也是和这个孩子有关。我以前听家人说起过比目鱼的过往，但我对别人的身世不感兴趣，所以不了解其中的详情。不过，小伙计确实和比目鱼长得神似，或许真的是比目鱼的私生子也未可知……果真如此的话，那这对落寞的父子倒是挺有默契的。夜深人静时，他们常常瞒着二楼的我，偷吃荞麦面等外卖食物。

比目鱼家的一日三餐都由这个小伙计负责。我这个二楼食客的饭菜，都是由小伙计盛在托盘里端上来的，而比目鱼和小伙计，两人就在楼下四张榻榻米大小的餐厅里匆匆用餐，不时传出碗碟碰撞的清脆的响声。

三月末的某个傍晚，或许是比目鱼捞到了意外之财，或许是他有什么阴谋（除了上述两种猜测，可能还有很多我无法猜测的琐碎理由吧），他竟然破例将我叫下楼，到餐桌旁吃饭。餐桌上竟然难得地摆着酒壶，桌上的生鱼片竟然不是廉价的比目鱼，而是昂贵的金枪鱼。款待我的主人也对当晚的饭食赞赏有加，席间还向我这个发呆的食客劝酒。

“你日后有什么打算？”

我没有回答，只是从桌上的餐盘里夹起一块沙丁鱼片，望着那个小鱼的银色眼珠，醉意上涌。我不由得想起以前四处游荡的时光，甚至想念起堀木来了，更加渴望“自由”，以至于差点哭出声来。

搬到这里寄宿以来，我根本没有搞笑的力气了，每天都处在比目鱼和小伙计的鄙视之中。比目鱼似乎有意回避与我长谈，而我也无意向他诉说衷肠，于是，我便只剩下一个躯壳，近乎成了一个傻乎乎的食客。

“缓期起诉是不会留下犯罪记录的，所以只要你有心，是可以获得重生的。如果你想要洗心革面，认真将你的想法告诉我的话，我会帮你想办法的。”

比目鱼的说话方式，不，这世上所有人说话总是拐弯抹角，闪烁其词。他们总是试图用这种微妙复杂的说话方式来逃避责任。虽然近乎徒劳无功，但他们还是费劲心机地时刻防范着。我对此困惑不已，最后只能听之任之，不是用搞笑的办法来蒙混过关，就是点头默许得过且过。总之，我采取的是失败者的消极防御态度。

多年以后我才知道，如果当时比目鱼能开诚布公地和我交谈，或许结果会是另外一个样子，可比目鱼那多此一举的提防，以及世人那种让人无法理解的虚荣心和面子观，都让我感到无比沉重。

比目鱼当时如果能直接这样告诉我就好了：“公立学校也好，

私立学校也罢，从四月份开始，你最好进一家学校。只要你进学校读书，你老家就会给你寄来充足的生活费的。”

我后来才知道，事情竟然是这样的。如果他当时直接这么说，我会乖乖听从他的吩咐。可比目鱼过于谨慎，说话拐弯抹角，导致那次谈话并不顺利，甚至完全改变了我的人生轨迹。

“如果你不想诚心和我商量，那我也没什么办法。”

“商量什么？”我真是没有半点头绪。

“就是你心中想的事情啊！”

“比如说？”

“比如，你今后有什么打算？”

“你是说我最好出去工作？”

“不，我的意思是，你自己心里到底是怎么想的？”

“可是，就算我想进学校……”

“那是需要钱，但问题不在钱上，关键是你心里的想法。”

他为什么不直接说老家给我寄钱来了呢，只要有这句话，我肯定会打定主意去上学的。可他没说，我当时真是听得云里雾里的。

“怎么样？你将来想干什么？要知道，照顾一个人有多难，这不是一个被照顾的人所能体会的。”

“很是抱歉。”

“你确实令我担心呀。我既然答应了照顾你，就不希望你稀里糊涂地过日子。我希望你能走正道，能够重新做人。如果你对未来有什么打算，愿意跟我认真探讨的话，我就会给你想办法的。不过，我比目鱼是个穷人，帮不上大忙，你要是奢求过以前那种阔绰生活，恐怕要令你失望了。但你要是有明确的打算，并且愿意和我好好商量的话，我还是会努力帮忙的，让你重获新生。你明白我的意思吗？你今后到底有什么打算？”

“您要是不愿意我在您家二楼住，我就出去工作……”

“你真这么想吗？现在这个世道，就是帝国大学毕业的人，也……”

“不，我没打算做白领。”

“那你想干什么？”

“画画。”我狠了狠心，说出了这句话。

“什么?!”比目鱼缩着脖子，大笑起来。

他那种滑稽的表情，我永生难忘。那种表情里带着一种近乎轻蔑而又不同于轻蔑的东西。如果将人类社会比作汪洋大海，他那诡异的笑容就是游弋在海底的一抹掠影。我从他的嗤笑里看清了成人生活的本质。

“你的态度这么不认真，我们没什么好谈的了。不过，你的想法实在太荒唐了，趁着今晚再好好考虑下吧。”比目鱼说道。我逃也似的奔上二楼，躺在床上，毫无头绪。

天亮后，我从比目鱼家里逃了出来。

“我将到左边所写的这个朋友家中去，和他探讨未来的事情。请千万不要担心，傍晚我就会回来的。”

我用铅笔写了张便条，字迹很大。在那张便条上，我留下了堀木正雄的名字以及他位于浅草的家庭住址。随后，我便溜出了比目鱼家。

我偷着跑出来，并不是因为讨厌比目鱼的说教。就如比目鱼所言，我是个想法荒唐的人，完全没有规划过自己的未来。可要是一直在比目鱼家当食客，我又觉得对不起他。就是我立下志向，愿意重整人生，那么每个月我也势必要接受并不富裕的比目鱼的接济。想到这些，我就寝食难安，觉得自己没有颜面再待在这个家里了。

不过，我从比目鱼家里逃出来，并不是真想去找堀木商量什么未来计划，我只想安抚比目鱼罢了，就是让他放一点心也好呀（那样的话，我就可以逃得更远一些。我套用了侦探小说中主角逃跑时惯用的策略，写了那张便条。留下那样一封信，虽然还是会令人感到不安，但总比给人一头闷棍，令人惊慌失措，然后大脑一片空白要好得多。尽管事情迟早会败露的，但我还是害怕直接说出来，非得要掩饰一下不可。这就是我性格的可悲之处，似乎和世人嗤之以鼻的“撒谎”有几分相似，但我的掩饰从未给自己谋取过私利。我这么做，只是怕事情突变会令人窒息。所以，明知道以后会对自身不利，我仍然拼命为他人着想。虽然我的这种为人着想会被人曲解，成效微不足道，而且被人看成是愚蠢至极的，但出于这种心理，我仍然试图替别人掩饰。我的这种性格，常常给世上所谓的“正人君子”以可乘之机）。怀着这样的目的，我才凭着记忆，在便条上写下了堀木的姓名和住址。

离开比目鱼家后，我一路步行，到了新宿，卖掉身上的书后，我就变得走投无路了。我平素一向待人亲切，却从没有真正体验过“友情”。除了堀木这样的狐朋狗友，和其他人交往，带给我的全都是痛苦。为了排解这些痛苦，我拼命掩饰，滑稽搞笑，反倒使自己筋疲力尽。在茫茫人海中，看到一个熟人或瞥见一张相似的面孔，都会使我大吃一惊，弄得我头晕目眩，瑟瑟发抖。明明知道有人喜欢我，可我却没有能力去爱别人（尽管我不相信这世间所有的人都有爱别人的能力）。所以，像我这样的人，是不可能拥有所谓的“挚友”的，因为我甚至不具备拜访别人的能力。于我而言，别人的家门比《神曲》[①]里描述的地狱之门还要可怕，我感到门后匍匐着一条巨龙，面目可憎，满身腥臭，不停蠕动着。这并不是危言耸听，而是我的真实感受。

我没有任何朋友，无法走向任何人的家门。

我想到了堀木。

这就是人们所说的弄假成真了，我决定像纸条上写的那样。到浅草去找堀木。这之前，我没有去过堀木家，多数情况下是拍电报约堀木见面。可眼下，我是连拍电报的钱也掏不出来了。再说，我如今穷困潦倒，就是我拍电报，他也未必肯来见我。最终，我还是下了决定，要硬着头皮去拜访他。我叹了口气，坐上前往浅草的电车。想到自己在这世上最后的救命稻草竟然是堀木，我就觉得自己脊背发凉。

堀木当时在家。他家位于一条肮脏的小胡同的尽头，是一栋两层的房屋。堀木住在二楼的一个六张榻榻米大的房间里。堀木年迈的父母和三个年轻工匠在楼下敲敲打打地缝制木屐带子。

那天，堀木向我展示了城里人的另一面，就是俗话所说的老奸巨猾。这个利己主义者的冷酷和狡诈，让我这个乡巴佬瞠目结舌。他和我不一样，不是个摇摆不定、随波逐流的人。

“我真是服了你了。老爷子原谅你了吗？恐怕还没有吧？”

我没敢告诉他我是偷着跑出来的。

我像往常一样闪烁其词，企图蒙混过关。明知道马上就会被堀木察觉到，我还是搪塞道：

---

①《神曲》：是意大利诗人但丁的长诗。诗中描写了作者和地狱、炼狱以及天国中的各种神话人物的对话，反映出中古文化领域的成就与重大问题。

"总会有办法的。"

"喂，这可不是闹着玩的。给你个忠告，干傻事要有个限度。我今天还有事要忙。我最近都忙得晕头转向的。"

"有事要忙，什么事啊？"

"喂，喂，你别把坐垫上的绳子扯断了。"

我和堀木谈话的时候，一边说话，一边无意识地用手拉扯坐垫四边像麦穗一样的装饰绳玩。只要是家里的东西，堀木都相当爱惜，哪怕是坐垫上的一根细绳子，堀木也会不顾情面地指责我。仔细想来，堀木此前和我交往的过程中，从来没有付出过什么。

这时，堀木的老母亲用托盘端来两碗年糕红豆汤。

"哎呀，您这是……"

堀木俨然是一副十足的孝顺儿子的模样，在他老母亲面前诚惶诚恐，说话时语气恭敬得很不自然。

"真是辛苦您了，给我们端来年糕红豆汤。这么丰盛……您不必这么费心的，我们得马上出去办事了。不过，既然是您特意做的，不喝就太浪费了。那我还是喝一碗吧，你也来一碗如何？这可是我母亲特意做的哦。啊，真是太美味，太上档次啦！"

他一脸兴奋的样子，津津有味地吃着，似乎不像是在演戏。我也啜了一口红豆汤，感觉像洗澡水一样。我又尝了尝年糕，觉得那根本不是年糕，我也不知道到底是什么东西。我绝不是瞧不起堀木家贫困的家境（我当时并不觉得难吃，而且很感念他母亲的心意。我害怕贫困，却不蔑视贫困）。我想说的是，多亏了那碗年糕红豆汤以及兴高采烈喝汤的堀木，让我见识到了城里人节俭的本性，也看清了东京人家里家外迥然不同的真面目。只有我这个蠢蛋，不懂得内外之分，一而再再而三地在人类生活中四处逃窜，甚至被堀木这种人所嫌弃。我只记得自己狼狈地拿着漆面斑驳的筷子吃年糕红豆汤的情景，内心无比凄凉。

“不好意思，我今天有点事情，”堀木站起身来，边穿上衣边说，“我要先走一步了，抱歉啊。”

这时，正好有个女人来找堀木，我的命运也随之改变。

堀木的精神为之一振，说道：“哦，真是对不起。我正想去拜访您呢，可谁知来了个不速之客。不用理他，没关系。来，请坐吧。”

此刻，堀木十分慌乱。我赶紧将自己坐着的坐垫拿起来，翻了个面递给他。他一把夺过那个坐垫，再次翻了个面，放好后，请那女客人就座。因为房间里除了堀木的坐垫，就只有那个坐垫了。

那个女人长得瘦瘦的，个子很高。她将坐垫往旁边挪了挪，在房门边的角落里坐了下来。

我呆呆地坐在一旁，听着两人的谈话。他好像是杂志社的人，委托堀木画插画之类的，眼下是专程来取稿子的。

“因为很急，所以……”

“画好了，早就画好了。在这里，请您过目。”

这时，有人送来一封电报。

堀木看过那封电报，原本兴高采烈的脸一下子就阴沉下来了。

“喂，你说说，这究竟是怎么回事？”

原来，那是比目鱼发来的电报。

“总之，拜托你赶快回去。我要是能亲自送你回去就好了，可我眼下实在没那工夫。你看你，从家里偷着跑出来，还这么一副大摇大摆的样子。”

“府上在哪里？”那女人问道。

"大久保。"我随口答道。

"我们公司正在那附近。"

那女人出生于甲州，今年二十八岁，带着一个五岁的女儿，住在高原寺的公寓里。她丈夫三年前去世了。

"看得出来，你是个细心的人。你从小到大吃过不少苦头吧？真是可怜哪。"

我第一次过上了小白脸的生活。静子（就是那个女记者）去新宿的杂志社上班时，我就和她女儿茂子看家。在我来以前，每次她母亲外出时，茂子便到公寓管理员那里玩，如今家里来了位"做事细心"的叔叔，她似乎很开心。

我在静子家稀里糊涂地待了一个星期左右。公寓窗外的电线上，缠着一个风筝，已经被夹杂着尘土的春风吹得破烂不堪，但它仍牢牢地缠在电线上，不肯离去，就像不停地点头哈腰似的。每次见到那风筝，我都忍不住苦笑，面红耳赤，好像被梦魇缠住了一般。

"我需要钱。"

"……要多少？"

"很多……俗话说'财尽情亦断'，这话不假啊。"

"傻瓜，那不过是句老话……"

"是吗？不过你是不会明白的。再这样下去，没准我又会逃走的。"

"到底是谁金钱散尽，又到底是谁要逃走呀？你可真是奇怪。"

"我要自己赚钱。用我自己赚来的钱买酒喝，买烟抽。就说画画吧，我觉得自己画的比堀木画得好。"

这个时候，我脑子里浮现的是我中学时画的那几张自画像，就是竹一口中说的妖怪画像。可惜，那三幅杰作，在多次迁徙中遗失了。我始终觉得，唯有它们才称得上是优秀的画作。后来，我又尝试过各种画法，但都远远达不到记忆中那三幅画的水准。我怅然若失，内心空虚而倦怠。

就像一杯喝剩的苦艾酒。

我用这句话来形容那种无法弥补的失落感。一提到绘画，那杯喝剩的苦艾酒就在我面前若隐若现。"啊，真想给那些人看看我的自画像，让他们看看我的绘画才能，让他们大跌眼镜。"我的心焦躁不已。

"呵呵，你一脸认真地开起玩笑来，还真是可爱呢。"

"我不是开玩笑，我说的都是真的！啊，真想把那些画给她瞧瞧！"我内心焦躁不堪，又无可奈何。我突然改变了主意，放弃了那个念头。

"漫画，至少我漫画画得比堀木强。"

没想到我这句敷衍的玩笑话，竟然让她信以为真了。

"是啊，其实我也挺佩服你的。你平时给茂子画的那些漫画，连我看了都忍不住大笑呢。要不要试着画画？我可以向我们的总编辑推荐你。"

静子所在的杂志社并不出名，发行儿童月刊。

"……多数女人见了你，都巴不得为你做点什么……因为你总是一副战战兢兢的样子，却又能滑稽搞笑地逗人开心。……有时，你独自一个人，郁郁寡欢，那模样真是让人动心哪。"

静子说了很多，听起来是在恭维我，我却觉得她说出了小白脸的卑劣秉性，因此越加郁郁寡欢，萎靡不振。我暗下决心：金钱比女人重要，我迟早会离开静子，去过自食其力的生活。可现实情况是我越来越依赖静子了。包括我离家出走的善后工作等，几乎都仰仗这个女人帮我打理。结果，我在静子面前越来越战战兢兢了。

在静子的安排下，她和比目鱼、堀木三人经过协商，达成了共识：我和老家彻底断绝关系，光明正大地和静子同居。在静子的奔走下，没想到我的漫画也卖钱了。我能用自己赚的钱来买酒买烟，但我的惶恐和忧虑却与日俱增。我日渐消沉，在为静子所在的杂志社连载漫画《金太郎与小太郎的冒险》时，我猛然想起家乡的亲人来，因为心中极度抑郁，竟使我无法下笔，有时甚至会伏在桌前，泪流满面。

当时，能稍许带给我慰藉的就只有茂子了。茂子毫不忌讳地叫我爸爸。

“爸爸，听说只要向神明祈祷，什么愿望都能成真，这是真的吗？”

如果真是这样，我想向神明祈祷。

神啊，求你赐给我坚定的意志，求你让我看清人类的本质吧。人类相互排挤，不也是一种罪过吗？神啊，请赐给我愤怒的面具！

“嗯，是真的。茂子想要什么，神明都会答应的。不过爸爸想要的，那就不一定了。”

我连神明都惧怕。我不相信神明的爱，我只相信神明的惩罚。

“为什么不一定呢？”

“因为爸爸不听父母的话。”

“真的？可大家都说爸爸是个大好人呢。”

那是因为我欺骗了所有人。我知道这栋公寓的人对我印象不错，可实际上，我对他们满是畏惧。我越是畏惧他们，就越想博得他们的喜欢；而我越是博得他们的喜欢，就越是畏惧他们，越想离开他们。我这种怪癖的心理，是很难跟人解释清楚的，更何况是茂子这样的小孩子呢。

“茂子，你想向神明祈祷什么呀？”我不着痕迹地转移话题。

“茂子想要自己真正的爸爸。”

我大吃一惊，顿时感到一片眩晕。敌人！究竟我是茂子的敌人，还是茂子是我的敌人？总之，有那么一瞬，透过茂子的脸，我看见一个威胁我的大人，一个可怕的、不可思议的、神秘的陌生人。在我眼里，茂子一下子就变成了一个陌生人。

我原以为茂子会是个例外，没想到她身上也隐藏着“会突然甩出的抽死牛虻的牛尾巴”。从那以后，我就是在茂子面前也不得不战战兢兢了。

“色魔！在吗？”

堀木来这里找我了。尽管我从比目鱼家里逃出来那天他对我冷眼相待，可我依然无法将他拒之门外，还是面带笑容地迎接他。

“你小子的漫画很受欢迎嘛！像你这种业余爱好者，倒是有点初生牛犊不怕虎的胆量。不过，你可别大意了，你的素描可是烂得不成样子。”

他在我面前完全是一副大师姿态。惯有的焦躁情绪折磨着我，我要是将那些“妖怪”自画像给他看，他会是个什么表情呢？可我嘴上却说：

“你快别这么说，我都快放声尖叫了。”

堀木越发得意，说道：“单靠处事圆滑，你早晚有一天会露出马脚的。”

处事圆滑？听他这么说，我真是哭笑不得。居然说我处事圆滑！难道在世人眼中，我畏惧、躲避、搪塞他人的性格，竟然和世俗人所谓的“明哲保身”表现相同吗？哎，人们根本不了解彼此，明明貌合神离，竟然还以为对方是自己一生的挚友呢，等对方死去时，还哭哭啼啼地吊唁呢。

堀木毕竟是我离开比目鱼家帮我处理烂摊子的人之一（虽然他肯定是在静子的恳求之下才勉强答应的），所以他俨然以使我脱胎换骨的大恩人自居，或摆出月下老人的架子，不是煞有介事地教训我，就是三更半夜喝得醉醺醺地来借宿，抑或是向我借五元零花钱（每次都只借五元钱）。

“不过，你也该改改玩女人的毛病了。你要是再玩下去的话，世人是不会原谅你的。”

所谓的世人，到底指什么人呢？是人类的复数吗？世人的实体究竟在哪里呢？一直以来，我都认为人类是强大的、严厉的、可怕的东西，如今听堀木这样说，我差点蹦出“你不就是所谓的世人吗”这样的话来，可我又怕激怒堀木，话到嘴边，又咽了回去。

（世人是不会原谅你的。）

（不是世人，恐怕是你不会原谅我吧？）

（要是做那种事，世人会给你颜色瞧的！）

（不是世人，是你才对吧？）

（世人迟早会葬送你的。）

（不是世人，是我迟早会被你葬送吧？）

——你要明白，你是多么可怕、古怪、毒辣、狡诈和诡谲呀！

这些话在我心中翻腾，而我只能用手帕擦拭脸上的汗水，笑着说：

“你这话让我汗颜啊。”

但从那一刻起，我开始意识到，所谓的世人，实际上指的不过就是某个人。

自从有了这个念头，我和以前相比，多少能够按照自己的意志行事了。用静子的话讲，就是我变得比以前任性了，不再像从前那么战战兢兢的了；用堀木的话讲，就是我变得比以前小气了；用茂子的话讲，就是我不太宠她了。

我终日不苟言笑，一边照看茂子，一边应各家杂志社的邀请（除了静子所在的那家杂志社，也陆续有别人杂志社向我约稿了，但这些杂志社都是三流杂志社，比静子所在的杂志社还要低俗）画一些连载漫画，如《金太郎与小太郎的冒险》，模仿《悠闲爸爸》创作的《悠闲和尚》，以及《急性子的小宾》等。这些漫画的内容，连我自己都不知所云。在郁闷的心情下，我慢条斯理地画着（我的笔速原本就很慢），只是借此赚点酒钱罢了。静子从杂志社回家后，我便能外出了。我阴沉着脸走出家门，前往高原寺车站附近的小摊或小酒馆，喝廉价的烈酒，等心里好受些了，才打道回府。

"越看越觉得你长相怪异。其实，'逍遥和尚'的人物造型就是从你睡觉时的模样中得到的灵感。"

"你睡觉时看起来也很苍老，活像一个四十多岁的男人。"

"那还不怪你，我都快被你榨干了。浮萍人生似水流，何苦愁闷川边柳[①]。"

"别瞎嚷嚷了，快睡吧。你还吃饭吗？"静子仍是心平气和的，根本不理我那套。

---

① 这两句的释义是：浮萍一样缥缈的人生没有根，就这么飘飘摇摇地过着。那又何必像岸边忧愁的杨柳一样呢，早就该认清这个现实了。

"有酒的话，我倒是想喝点……浮萍人生似水流，何苦愁闷川边柳……"

我一边哼着歌，一边让静子帮我脱衣服，然后就将头埋在静子的胸脯里，沉沉地睡去了。这就是我的生活。

同样的事日日反复，
只需遵从昨日的惯例。
若能避开猛烈的狂喜，
自然也不会有悲痛来袭。
为了躲避前方的绊脚石，
蟾蜍也会迂回前行。

这是上田敏[①]翻译的夏尔·库洛[②]的诗歌，每当我读到这首诗歌，便会羞愧得满脸通红。

蟾蜍。

（那就是我。世人不会容忍我，也不会宽恕我；世人不会葬送我，也不会放过我。我比阿猫阿狗还要低级，是个蟾蜍，只配在地上爬行的蟾蜍。）

我的酒量越来越大，不光在高原寺车站附近喝酒，我还会跑到新宿、银座一带喝酒，甚至在外面过夜。我不想遵从以往的惯例。在酒馆里，我是一副无赖相，总是乱亲身边的女人。总之，我又回到了殉情前的那种状态，成了一个更粗俗、更卑鄙、更无耻的酒

---

① 上田敏（1874~1916年）：日本诗人、评论家、翻译家。

② 夏尔·库洛（1842~1888年）：法国诗人。

鬼。钱用完了，我就把静子的衣服拿去典当了。

望着那被大风刮得七零八落的风筝苦笑了一年多以后，到了樱树再次长出嫩叶的季节，我将静子和服上的腰带以及衬衫，拿到当铺换钱花，然后到银座喝酒。连续在外面鬼混了两夜后，到了第三天晚上，我实在撑不住了，便偷偷跑了回来。我蹑手蹑脚回到住处，听到了静子和茂子的对话：

"爸爸为什么要喝酒啊？"

"爸爸啊，他并不是真的喜欢喝酒，只是因为他人太好了，所以才……"

"好人就要喝酒吗？"

"倒也不是……"

"爸爸肯定会大吃一惊的。"

"没准儿会讨厌它呢。你看，它又从箱子里跳出来了。"

"就像急性子的小宾。"

"就是。"

屋里传来静子低低的笑声，那是发自内心的幸福的笑声。

我轻轻将门打开一条细缝，向里面窥视，发现原来是只小白兔。那小白兔活蹦乱跳的，静子母女俩正追着它跑。

（她们两人真是幸福啊。我这种浑蛋夹在她们中间，只会将她们的生活搅得一塌糊涂。简单的幸福，一对好母女。啊，如果神明愿意听我的祈祷，哪怕这一生只有一次，那就请神明保佑她们幸福吧。）

我多想双手合十，蹲下身子，为她们祈祷。但最终，我只是轻轻掩上门，转身去了银座。从那以后，我就再也没有回过那间公寓。

我再次过上了小白脸的生活，寄身于京桥附近一家小酒吧的二楼里。

世人——我开始隐约懂得何为所谓的世人。世人是人与人的争斗，而且是现场之争，人活着就是为了在争斗中取胜。人绝不会屈从于他人，即便是奴隶，也会用自己卑微的方式进行反击。所以，人除了现场决出胜负之外，便没有其他生存之道了。尽管标榜堂而皇之的正义，但他们努力的目标仍是个人的，超越一个人之后，还要迎战下一个人。世人的难题便是个人的难题。那浩瀚的大海，实际上指的不是世人，而是个人。如此一来，我对人类这片如真似幻大海的恐惧便大大减弱了，不再像以往那样费心劳神地生活了。就是说，为了满足眼前需要，我多少变得厚颜无耻了。

我离开高原寺的公寓以后，便来到京桥那家小酒吧，跟老板娘说："我和她分手了。"这句话胜过一切。从那晚开始，我便堂而皇之地搬进了酒吧的二楼。可怕的世人并没有伤我分毫，而我也没向世人解释什么。只要老板娘愿意，一切便都不成问题。

我既像店里的客人，又像老板，像招待，又像店里谁的亲戚。在世人眼中，我应该是个来路不明的家伙，可世人并没有质疑我的身份，店里的常客还是"阿叶、阿叶"地叫我，对我很是友善，还经常请我喝酒。

我逐渐对人类放下了戒心，慢慢意识到这个社会并没有我想象的那么可怕。如此看来，我对人类的恐惧未免有点杞人忧天的味道。我此前的恐惧，就如同被科学迷信恐吓一样。例如，春风里带有成千上万的百日咳细菌；澡堂子里有害人眼睛失明的真菌；理发店里有数十万秃头病的真菌；电车的吊环里，有无数的疥虫攒动着；生鱼片或没烤熟的猪肉、牛肉里藏着绦虫、吸虫的虫卵；如果光着脚走路，不小心被玻璃扎入脚掌，那么玻璃碴子就会顺着人体循环系统，在人体内乱跑，刺破人的眼睛，令人失明。的确，就如科学所描述的那样，成千上万的细菌在我们周围蠕动着。但我也明白，如果我们无视它们的存在，那它们便和我没什么关系，成为转瞬即逝的“科学幽灵”罢了。我还曾听说，如果每个人的饭盒里都剩下三粒饭，那一千万人一天就会浪费掉几袋大米；如果每个人每天都节约一张擦鼻涕纸，那一千万人每天就能省出一池纸浆。我曾经对这样的科学统计数据充满恐惧。我每吃剩下一粒饭，每擦一次鼻涕，我就觉得我浪费了堆积如山的大米，我浪费了满满一池子的纸浆。就仿佛犯下深重罪孽一样，我心情沉重。其实，这些都是科学谎言、统计谎言和数据谎言。因为吃剩下的三粒米不可能被汇集一处，就是做加减乘除应用题，它们也不过是最粗浅、最弱智的应用题。这就好比统计人在黑暗的厕所里掉进粪坑的概率，或是统计乘客不小心跌入车站出入口与月台边缘缝隙的概率，考虑这类概率问题可真是愚蠢可笑。尽管这些问题的确有可能发生，可我还没听说过有人因为踩空粪坑而受伤的呢。然而，一直以来，我都深信这些所谓的“科学事实”，就在昨天，我还都照单全收，并且为此惶惶不可终日。如今想来，就觉得自己幼稚得可笑。这样，我开始渐渐了解人类社会的真相了。

尽管如此，我还是对人类心存畏惧。在下楼去见客人之前，我总要先喝一杯酒才行，就好像要去见的，是十分可怕的东西。即便如此，就像小孩子见到可怕的小动物，反而会用力握紧一样，我也会每晚出现在酒客们面前，喝得醉醺醺的，向他们吹嘘我那不入流的艺术理论。

哎，我是个漫画家，可惜是个不会大喜大悲的无名漫画家。我渴望一场放纵的欢乐，纵然巨大的悲哀接踵而至，我也在所不惜。但是，我眼下只能和酒客们聊这些没用的事，喝下酒客请我喝的酒，我只能以此为乐。

我在京桥百无聊赖的生活持续了一年之久，我的漫画已经不限于儿童杂志，也刊登在车站卖的粗俗杂志上。我以"上司几太"（与"殉情未遂"一词同音）这个诙谐的笔名，画着一些龌龊的裸体画，并且常在这些画上插入《鲁拜集》[①] 中的诗句：

别再做那些徒劳的祈祷，
不要再让泪水白白流掉。
干杯吧，只想那些美妙的事情，
忘却一切多余的烦恼。

那用不安和恐怖威胁人的家伙，
终将畏惧自己犯下的滔天罪行。
为了防备死者来愤然复仇，
他们终日算计，不得安卧。

昨夜，美酒入喉，我心欢畅。
今朝，酒冷香落，一片凄凉。
怪哉，只是一夜的工夫，
我的心，竟判若两人！

---

①《鲁拜集》：是波斯古典诗人欧玛尔·海亚姆（1048~1122）的四行诗集。

停止诅咒的念头吧。
就如远方传来的战鼓声，
带给人莫名的不安，
——若连琐事也要问罪，终究无路可走。

正义是人生指南？
且看那血流成河的战场，
且看那暗杀者的刀锋，
正义又在何方？

何处有带给我启示的真理？
睿智之光在何方闪耀？
美丽与恐惧并存于世，
软弱之人被迫肩负起重荷。

向世人播下无能为力的情欲种子，
任他们遭受善恶惩罚的诅咒。
任他们彷徨踟蹰，束手无策，
却不赋予他们意志和力量。

你在何处彷徨？
为何批评、思索和忏悔？
嘿，是空虚的梦，还是不切实际的幻影？
嘿嘿，忘了喝酒，一切想法都是虚妄！

广袤的苍穹无边无际，
我们不过是沧海之一粟，
谁知道地球为何会自转？
自转，公转，反转，又与我们何干?!

至高无上的力量无处不在，
所有的国家，所有的民族，
无不具备相同的人性。
难道只有我是个异类？

世人都误读了《圣训》[1]，
要不就是缺乏常识与智慧。
竟然严禁肉体之欢和美酒入喉，
够了，穆斯塔法[2]，我最厌恶那种虚伪！

但那时，却有位处女劝我戒酒。

"你每天一过中午就喝得醉醺醺的，这样不行哦！"

她是酒吧对面香烟铺子老板的女儿，十七八岁，名叫良子。她肤色白皙，长着一颗虎牙。每次我去买香烟，她都会微笑着忠告我。

"为什么不行呢？喝酒有什么不好？古代的波斯人说：'有多少酒就喝多少酒。人子啊，用酒来消除你们的怨恨吧！'他们还

①《圣训》：是伊斯兰教先知默罕默德传教和立教的言行记录，地位仅次于《古兰经》。

② 穆斯塔法：阿拉伯人名，在这里借指圣人。

说:‘给我疲惫悲伤的心灵带来希望的,唯有那让我微醉的玉杯。’你懂这话吗?”

“我不懂。”

“你这丫头,当心我亲你哦。”

“那你亲吧。”她一点也不害羞,噘起了嘴唇。

“傻丫头,一点贞操观念都没有。”

但良子浑身上下都散发着未被玷污的处女气息。

年后的某个寒夜,我喝得醉醺醺的,到香烟铺子去买烟,不小心跌进了香烟铺子的下水道里。我大叫:“救我,良子!”良子使劲儿将我拽起来,帮我处理右手的伤口。

那一次,良子没有笑,严肃地说:“你喝的酒太多了。”

我不惧怕死亡,却惧怕因为受伤流血而沦为残废。在良子替我处理伤口时,我心中暗忖,或许自己真该戒酒了。

“我要戒酒了,从明天开始滴酒不沾。”

“真的吗?”

“说到做到。如果我戒酒了,良子就会嫁给我吗?”我是真想戒酒了,但和良子结婚的话,却是句玩笑话。

“当然。”

她所说的“当然”,是“当然可以”的省略语。当时,社会上流行各种省略语,比如时男(时尚的男子)、时女(时尚的女子)等。

“好。我们拉钩。我一定会戒酒的。”

可第二天,我吃午饭时就又喝起酒了。

傍晚时分,我踉踉跄跄地走出来,来到良子的铺子前,喊道:

“抱歉啊,良子。我又喝酒了。”

“哎呀,你可真讨厌,故意装作喝醉了。”

我大吃一惊，顿时酒意全无。

“不，是真的，我真喝酒了。我没装醉。”

“别逗了，你真坏。”

她丝毫没有怀疑我。

“你看看就知道了，我中午又喝酒了。请你原谅。”

“你可真会演戏啊。”

“我才没演戏呢，傻丫头。当心我会亲你呦。”

“那你亲呀！”

“不，我没有那资格。我不能娶你为妻了。你瞧我的脸，很红吧？因为我喝酒了啊。”

“那是夕阳照的。你不要骗我了，咱们昨天不是说好了吗？你是不可能喝酒的，咱们拉过钩的。你说你喝酒了，肯定是在撒谎，你撒谎！”

良子坐在昏暗的店铺里，嫣然一笑。她那白皙的脸庞上，闪着毫无污秽的童贞，是那么地尊贵。迄今为止，我还没有和年轻的处女上过床呢。那一刻，我暗下决心，要和良子结婚，就是巨大的悲伤接踵而至，我也在所不惜。我要体验一场放纵的欢乐，哪怕一生就有这一次也行啊。以前，我总认为处女的纯洁美，不过是愚蠢的诗人天真而感伤的幻想罢了，没想到现在就真实地展现在我面前。我说：“结婚后，春暖花开的时节，咱们骑单车去看青叶瀑布吧。”我当场暗下决心，抱着所谓的一决胜负的心理，毫不犹豫地窃取了这朵鲜花。

不久，我们便结婚了。我从中获得的快乐没有想象中那么大，但随后降临的悲哀，却大得超乎我的想象，用“凄惨”这个词都不足以形容。对我而言，人类还有其深不可测的可怕之处，不可能一决胜负，绝非那么简单。

二

堀木与我。

如果人类所谓的“朋友”关系，就是彼此轻视却又相互往来，并且觉得彼此越发无趣，那我和堀木，无疑就是这种“朋友”关系。

在京桥那家小酒吧的老板娘的仗义（尽管说女人仗义，多少会令人觉得奇怪，但就我的经验而言，至少从城市男女来看，女人要远比男人仗义。因为男人做事大多是战战兢兢的，他们外表给人感觉大气，但实际上很是吝啬）帮助下，我和香烟铺的良子完婚了。我们在筑地的和隅田川一带租了一间屋子，位于一栋木质结构的两层公寓的底层。我将酒戒掉了，渐渐专心于我视为固定职业的漫画创作。晚饭后，我们两人会一起去看电影，回家途中或是去喝咖啡，或是买个花钵。不，和这些相比，我更大的快乐是倾听我的小新娘子说话，看她的一颦一笑。我心中泛起点点温暖，慢慢觉得自己是个正常人了，觉得不必以悲惨的方式结束自己的生命了。可就在此时，堀木又出现在我面前。

“嗨，色魔！咦？看你的样子，好像稍微懂些人情世故了。我今天，是来替高原寺的那位女士传话的。”

堀木话说到一半，朝着在厨房泡茶的良子扬了扬下巴，低声问我：“我这么说，没事吧？”

“没事，你随便说吧。”我心平气和地答道。

老实说，良子对我有着死心塌地的信任。我和京桥那家小酒吧老板娘之间的事情就不用说了，就算我告诉她我在镰仓发生的事情，她也没有怀疑我和常子的关系。这倒不是我巧舌如簧，有时我就用最直白的说法，良子也只是当作笑话来听。

“你还是一副自命不凡的样子！不过，也没什么大事啦。那位只是托我转告你，有空不妨去高原寺的公寓坐坐。”

就在我要忘却的时候，一只怪鸟却扑棱着翅膀飞来了，用嘴啄破了我记忆的伤口。于是，过去的耻辱和罪恶一下子就涌现到眼前，我恐惧得想要高声尖叫，再也没办法平静地坐下去了。

“出去喝一杯吧。”我说。

“好啊。”堀木答道。

我和堀木，长得很像，有时会被人误认为是双胞胎。当然，这仅仅局限于我们四处游荡，去喝廉价酒的时候。总之，我们两个一碰面，顷刻间就变成了两只长相、毛色相同的狗，在飘洒着雪花的小巷中窜来窜去。

那天以后，我和堀木重修旧好。我们结伴去了京桥的那家小酒吧，最后，我们这两条烂醉如泥的狗还造访了高原寺静子的公寓，并且在那里过了一夜。

我永远无法忘记那个闷热的夏夜。那天傍晚时分，堀木穿着一件皱皱巴巴的和服单衣，来到我在筑地的公寓。他说，因为着急用钱，他今天将夏服拿去典当了，可这件事如果让他母亲知道了，那就不妙了，他想跟我借点钱，好马上把他的夏服赎回来。不巧的是，我当时也囊中羞涩，只好像往常一样，吩咐良子拿她的衣服去典当。良子拿回来的钱借给堀木后，还剩下一点，我便叫良子去买烧酒，我和堀木两人则上了公寓的顶楼，迎着和隅田川夹杂着泥土腥味的微风，举办了一场小小的纳凉晚宴。

当时，我们玩一种猜测喜剧名词和悲剧名词的字谜游戏。这种游戏是我发明的，名词既然可以分为阴性、阳性和中性，那同样有喜剧和悲剧之分。比如，火车和轮船是悲剧名词，市内电车和巴士则是喜剧名词。不懂得其中缘由的人是无权奢谈艺术的。因为，喜剧剧本中若是夹杂了一个悲剧名词，那这个剧作家就不合格了。悲剧剧本的情况也是如此。

“准备好了吗？香烟是什么名词？”我问道。

“悲剧（是悲剧名词的简称）。”堀木立刻作出回答。

“药品呢？”

“药粉，还是药丸？”堀木问道。

“针剂。”

“悲剧。”

“是吗？还有荷尔蒙针剂呢。”

“不，绝对是悲剧。你不觉得只要有针就是个悲剧吗？针头本身就是一个大悲剧啊！”

“好吧，算我输了。不过我告诉你，药物和医生都是喜剧的。那么，死亡呢？”

“喜剧。牧师和和尚也是一样。”

“厉害！那生存该是悲剧了吧？”

“不，生存也是喜剧。”

“可这么一来，不是都成喜剧了吗？我再问你个问题，漫画家呢？你总不能说是喜剧了吧？”

“悲剧，悲剧，是个大大的悲剧名词。”

“哈哈，原来你就是个大悲剧呀！”

渐渐地，闲聊就变成了低俗的玩笑。的确，这种游戏很是无聊，但我和堀木却觉得，这种游戏比这世上所有的沙龙游戏都来得巧妙，甚至为此扬扬得意。

当时，我还发明了一种类似的游戏，就是猜反义词。比如，黑的反义词是白，而白的反义词是红，红的反义词则是黑。

“花的反义词是？”我问道。

堀木撇着嘴想我提出的问题，答道：“呃，有家料理店叫花月，答案应该是月。”

“错。花和月不是反义词，是同义词还差不多。就好比星星和紫罗兰，它们是同义词，绝不是反义词！”

“我知道了，花的反义词是蜜蜂。”

“蜜蜂？”

“牡丹画上就经常出现的……或者是蚂蚁？”

“搞什么？你说的是绘画题材。你别想蒙混过关。”

“我懂了。不是有句话说‘花遇云朵’吗？”

“是彩云追月吧！”

“哦，对了。那就花遇和风。风！花的反义词是风。”

“瞎扯！那是浪花调[①]中的句子吧？这下我可知道你的水平如何了。”

“要不就是琵琶？”

“那就更不对了。花的反义词……哎呀，你应该从最不像花的东西里找呀。”

“那会是什么呢？等等，哎呀，是女人对吧？”

“那我问你，女人的近义词是什么？”

“内脏。”

---

① 浪花调：也叫浪曲，是日本民间的一种说唱艺术，江户时代末期兴起于大阪一带。

“你啊，对诗真是一窍不通。那内脏的反义词是？”

“牛奶。”

“这次答得倒不错。就按这个思路来，耻辱的反义词是什么？”

“是无耻。就是流行漫画家上司几太。”

“那堀木正雄呢？”

此时，我们两人都笑不出来了。沉闷的气氛笼罩着我们，就像喝酒喝醉了，脑袋里装满了玻璃碴子。

“你少猖狂。我可不像你，没受过被绳子捆绑的耻辱。”

堀木的话令我大吃一惊。原来，他内心并不把我当成真正的人来看待，他只当我是个自杀未遂、不知廉耻的傻子，就像行尸走肉一样。他无非是利用我活得快活罢了。一想到自己和他的交情不过如此，我的心情就极为低落。但转念一想，堀木这样看待我，也无可厚非。我从小就没有为人的资格，会被堀木看不起，那是情理之中的事。

于是，我装出无所谓的样子，将这个话题继续下去：

“罪。你说说罪的反义词是什么？这道题很难哦。”

“法律。”堀木平静地回答。

我重新审视堀木一番。附近高楼上的霓虹灯忽明忽暗，灯光映照在堀木的脸上。堀木就如鬼蜮一般，显得威严十足。我为之一怔。

“罪的反义词怎么会是法律呢？”

他竟然认为罪的反义词是法律！或许，人类都抱着如此简单的想法，过着安分守己的生活，认为没有警察的地方，罪恶才会蠢蠢欲动吧。

“不然是什么？是神吗？你身上怎么有股基督徒的味道了？真

让人倒胃口！”

“哎，你别轻易下结论，让我们再好好想想。你不觉得这是个有趣的话题吗？我觉得，通过这个问题的答案，我们可以了解一个人的全部。”

“这样啊。……那罪的反义词是善。就是像我这样善良的市民。”

“别胡闹了。善是恶的反义词，不是罪的反义词。”

“罪和恶有什么区别吗？”

“有区别。善恶的观念是人定的，‘恶’是人随意创造出的道德词汇。”

“你真啰唆。既然这样，那就是神吧。神啊神，把什么都推到神身上，总不会有什么错误吧。哎呀，我肚子都饿了。”

“良子在楼下煮蚕豆呢。”

“那太好了，我爱吃蚕豆。”堀木枕着双手，仰卧在地上。

“你好像对罪这类东西不感兴趣啊！”

“我当然不感兴趣了。我不像你，我不是个罪人。我玩女人却没害死过女人，也不会卷走女人的钱财。”

我并没有害死过女人，也没有卷走过女人的钱财！我内心拼命地挣扎反抗，可马上又习惯性地将责任都揽到自己身上。

我终究无法和堀木当面争辩。我竭力克制着酒后产生的抑郁心情，自言自语地嗫嚅道：“被关进监狱并不代表我犯了罪。如果弄清了罪的反义词，或许就能把握罪的本质了。是神、救赎、爱、光明吗？可是，神的反义词是撒旦，救赎的反义词是苦恼，爱的反义词是恨，光明的反义词是黑暗，善的反义词是恶。罪与祈祷，罪与忏悔，罪与告白，罪与……啊，这些都是同义词。罪的反义词到底是什么呢？”

“罪的反义词是蜜[①]，甘甜的蜂蜜。哎呀，我肚子都饿了，快拿点吃的来吧。”

“你自己怎么不去拿？”这似乎是我有生以来第一次用愤怒的语气与人说话。

“好吧，我下楼去拿。我和良子做完坏事后再上来。与其和你在这里空谈，我还不如下去实践呢。到时候，你就会知道，罪的反义词是蜜豆，不，是蚕豆！”堀木已经醉得口齿不清了。

“随你的便，滚远点！”

“罪与饿，饿与蚕豆。不对，这是同义词。”他一边信口胡诌，一边站起身来。

罪与罚。陀思妥耶夫斯基。这些词在我的脑海里一闪而过，让我猛然一惊。如果陀思妥耶夫斯基没有把罪恶和惩罚当成同义词来看，而是当作反义词来看，那会怎么样呢？……罪与罚，这两个词语，没有一点共通之处，彼此水火不容。陀思妥耶夫斯基笔下的绿草、腐臭的水塘、纷乱如麻的人心……啊，我懂了，不，我又好像没完全明白……正当各种念头在我脑海中走马灯似的闪过时，忽然传来堀木的叫声：

“喂，还他妈的蚕豆呢，快来看！”

堀木的声音和神色都变了。他不是蹒跚着下楼去了吗？怎么这么快就返回来了？

“怎么了？”

---

① 蜜：日文中“罪”的读音为“tsumi”，“蜜”的读音为“mitsu”。两个字的读音正好相反。

我意识到不对劲儿，赶紧和他从楼顶下来。在二楼通往一楼的楼梯上，堀木突然停住脚步，指着某个地方，悄声对我说："你看！"

我住的屋子上方开着个小窗，可以看见屋里的情景。就见屋里亮着灯，两只"动物"正在干着什么。

我顿时觉得天旋地转，呼吸急促，心里不停念道："这是人之常情，这是人之常情，没必要大惊小怪。"我就那么呆立在楼梯上，甚至忘了去解救良子。

堀木大声咳嗽数声。我逃回到屋顶上，一股脑儿躺到地上。我仰望夏夜里水汽弥漫的天空，心底弥漫的不是愤怒、厌恶，也不是悲哀，而是深深的恐惧。那不是在墓地见到幽灵鬼怪的恐惧，而是在神社的杉树林中撞见身穿白衣的神明时，心头所涌起的那种古老、强烈而又无法言说的极端恐惧。一夜之间，少年华发。我对所有事情都失去了信心，对人类满是怀疑，失去了对人世生活的期待、喜悦和共鸣。这是我整个人生中最关键的事件。我仿佛被人迎头砍中眉心。那以后，每次我与人接近，那道伤口便隐隐作痛。

"我很同情你。不过，你也应该稍微有点体会了吧。我再也不会到这里来了，这里简直就是地狱。你最好还是原谅良子吧，毕竟你也好不到哪儿去。告辞了。"

堀木可不傻，他才不会待在这种令人尴尬的地方呢。

我站起身来，独自喝着烧酒，接着便号啕大哭起来。哭啊，哭啊，我就那样痛哭不止。

不知何时，良子怔怔地站在我身后，手里端着个盛满蚕豆的盘子。

"如果我说我什么都没做……"

“算了，你什么都别说了。你啊，就是太信任别人。坐下一起吃蚕豆吧。”

我们并肩而坐，吃着蚕豆。啊，信任别人有什么罪呢？玷污良子的那个男人，不过是个不学无术的矮个子商人，三十岁左右，每次来请我画漫画，都会煞有介事地留下钱，然后扬长而去。

从那天以后，那个商人就再也没有来过我家。不知为何，比起那个商人来，我倒是更恨堀木。我恨他没有发现后就干咳或做什么来阻止，反倒是悄悄折回屋顶来通知我。每个不眠之夜，愤怒和憎恨之情就如期而至，令我呻吟不止。

对于良子，我不存在原谅和不原谅的问题。良子太信任别人，她不懂得怀疑别人，才会遭到这样的厄运啊。

我不禁要问神明：信任别人有什么罪?!

和良子的身体被玷污相比，良子的信任被玷污这件事更令我感到难过。在很长的一段时间里，我都痛不欲生。对于我这个惹人厌烦、畏畏缩缩、看人脸色行事、不信任别人的人而言，良子是纯真无邪的，她信任别人的心就犹如绿叶掩映的瀑布一般，是那么地令人赏心悦目。但这份纯真，在一夜之间就化为污浊的黄水。你看，从那夜开始，良子连我的一颦一笑都十分敏感了。

“喂。”

每次听见我叫她，她都胆战心惊，目光不知该看向哪里。无论我怎么说笑话逗她笑，她始终都是一副战战兢兢、惊慌失措的样子，和我说话时，还用很多敬语了。

难道纯真无邪的信任是罪恶的源泉吗？

我私下搜寻有夫之妇遭人玷污的故事来看，最终我发现，没有哪个妇女是像良子这样悲惨的。良子的遭遇根本算不上故事。哪怕良子和那个矮个子商人有一丁点儿的恋情的话，我心里也能舒服点。可那个夏夜发生的事情，不过是良子太信任那个家伙罢了，仅此而已。那件事害得我眉宇受伤，声音沙哑，早生华发。而良子，怕是要一辈子都过战战兢兢的生活了。我发现，多数故事的重点都是丈夫能否原谅妻子的那种“行为”，但对于我而言，这并不是带给我太多痛苦的大问题。有权利决定原谅或不原谅妻子的丈夫算是幸运的，如果认为自己无法原谅妻子，那也不必大声喧哗，只要和妻子离婚，然后再娶一个妻子就行了。如果做不到这些，就只好“原谅”妻子，忍下这口气。不管怎样，丈夫的想法决定了一切。我总觉得，这类事情肯定给丈夫带来巨大打击，但这也仅限于“打击”而已。但这种“打击”并不是无休无止冲击海岸的波涛，有权利的丈夫凭借愤怒就能处置和化解所有纠葛。可我的情况呢？身为丈夫的我，没有任何权利，因为我觉得这一切都是我的错。所以，我不能发怒，甚至不能有怨言。何况我妻子是因为她具备他人少有的良好品质才受到了伤害。她所具备的良好品质，正是我所向往的而且深深打动我的纯真无邪的信任之心。

这种纯真无邪的信任，何罪之有？

我对这种唯一能解救我的美好品质产生了怀疑，越发觉得无法理解这世间的一切，终于又回到了只有酒精的日子。我变得越加猥琐，终日沉溺于酒中，牙齿也变得残缺不全了，漫画内容也猥亵不堪。不，坦白地说，那时我偷偷干起了临摹春宫图的勾当，只为赚到买烧酒的钱。每次看到良子怯生生地不敢和我对视的样子，我就会胡思乱想：“这个女人对别人毫无戒心，莫非和那个商人不止一次了？莫非她和堀木也做过？不，或者是我不认识的人？”不过，怀疑归怀疑，我始终没有勇气去证实这些。我在不安和恐惧中挣扎，只有在喝醉酒后，借着酒劲儿，才展开诱导式的审讯。我笨拙的心，随着审讯的进行而忽喜忽悲，表面上却拼命伪装。随后，便地狱般疯狂地爱抚良子，再像烂泥一样酣然睡去。

那年年末，直到深夜时分，烂醉如泥的我才回到家。我想喝白糖水，发现良子已经睡着了，便蹑手蹑脚地进厨房找白糖罐子。打开盖子，我发现那罐子里根本没有白糖，只有一个细长的黑色纸盒。我随手拿起那个纸盒一看，看到那盒子上贴着的标签，我真是目瞪口呆。尽管那标签已经被人用指甲抠去了大半，只留下洋文的那部分，但我仍清楚地看出，上面写的是：DIAL。

DIAL。尽管那时的我嗜酒如命，但还没有到吃安眠药的地步。但我本就经常失眠，很熟悉常见的安眠药。我知道，这盒药的剂量足以置人于死地。这个药盒还没有开封，但良子把它藏在这里，还撕掉了上面的标签，肯定是动过轻生的念头。真够可怜的！这孩子不懂上面的洋文，以为用指甲抠掉了一半，就没人知道了（良子啊，你并没有错）。

我悄悄倒了一杯水，慢慢打开药盒，将药一股脑儿全倒进了嘴里，平静地喝干杯子里的水，就关掉电灯，躺下睡觉了。

据说，我整整睡了三天三夜，就跟死了一样。医生以为是误服过量，一直犹豫着要不要报警。据说，我醒过来的第一句话就是"我要回家"。当时，我不知道自己要回的"家"在哪里。说完那句话，我泪落不止。

眼前的雾气渐渐散去，我发现比目鱼坐在我的枕边，满脸的不耐烦。

"我记得，上次也是年末的时候。这种时候谁不忙得焦头烂额啊。你偏偏在这时候做这种事，这不是要我的命吗？"

京桥小酒吧的老板娘坐在一旁，也听见了比目鱼的话。

“老板娘。”我叫道。

“嗯。你醒了？”老板娘说着，一张笑脸出现在我上方。

“就让我和良子分手吧。”我泪流满面，说出这番话，连我自己都感到意外。

老板娘站起身来，轻轻地叹了口气。

接下来，我又失言了，那话听起来既滑稽又愚蠢。

“我要到没有女人的地方去。”

“哈哈！”比目鱼第一个放声大笑起来，接着是老板娘，她也扑哧一下笑了，我流着泪，满脸通红，也苦笑起来。

“嗯，这个主意好。”比目鱼露出他一贯懒散粗鲁的笑容，“你最好到没有女人的地方去。只要有女人在，你就不行了。到没有女人的地方去，是个好主意啊。”

到没有女人的地方去。殊不知，我这傻气十足的胡言乱语，不久后竟以十分悲惨的方式成真了。

良子坚持认为我是替她吃药的，在我面前越发显得惶恐不安了。无论我说什么，她都不笑，也不轻易开口说话。我待在公寓里，感到很是憋闷，就免不得又和往常一样，跑到外面去喝廉价酒了。不过，自从服药事件后，我的身体明显消瘦了，手脚也软弱无力，画漫画时也常常怠工。那次，比目鱼来医院探望了，给我留下一笔钱（他煞有介事地说，这笔钱是他的一点心意，好像这钱真是从他腰包里掏出来的。可事实是，那些钱是我老家的哥哥们寄来的。那时的我，已经不是最初逃离比目鱼家的我了：虽然我仍然糊涂，可是已经识破了他装腔作势的把戏。我装作毫不知情，神情微妙地接过慰问金，向比目鱼施礼道谢。比目鱼为什么要使用如此复杂的策略呢？我似懂非懂，也并不感到奇怪）。我决定用这笔钱独自去南伊豆泡温泉。但我丝毫没能享受到悠闲的温泉风光，因为一想到良子，我就感到无限的悲凉，根本没法平静下来欣赏旅馆外的群山，也没法穿着棉和服去泡温泉。我只是成天泡在一个脏兮兮的茶馆里，猛灌烧酒，把身体搞得更糟，才回到东京。

那一夜，东京飘着大雪。我带着醉意，走在银座的小巷里，反复轻声哼唱着"这儿离家乡几百里？这儿离家乡几百里？"我漫无目的地走着，用鞋尖踢着街头的积雪。突然，我吐了。这是我第一次吐血，就见雪地上出现了一面大大的太阳旗。我蹲在地上，凝视良久，捧起干净的白雪，一边洗脸，一边泪流不止。

这是哪里的小路？

这是哪里的小路？

远处，传来一个女孩哀婉的歌声，那歌声中满是不幸。这世上不乏不幸的人，不，毫不夸张地说，这世上尽是不幸的人。不过，他们可以光明正大地向世人发出他们的抗议，而世人也轻易地理解和同情他们。而我的不幸，全部源于我的罪恶，我无从向他人提出抗议。可如果我吞吞吐吐地说出一句抗议的话，包括比目鱼在内所有世人，都会大吃一惊，认为我是没有资格提出抗议的。到底我是俗话所说的"任性妄为"呢，还是正好相反，是个怯懦的胆小鬼呢？我十分费解。总之，我就是所谓的罪孽的集合体，无论我走到哪里，都会陷入深深的不幸中，毫无防范的办法。

我站起身来，想先找点药治病再说，便走进了附近的一家药店。药店的那个老板娘，在看到我的那一瞬间，就像是被闪光灯晃花了眼，瞪大双眼，呆立在那里。她圆睁的双眼中，没有惊愕，没有厌恶，只有渴求和倾慕。嗯，这个老板娘一定也是个不幸的人，不幸的人总是对他人的不幸格外敏感。我正这样想着，突然发现那个女人手里拄着拐杖，颤巍巍地站着。我克制住飞奔向前的心情，和她面面相觑。我的眼泪夺眶而出，她也簌簌落泪。

仅此而已。我一言不发地走出那家药店，踉踉跄跄地回到公寓，让良子帮我倒了一杯盐水，喝完后便默默躺下了。第二天，我谎称自己感冒了，在床上躺了一天。入夜后，我为自己咯血的事深感不安，就起身去了那家药店。这次，我面带微笑，向老板娘坦诚了自己近段时间的身体状况，和她商量治疗方案。

"你一定不能再喝酒了。"她亲人般地关切道。

"可能是酒精中毒，我到现在还想喝酒呢。"

"那可不行。我丈夫以前也是这样，他得的明明是肺结核，偏偏说酒能杀菌，嗜酒如命，结果成了短命鬼。"

"我担心得很，害怕得要命。"

"我给你药，可你绝对不能再喝酒了。"

老板娘（她是个寡妇，有个儿子，在千叶或者其他什么地方的医科大学读书，不久前得了和父亲同样的病，现在休学了，正在医院调养。她家里还躺着中风的公公。老板娘在五岁时得了小儿麻痹症，有只脚是无法走路的）拄着拐杖，翻箱倒柜地为我配药。那只拐杖杵在地上，发出咚咚的响声。

"这是造血剂。"

"这是维生素注射液，这个是注射器。"

"这是钙片。这个是淀粉酶，能起到保护肠胃的作用。"

她一口气向我介绍了五六种药物，但这个不幸的老板娘，她的爱对我来说太厚重了。最后，她迅速将一种药用纸包好，叮嘱我要在忍不住想喝酒时才用。

原来是吗啡注射液。

药店老板娘说，吗啡对人的危害比酒小。我听信了她的话，加之我也觉得酗酒是件很不光彩的事，便很高兴地往自己的胳膊上注射了吗啡，并暗自庆幸终于要摆脱酒精这个恶魔的纠缠了。不安、焦躁、羞怯一扫而空，我变成了个开朗而又能言善辩的人。而且，每次注射后，我都能忘记身体的虚弱，专注于漫画创作中，笔到之处妙趣横生。

起初，我一天注射一支，逐渐增加到两支、四支，再后来，我已经离不开那玩意儿了，没有它就没法工作了。

“这样不行啊。上瘾了就糟了。”

听药店老板娘这样说，我才发现自己有相当严重的毒瘾了（我是一个很容易受别人暗示的人。如果有人跟我说“这笔钱不能花，但花不花是你的事情”，我就会觉得不花不行，不然就辜负了对方的期待，于是便马上将那笔钱花光）。染上毒瘾引起的不安，反倒使我对吗啡的需求越来越大。

“拜托，再给我一盒。月底我一定将钱付清。”

“钱什么时候付都可以，关键是警察查得很严。”

啊，不知道为什么，我的周围总是笼罩着一些阴森恐怖的、形迹可疑的人的气息。

“警察那里就拜托您了。老板娘，我吻您一下吧。”

老板娘的脸顿时羞红了。

我趁势央求说：“没有药，我的工作一筹莫展。对于我来说，这药就是壮阳药啊。”

“要是那样的话，你不如注射荷尔蒙药剂好了。”

“请您不要开玩笑了。要么给我酒，要么给我那种药，否则我是没有办法工作的。”

“酒是绝对不行的。”

“对吧？自从我用了那种药，就一直滴酒未沾啊。多亏了它，我的身体状况才特别好。我不想一直画拙劣的漫画，我今后要戒酒，调养好身体，努力学习，成为伟大的画家。如今正是关键时刻，所以求求您啦！让我吻您一下吧。”

老板娘扑哧笑了：“真是为难啊，你真染上毒瘾，我可不管啊。”

她咯吱咯吱地拄着拐杖，从药柜上取下那种药，说道：

“我不能给你一整盒，你会马上用完的。就给你一半吧。”

“真小气，算了，没办法呀。”

回到家后，我马上就注射了一支。

“不疼吗？”良子战战兢兢地问我。

“疼是疼，可是为了工作效率，也只能这样了。我最近精神状态挺好吧？好啦，我要工作啦，开工，开工！”我兴奋地嚷着。

我曾深夜敲开过药店的门。老板娘身着睡衣，睡眼惺松，咯吱咯吱地拄着拐杖来为我开门。我扑上去，抱住她，亲吻她，佯装哭泣。

老板娘一声不吭，递给我一盒药。

药和烧酒一样，不，甚至比烧酒更卑鄙，更龌龊。当我深切体会到这一点的时候，我已经成为一个十足的瘾君子了。想想，我真是无耻至极。为了得到那种药，我又开始画春宫图，并且和药店老板娘发生了丑陋的关系。

我想死，越发地想死。一切都无法挽回了，无论做什么，都于事无补，只是徒增耻辱罢了。我不再奢望骑着单车去欣赏绿叶掩映的瀑布了。唯有肮脏的罪孽不断累积，苦恼不断叠加罢了。我想死，必须死，因为活着已经成为我的罪恶之源。类似的想法不断涌现，但我还是近乎疯狂地穿梭于公寓和药店之间。

我拼命地工作，可伴随着吗啡用量的增加，我欠下的药费令人咂舌。老板娘一看到我就眼含泪光，我也不禁潸然泪下。

地狱。

要想逃离地狱，还有最后一招。如果这招失败的话，那我只能选择自杀了。我将所有赌注都压在最后一张王牌上，给家乡的父亲写了一封长信，向他坦白了我的实际状况（我终究没敢写关于女人的事情）。

没想到结果更糟。那封信寄出以后，便杳无音信。在不安和焦灼的等待中，我加大了用药剂量。我暗下决心，准备当晚就接连注射十支，然后跳海一死了之。可就在当天下午，比目鱼就像恶魔一般，好像嗅到了什么，带着堀木出现在我面前。

"听说你咯血了？"堀木说着，在我面前盘腿坐了下来。

堀木脸上挂着我从没见过的微笑，让人感觉很温暖。他的笑令我感动，令我欢喜，我不禁别过脸去，潸然泪下。就因为他那温柔的笑容，我被他们彻底打败了，被他们葬送了。

我被送上了汽车。比目鱼平心静气（他那平静的口吻，可以用大慈大悲来形容）地劝导我："无论如何你得住院治疗，其他的事情交给我们来解决好了。"我就好像失去了判断能力和行为能力，嘤嘤地哭泣着，唯唯诺诺地听从这两人的安排。我们和良子一行四人，在汽车上颠簸了很久，直到暮色降临，才抵达森林深处的一家大医院。

我以为这是一家结核病疗养院。

一位年轻的医生温柔而周到地帮我检查身体，然后腼腆地笑着说：

“那么，就先在这里静养一阵子吧。”

安置好我以后，比目鱼、堀木、良子他们就回去了。临走之前，良子递给我一个包裹，里面是换洗的衣服。接着，她又从腰带中取出注射器以及没用完的药物给我。原来，她竟然真的以为那是我的壮阳药。

“不用了，我不需要了。”

真是难得！生平第一次，我主动拒绝别人递过来的东西，而竟然是在这种时候。我的不幸，在于我缺乏拒绝别人的能力。我怕一旦我拒绝别人的话，便会在彼此心里留下一道永远无法修复的裂痕。但在那一刻，我竟然自然地拒绝了我曾经疯狂寻求的吗啡。或许，我是被良子那“神圣的无知”打动了吧。哪怕只是那么一瞬，我也算是摆脱了毒瘾，是吧？

但随即，我便被那个腼腆地微笑着的年轻医生送进了一间病房。“咔嚓”一声，大门被上了锁。我才发现，这里原来是一家精神病院。

“我要到没有女人的地方去”，我服用安眠药被救醒后的胡言乱语竟然变成了现实。关在这栋病房中的精神病人都是男性，连护士都是男的，整个医院里没有一个女人。

如今，我不再是一个罪人，而是一个疯子。但我绝对不是疯子，而且一刻也没有发疯过。哎，可是哪个疯子会说自己是疯子呢？如此看来，被关进这家医院的人都是疯子，而没被关进来的都是正常人。

我问神明：“不反抗何罪之有？”

面对堀木那不可思议的温柔的笑容，我感动得潸然泪下，没有思索和反抗，便坐上汽车，被他们送到这里，变成了一个疯子。就算现在从这里出去，我的额头上也会被打上“疯子”的烙印，不，或者说是“废人”的烙印才对。

我已经失去了为人的资格。

不如说，我已经不能称之为人了。

当时正值初夏时节，从镶着铁格子的窗户向外望去，能看到庭院中的小池塘里盛开着红色的睡莲。三个月过后，再向外望去，又看见庭院里的波斯菊绽放了。令人意想不到的是，家乡的大哥带着比目鱼来接我出院了。大哥依然是印象中那副认真严谨的样子，他一板一眼地告诉我：“父亲上个月末因为胃溃疡去世了；我们对你既往不咎，你今后不用为生计发愁，什么都不做也行。即便你对东京仍有不舍，但条件是你必须离开东京，回乡下的老家疗养。你在东京闯的祸，涩田先生已经帮你善后了，你不必担心。”

听了大哥的话，家乡的山水便浮现在我的眼前，我轻轻点了点头。

我完全成了一个废人。

得知父亲病故后，我越加萎靡不振了。父亲已经不在了，那份曾经盘踞我心头的恐惧也消逝了，我的心变得空荡荡的。此前，我心中的痛苦那般沉重，难道都是因为父亲的缘故？我就像泄了气的皮球，甚至失去了苦恼的能力。

大哥确实兑现了对我的诺言。从我长大的那个小镇，坐火车一路向南，四五个小时的行程，有一处海滨温泉，这在东北地区是少有的。我的住处位于村边，是五间破旧的茅屋，里面墙面斑驳，柱子被蛀空了，几乎没有修葺过的痕迹。大哥为我买下这些房屋，还雇了一个年近六十的女佣。那个女人满头红发，相貌丑陋。

此后，我在这里度过了三年的光阴。这段时间里，那个名叫阿铁的老女佣数次残忍地侵犯我。有时，我们会像夫妻那样吵架。我肺部的毛病时好时坏，身体忽胖忽瘦，有时还会咯出血痰。昨天，我吩咐阿铁去村里的药店帮我买些卡尔莫钦来，她买回了药，药盒与往日的不太一样，我没太在意。我睡前吃了十粒药，依然毫无睡意。我觉得很蹊跷，忽然肚子里翻江倒海，急忙往厕所冲，结果狂泻不止。之后，我又接连跑了三趟厕所。我心里狐疑，忍不住拿出那盒药，仔细一看，发现她买的是海诺莫钦，是一种泻药。

我平躺下来，在腹部放了热水袋，琢磨该如何对阿铁发牢骚。

"你呀，这不是卡尔莫钦，你买的是海诺莫钦啊。"

我才开口，自己就呵呵笑了起来。看来，"废人"似乎是个喜剧名词。我原本想吃安眠药睡觉，结果吃下的却是泻药，而且泻药的名字是海诺莫钦。

如今的我，已经没有什么幸福和不幸可言了。

一切都终将会过去的。

我在所谓的人类世界里，过着如阿鼻地狱般痛苦煎熬生活的日子，我感到唯一具有真理的话就是这句话了。

一切都终将会过去的。

我今年二十七岁。因为头发花白，多数人认为我已经年过四旬了。

后　记

我并不认识写下这手札的疯子，不过我和手札中出现的京桥小酒吧的老板娘有些交情。她身材娇小、面色苍白、细眼上挑、鼻梁高挺，与其说是个美人，还不如说像个俊朗的青年。手札里描述的是东京昭和五、六、七年间的风情，而我是在昭和十年前后，正值日本“军部”日益猖獗之时，才跟朋友到过京桥的那家小酒吧，喝了两三次冰威士忌。所以，我是不可能见过写这三篇手札的男人的。

今年二月，我拜访了一位朋友，他在千叶县船桥市躲避空难。他是我大学时代的学友，当时在某女子大学担任讲师。我曾经托他为我的一位亲戚说媒，这次就是为了这件事来的。除此外，我也想顺道给家人买些新鲜的海产品尝尝。于是，我便背着背包，来到了船桥市。

船桥是一个临海的大城市。可能是因为朋友是新住户，当我向当地人打听他的地址时，他们都说不知道。天气寒冷，我背着背包的双肩也隐隐作痛。我循着唱机播放出的提琴声，推开了一家咖啡馆的门。

我见店里的老板娘很是面熟，一问才知道，原来她就是十年前京桥那家小酒吧的老板娘。她似乎也马上想起我来了。彼此都惊讶万分，相视而笑。我们没聊当时人们最为关心的空袭经历，而是自豪地寒暄：

“您可真是一点没变呢。”

“哪里的话，我都成老太婆了，骨头都快散架了。倒是您，才真叫年轻呢。”

“您太恭维我了。我都有三个孩子了。这不，今天就是为了他们才出来买东西的。”

我们像久未重逢的朋友一样寒暄，接着就相互打听一些我们都熟识的人的近况。突然，老板娘话锋一转，问道：“你认识阿叶吗？”

我说：“不认识。”

老板娘便进里屋去，拿出来三个笔记本和三张照片，递给我，说道：“这或许能成为你的小说素材。”

我并不习惯拿别人硬塞给我的材料写东西，本想当场翻看后还给她的，但那三张照片震撼了我（关于那三张照片的诡异之处，我在开篇部分已经描述过了），便决定先拿着那些笔记本。我告诉老板娘，我离开前还会来拜访她的。我问老板娘：“有位女子大学的讲师，名叫某某某，住在某街某号，您认识吗？”老板娘虽然是新搬来的，竟然认识我那位朋友。她说我那位朋友常常来光顾她的咖啡馆，家就住在附近。

当天晚上，我与朋友小酌后，便留宿在他家了。结果我一夜没睡，津津有味地读那三篇手札。手札上讲述的虽然是过去的故事，但现在读来，仍让人觉得感兴趣。与其做拙劣的修改，还不如原封不动地发表在杂志上呢，我觉得这样做更有意义。

次日，在给孩子们买了一些海鲜干货后，我便背上背包，告别了那个朋友，又进了那家咖啡馆。

“昨天承蒙您关照。今天，我有个请求，”我直奔主题，“能不能将这些笔记借给我一段时间？”

“行啊，没关系的。”

“写这些笔记那个人，他还活着吗？”

“我也不太清楚。大约十年前，装着这些笔记本和照片的包裹邮寄到了我京桥的店里边。虽然那包裹上没写寄件人的姓名和地址，但我知道，这肯定是阿叶寄的。空袭时，这些东西和别的东西混杂在一起，竟然完好无损，真是不可思议。里边的内容，我也是前阵子才一口气读完……”

“您哭了吗？”

“不，与其说哭，倒不如说……没用了，人一旦变成那个样子，是活不成了。”

“已经过去十年了，或许他早已经不在人世了。这应该是他为了感激你，才特地寄给你的吧。尽管有些地方写得夸张，但您好像也蒙受了很大的伤害呀。如果里边的内容全都属实，如果我也是他的朋友，或许我也会送他进精神病院的。”

“这都是他父亲的不是啊。”不知为何，老板娘说了这么一句。

“我们认识的阿叶，个性率真，风趣幽默，要是不酗酒的话，不，就是他酗酒，他也是个天使一样的好孩子。”

维荣[1]之妻

① 维荣：法国中世纪最杰出的抒情诗人弗郎索瓦·维荣，他才华横溢，玩世不恭，一生放荡不羁，过着逃亡、入狱、流浪的悲惨生活，所以堪称放浪无赖的代表。

一

深夜，玄关处传来慌乱的开门声。我想定是我那喝得醉醺醺的丈夫回来了，便没有理会，只是静静地躺着。

他打开隔壁房间的灯，一边大口喘着粗气，一边翻箱倒柜，似乎在寻找什么。不久，就听见他一屁股坐到榻榻米上的声音，之后就只剩下呼哧呼哧的喘气声了。他到底在干吗？我没有起身，躺着问道：

"你回来啦。吃过饭没有？碗橱里还有饭团呢。"

"不用了，谢谢。"丈夫的声音里，带着往日里没有的温柔，"儿子怎样了？还在发烧吗？"

这种问话可真是少有。儿子明年就满四岁了，可不知是营养不良，还是丈夫酗酒，抑或是其他因素的影响，他比两岁的孩子还瘦小，不但走路摇摇晃晃的，说话也含糊不清，只会咿咿呀呀地说些简单的词语。我有时甚至怀疑这孩子的脑子有问题。有一次，我带着儿子去澡堂洗澡，看到他瘦骨嶙峋、相貌丑陋的样子，顿时心如刀割，不禁在众浴客面前，抱着他伤心地落泪。这孩子动不动就生病，不是吃坏肚子，就是感冒发烧。丈夫整天不着家，对孩子的事向来不管不问。就是偶尔回家，听说孩子发烧了，他总是轻描淡写地说："是吗？那带他去看医生好了。"说话间，就披上大衣，急匆匆地出门了。我何尝不想带孩子去看医生，可是家徒四壁，没有钱我怎么去啊。每次，我只能躺在孩子身边，默默地抚摸他，没有其他法子。

然而这晚，不知道为什么，丈夫竟然如此温柔，还关心起孩子的病情来了。我没有半点喜悦之情，反倒有一种不祥的预感，觉得脊背发凉。我沉默不语，没有回答他。一时间，空气里只回荡着他那粗重的喘息声。

“有人在家吗？”

沉默良久之后，门外忽然传来一个女人细嫩的声音。我顿时觉得被兜头泼了一瓢冷水，全身战栗不已。

“你在家吗，大谷先生？”这次，那女人稍稍加重了语气。同时，传来了开门声。

“大谷先生！我知道你在的。”她的声音里带着明显的怒气。

听动静，我丈夫总算去了玄关那里。他慌里慌张、语气生硬地问道：“什么事啊？”

“还能是什么事啊？”那女人压低嗓门，说道，“你也是有家室的人，何苦要做盗窃之事呢？不要跟我开这样的玩笑了，请还回来吧。要不然，我可要报警了！”

“不要说这种肤浅的话！你少在这里侮辱人。这里不是你该来的地方，回去。不回去的话，我就赶你出去。”

这时，门外传来一个男人的声音：“老师，你胆子可真大啊。居然说这里不是我们该来的地方，真是唬得我连话都说不出来。不过，你开玩笑总该有个限度吧，你借别人的钱是小事，盗窃钱财可就另当别论了。你知不知道，因为你，我们夫妇吃了多少苦头？你今晚竟然还做出这么不知廉耻的事情来，我可真是看错你了呀！”

“你们这是勒索！”我丈夫高声喊道，声音里带着一丝颤抖，“这是恐吓！你们快走，有什么话明天再说！”

“先生，你可真是大言不惭啊！你说这话跟地痞流氓有什么区别？看来，除了去警察局报警，我们没有别的办法了。”

那男人的话，让人听了恶心，直起鸡皮疙瘩。

“悉听尊便！”我丈夫激动地嚷道，可听起来又是那么地软弱无力。

我爬起身来，在睡衣外面披件外套，走到玄关，招呼那两位客人：“欢迎光临寒舍。”

“呀，这位是大谷夫人吧？”

就见一位身着及膝短大衣、五十岁左右的圆脸男人冷冰冰地向我点点头。他身边站着一位四十岁左右、身材瘦小、打扮讲究的女人。

“深夜造访，打扰了。”那女人也是冷冰冰的，取下披肩，朝我点了点头。

趁我们说话之际，原本躲在我身后的丈夫，穿上木屐就往外跑。

“喂，你不许跑！”

那男人一把抓住我丈夫的一只胳膊，两人当即扭打起来。

“松手！刀子可不长眼！”

就见我丈夫右手中的匕首闪着寒光。那把匕首是我丈夫的心爱之物，一直被珍藏在抽屉里。想来，他刚才回家翻箱倒柜地寻找的，便是这把匕首。或许，他早就料到今晚会有人找上门来，所以就提前找出那把匕首，揣在了怀里。

见我丈夫手中有匕首，那男子往后一闪。我丈夫趁机卷起袖子，一个鹞子翻身，就侧身逃出了门外。

“小偷！”那男子高声叫嚷着，紧跟在我丈夫身后，想要冲出门去。见状，我光着脚就冲了过去，紧紧抱住那男子：“请您不要追了，您要是再追的话，那可是要出人命的。之后的事情，就由我来处理吧。”

听我这么说，旁边那位四十多岁的女人也赶紧劝道：“是啊，老公。那人现在发疯了，手上的匕首又没长眼睛，你要是追过去，指不定会闹出什么事情来呢。”

“浑蛋！报警吧！我绝饶不了他！”

那男人冲着漆黑的夜幕咆哮着，可明显不那么冲动了。

“实在抱歉。两位请进屋来吧，让我听听详情。”我回到玄关，跪在门口，说道，“我会收拾残局的。二位请进来吧。就是地方破破烂烂的，请多多包涵。”

那两人彼此望了一眼，微微点头。

那男人的态度缓和下来，整了整衣服，说道：“无论您说什么，我们都心意已决。不过，我们将事情的始末告诉给夫人也好。”

“请先进屋来，慢慢说吧。”

“呃，那个，我们也没有太多时间。”那男人说着，便礼貌性地准备脱下外套。

“不用了，请您就这样进屋来吧。屋里挺冷的，真的，请您就穿着外套吧。家里连一件取暖的东西都没有。”

“那我们就失礼了。”

“请。太太也穿着外套进来吧。”

在我的邀请下，那男人和女人一前一后走进我丈夫住的那个六张榻榻米的房间。见到房间里的榻榻米发霉，墙壁斑驳、纸窗残破不堪，推拉门已经露出骨架，墙角的书橱和书桌已经空空如也，那两人不禁也倒吸了一口冷气。

我将破旧得露着棉絮的坐垫推给他们，说道：“榻榻米不干净，请两位将就一下，坐在这上面吧。”

在两人落座后，我再次向他们叩首道：“初次见面。我丈夫此前给两位添了这么大的麻烦，今晚又不知道怎么回事，竟然做出那么可怕的行为来。真的是万分抱歉，无论如何，我丈夫那样喜怒无常的人……”话说到一半，我一时语塞，落下泪来。

“夫人，虽然有点失礼，冒昧地问一句，您今年多少岁了？”那男人大大咧咧地盘腿坐在破旧的坐垫上，手肘抵住膝盖，手托着下巴，探着身子问我。

“那个，我吗？”

“是的，您丈夫今年应该三十岁了吧？”

“嗯。我，那个……比他小四岁。”

“这么说，您今年二十六岁了？您还这么年轻啊。呃，想来也是，您丈夫三十岁的话，那倒也差不多。不过，真是可怜啊，还那么年轻竟然要遇到这种事情。”

“我从刚才起就很纳闷呢。”那女人从男人身后探出头来说，“有这么贤淑的太太相伴，大谷先生怎么能做出那么不堪的事呢？”

“作孽啊，是作孽啊。他以前也不怎么过分，如今情况越来越糟了。”那男人说完，重重地叹了口气。

“是这样的，夫人。”那男子口气凝重，开始步入正题，“我们夫妻俩在中野车站附近经营着一家小酒馆。我们是上州[①]人，也算正经八百的生意人。或许是我们玩性太重吧，二十多年前，我们不愿意再和乡下人做些小买卖，便来到东京，起初在浅草的一家酒馆里

---

① 上州：又称为上野国，是日本旧时的行政区域划分。上州的行政领域与当下的群马县大致相同，但不包括桐生川以东的地区。

打工，经受了常人难以想象的辛苦，终于有了点积蓄。”

“昭和十一年，我们在中野车站附近租了一间小房子，只有六张榻榻米大小，外带一小块泥地。不瞒您说，那是个狭窄邋遢的小地方，酒馆虽然开业了，但来的都是些消费一元两元的客人，我们心里也没底。可就是这样，我们仍然想踏踏实实地开好这家店。凭着勤俭节约，我们得以有余钱来多进些烧酒和杜松子酒。后来，酒类供应开始短缺，其他酒馆被迫转业或停业，我们还算幸运，没有倒闭，总算坚持了下来。如此一来，就有了些常客，时常来照顾我们的生意。还有些客人从中帮忙，给我们拉来客源，军队的一些饭局也设在我们酒馆了。

“太平洋战争开战以后，空袭越来越频繁。我们没有孩子羁绊，也懒得回乡躲避，就打算一直经营到房子被烧毁为止。万幸，我们平安挨到战争结束，没有罹受太多灾难。我们总算松了口气，打算继续从黑市倒些酒水来卖。或许，您可能觉得我们夫妻俩没遭遇过大风大浪，一直都一帆风顺吧。可常言道，人生就如地狱，经常是道高一尺魔高一丈。人们在得到一丝幸福的同时，往往会有成倍的坏事降临。一年有三百六十五天，要是有一天能无忧无虑的话，啊不，就半天，那就是很幸运的了。

“您丈夫大谷先生第一次来我们店里，大概是昭和十九年的春天。那时，日本在太平洋战争中还没有彻底输掉。不，或许那时就已经走向败局了。我们对战事的真实情况一无所知，以为再坚持两三年，日本就能以平等的身份和英美议和了。大谷先生初次来我们店里，穿得好像是件久留米织造[①]的便装，外面披着一件小风

① 久留米织造：日本福冈县久留米市生产的一种特殊织品。

衣。那时，不只是大谷先生，东京街头很少有穿笨重防空服的人，多数人仍旧穿日常的装束外出。所以，我们并没有觉得大谷先生的装束有什么不妥。当时，大谷先生并不是一个人来的，即便是在夫人面前，我们也没什么好隐瞒的了，实话跟您说吧，您丈夫是一位三十多岁的女人悄悄从后门领进来的。

“那个时期，酒馆的正门总是关着，用当时的话讲，叫‘关门营业’。只有少数几个熟客会悄悄从后门进来，也不坐在外间的椅子上，而是进入里间一个六张榻榻米大的昏暗房间，静静地喝酒。这是那个时期的规矩。说起那个中年女人，她在新宿一家酒吧里做女招待，经常领一些熟稔的客人来我们酒馆吃饭，那些客人慢慢地也成了店里的熟客。这就是所谓的各行有各行的门道，算是互惠互利吧。那女人住在我们酒馆附近，新宿的酒吧停业后，她不再做招待，但仍时常带相识的男人过来。那时，我们店里的存酒也开始短缺，就是再爽快的客人，要是带着朋友来了，我们也不像以前那样高兴，有时反倒觉得是种麻烦。但四五年来，那女人给我们介绍了不少有钱的客人，碍于面子，我们一般会给她带来的客人提供酒的。

“所以，当您丈夫跟着秋子从后门悄悄进来时，我一点也没吃惊。哦，秋子就是那个女人。我们照例将他们请进六张榻榻米的里间喝烧酒。那晚，大谷先生规规矩矩地喝酒，账是秋子付的。喝完酒后，两人又从后门出去了。那晚的大谷先生举止沉静文雅，给我留下了深刻的印象。难道魔鬼首次现身时都是纯真安详的？因为从那晚起，我们这家店就被大谷先生给盯上了。

“大约十天后，大谷先生独自从后门光顾了我们的店。一进店门，他便拿出一张百元大钞，硬往我手里塞，还怯生生地说‘拜托了’。那时，一百元可是一笔大钱，比现在的两三千元还值钱。看样子，他当时已经喝了不少酒，想必夫人你也知道，他的酒量真是无人能及。有时，我们觉得他已经喝醉了，可他又突然说出很有条理的话来，而且他即使喝得再多，脚步也从来没踉跄过。虽说三十岁正值血气方刚，正是能喝酒的年纪，可像他酒量那么好的，还真是少见。那晚，他已经在别的地方喝了不少，可仍在我们店里接连喝了十多杯烧酒。他自始至终沉默寡言，就是我们夫妇和他攀谈，他也只是腼腆地笑笑，或含糊不清地应和两声。他突然询问‘几点了’，站起身来要走。我赶紧说：‘还没找给您钱呢。’他说：‘不，算了。’我加重语气说：‘这样的话我会很困扰呀。’他微微一笑，说：‘那就预存在这里，我还会再来的。’说完，他便转身走了。

“夫人，您不知道，自始至终，我就从他那儿收过这么一次钱。此后三年间，他百般搪塞，把我们店里的酒几乎喝光了，却硬是没再付过一分钱。您说他厉害不厉害！”

听到这里，我忍不住笑了出来。这种无厘头的笑话让我实在忍不住了。我慌忙用手捂住嘴，将头转向身旁的老板娘，发现老板娘也低着头窃窃地笑着。看到我们两人笑了，老板也无奈地苦笑了一下，又接着说：

“这绝不是笑话，听起来太荒诞，让人忍不住想笑。说实在话，他要是将这本事用在正道上，保不齐就成为大臣或博士了呢。除了我们夫妇，很多被您丈夫盯上的人，也都是人财两空，饥寒交迫呀。就是那个秋子小姐，在认识您丈夫之后，也失去了所有追捧者，最终落得身无分文，如今只能住在长屋肮脏的房间里，过着乞丐般的生活。秋子小姐刚认识大谷先生时，曾扬扬得意地向我们吹嘘，说大谷先生身份尊贵，是四国某位大名的分支，大谷男爵的次子，因为品行不端而被逐出家门，但等他那男爵父亲去世，就可以和兄长平分家产。另外，他天资聪慧，堪称天才，二十一岁时便写了书，据说比文豪石川啄木的书还要出色。此后，他又陆续写了十多本书，年纪轻轻就是日本第一大诗人了。此外，他还是位大学问家，小学、初中上的是贵族名校学习院，高中上的是第一高中，最后毕业于帝国大学，精通德语和法语。哎呀，秋子小姐吹得天花乱坠，说得大谷先生恍若神人。秋子所说的，倒不是完全没有根据。我们向别人打听过，都说大谷先生是男爵的次子，是有名的诗人。这下可好，就连我老婆，都一把年纪了，也和秋子争风吃醋，说什么出身名门就是不同，一脸期盼着大谷先生驾临的狼狈相，真是叫人难受。

"如今，说起那些名门望族，和平民百姓没什么区别了。可直到战争结束前，说起追求女人的手段，扮演被逐出家门的贵族少爷，还是很有吸引力的招数。奇怪的是，女人们总是频频上钩。用现在流行的话说，这就叫'奴性'吧。当着夫人的面，这样说可能有些失礼。像我这种人，历尽沧桑，圆滑世故，倒也没觉得过分惊奇。我觉得他不过是四国大名的分支，而且是个次子，所以身份比我们强不了多少，我断然不会做出谄媚逢迎的事情。可话虽然这么说，不知道为什么，我就是拿那位老师没办法。每次，我都下定决心不给他酒喝了，可我就好像上辈子欠他似的，每次见到他突然出现在店里，那副冷静沉着的模样就让我方寸大乱，忍不住又拿酒给他。其实，他是个很不错的客人，喝醉了也不胡闹，就是每次都不规规矩矩地付钱。他从不吹嘘自己身份高贵，也不炫耀自己的才华。每次秋子在老师身旁向我们鼓吹他的过人之处时，他总是岔开话题，说自己没钱，请帮他付酒钱，之后便坐在那里不吭声了。

“虽然大谷先生没付过我们酒钱，不过有人替他付过。秋子小姐替他付过几次，还有一位似乎不便让秋子知道的神秘女人，似乎是哪家的夫人，她只要跟大谷先生来喝酒，就替他多付一些酒钱。我们做的是小本生意，如果没人付酒钱的话，别说是大谷先生了，就是达官显贵天王老子了，我们也不敢赊给他酒。虽然有人替大谷先生付酒钱，但那只是杯水车薪，我们店里的损失可谓惨重。

“后来，我们听说老师住在小金井一带，并且已经有家室，就想登门拜访，商谈一下欠款的事情。我们曾委婉地向大谷先生打听尊府在哪里，他马上警觉地说：‘我没钱就是没钱，何苦这样计较呢，闹翻了吃亏的是你们……’尽管如此，我们还是觉得至少应该知道老师家在哪里，就悄悄跟踪过他两三次，可每次都被他巧妙地摆脱了。

“没过多久，东京大空袭开始了，轰炸接连不断。有次，大谷先生戴着顶钢盔帽冲进我们店里，他自己动手，拿出白兰地的酒瓶就咕咚咕咚猛灌一气，然后一溜烟逃走了。不久，战争结束了，我们从黑市进了大批酒菜，重新开门营业。不管店里资金如何紧张，为了招徕更多的客人，我们还雇了一个漂亮的女招待。然而，大谷先生又魔鬼般地出现了。那段时间，他每次带来的不是女人，而是两三名报社或杂志社的记者。用那些记者的话来说，军人吃香的时代过去了，反倒是以前穷困潦倒的诗人更受追捧。大谷先生跟那些记者高谈阔论，尽说些洋人名字，又讲英语，又谈哲学，尽是些莫名其妙的话。记者们正一头雾水，他便突然起身离开了，再不复返。记者们等得失去耐心，嘟哝着‘那家伙到底去哪儿了，我们差不多该回去了吧’，正准备离开时，我便忙上前说：‘诸位请稍等，大谷先生总是用这招逃掉，所以账得由你们来结。’听我这么说，有时那些记者会老老实实地凑钱结账离开。有时他们会怒气冲冲地抱怨：‘找大谷先生要钱去！我们可就靠这五百元钱过活呢。’那时，我一般会说：‘话虽如此，您知道大谷先生欠了我多少酒钱吗？诸位若是能从大谷先生手里讨回欠款，不论多少，我便将其中的一半送给诸位。’了解了实情的记者们目瞪口呆：‘什么啊，没想到大谷那家伙这么卑劣，以后再也不和他一起喝酒了；可我们今晚带的钱总共还不到一百元，明天再送过来吧，就先将这个押在这里吧。’随后，便洒脱地脱下外套或取出别的东西。人们常说记者是无赖，可我觉得他们和大谷先生比起来，不知道要正直爽快多少呢。如果大谷先生真是男爵家的二公子，那记者们就应该是公爵的统领了。

“战争结束后，大谷先生除了酒量陡增之外，人品也变得粗俗起来。以前从来不讲的情色笑话也挂在嘴边了，甚至毫无顾忌地跟同来的记者争吵，双方还打成一团。就连我们店里雇的那个二十来岁的女孩子，也不知什么时候就给他骗到了手。真是把我们吓得半死，又束手无策，怎奈米已成炊，我们也只好忍气吞声，苦苦劝说那个女孩和他断绝关系，悄悄将那女孩送回老家。

“我也曾乞求大谷先生：‘以前的事既往不咎，只求您以后别再来了。’可就是这样，他还是不依不饶，竟然威胁我说：‘你这种赚黑心钱的人也配说这种话？你们的事我可都知道。’第二天晚上，他依然若无其事地出现在我们店里。或许，是因为我在战争期间做过黑市生意，上天惩罚我，才让他出现的吧。可今晚他竟然犯下这种恶行，不管他是诗人也好老师也罢，今晚他就是个盗贼，他可是偷走了我们五千元钱哪。不瞒您说，我们右手收进来的营业款，左手马上拿去进货了。进完货后，店里充其量剩下五百多不到一千元的现金。今晚店里有五千元这么大一笔钱，也是我趁着年关跑到几个老主顾家里收账，好不容易才收到这个数目。如果今晚不把这笔钱送到批发商手上，那明年正月我们便没法继续做生意了。我老婆在里间数清这笔钱后，便放进了柜子的抽屉里。没想到，这一切被独自坐在外间喝酒的您丈夫给瞧见了，他快速冲进里间，二话不说就推开我老婆，抓起抽屉里边的五千元钱，塞进外套的衣兜里，趁着我们夫妻俩还没缓过神来，飞也似的逃了出去。我高喊着，和老婆追了出去。我原本想高喊'抓小偷'，引来行人一同制伏他。可转念一想，怎么说大谷先生也算是熟人，那样做未免太不留情面了。于是，我们决定无论如何今晚要紧追大谷先生，找到他的落脚点，和他好好谈谈，求他把钱还给我们算了。毕竟我们做的是小本生意啊！我们夫妇俩拼尽全力，总算找到贵府。我们秉着息事宁人的态度，强忍着心中的怒火，好声好气地请求他归还钱财，没承想，他竟然掏出刀子，扬言要动武。您说说，这算什么事儿嘛！"

他讲的事情实在太荒唐了，听到这里，我终于忍不住笑出声来。我身旁的老板娘也涨红了脸，小声笑着。我抑制不住一直笑着，尽管我知道这样笑对老板很是失礼，可我就是忍不住，笑得流下了眼泪。我忽然想起，丈夫有句诗叫"文明的结果是滑稽"，说的或许就是这种笑吧。

二

但话说回来，事情并不是光靠我大笑一场就能摆平的。我稍加思索，向那两位恳求道："这件事情，我会尽力给两位一个交代的。至于报警的事，恳求两位再延迟一天，明天我会亲自登门拜访的。”我厚着脸皮征得了他们的同意，询问了他们那家酒馆在中野的详细地址，请他们先回去了。随后，我坐在冷冰冰的房间里，苦想解决问题的办法，可思来想去，都没有半点头绪。于是，我起身脱掉外套，蜷缩在儿子身旁，一边抚摸他的小脑瓜，一边暗暗祈祷：“天不要亮！永远都不要亮！”

以前，我父亲在浅草公园的葫芦池畔摆了一个关东煮的小摊。我母亲在我幼年的时候便病逝了，我和父亲两人相依为命，住在长屋里。我帮着父亲照看那个小摊。当时，我如今的丈夫时常会光顾我的小吃摊。后来，我便瞒着父亲，跑出去和他私会，还怀上了他的孩子。我不得已向父亲摊牌，在几经闹腾之后，我总算成了他的妻子。但因为没有举行仪式，也没有领结婚证，我们的孩子也就成了私生子。我发现，他经常夜不归宿，有时三四天，有时甚至一个月，也不知道他在外面搞什么。每次回家，他都喝得烂醉如泥，脸色惨白，痛苦地喘着粗气。他看着我，一句话也不说，就是默默地流泪。有时，他会突然钻进被窝里，身体瑟瑟发抖，紧紧抱住我，声音颤抖地说：“啊，太可怕了！我受不了了，好怕啊！救救我！”他就算睡着了，也经常在梦中大呼小叫，呻吟不止。早晨醒来，他整个人就像丢了魂一般，精神恍惚。稍不留神，他就又不见踪影了，照样是几天不回家。万幸的是，他在出版社的两三个老朋友，不忍心看我们母子俩过窘迫的生活，就时常接济我们，使我们得以存活下来。

我迷迷糊糊地睡着了，再一睁开眼时，清晨的阳光透过木质窗户斜射进来。我起身收拾妥当，便背着儿子出门了。因为这个家，我实在没法再待下去了。

我漫无目的地走在街上，全然不知自己该走向何处。我最后来到车站，在站前的小摊上买了块糖，让孩子含在嘴里。突然，我似乎想到了什么，便买了一张去吉祥寺的车票，坐上了电车。我抓着车厢的吊环，无意间仰头瞥见电车天花板上悬挂的海报，发现上边竟然写着我丈夫的名字。那是一张宣传某本杂志的海报，而我丈夫似乎在那本杂志上发表过一篇名为《弗朗索瓦·维荣》的长篇论文。我注视着海报上弗朗索瓦·维荣的标题和丈夫的名字，不知为何，眼泪夺眶而出，在我眼中，海报变得一片模糊。

在吉祥寺车站下车之后，我背着儿子去了井之头公园。时隔多年故地重游，池边的杉树已经被砍伐殆尽，只剩下一片等待施工的空地，看上去很是荒凉，完全不复从前的景象。

我把儿子从背上放下来，两人坐在池边的一张破旧的长椅上，我拿出从家里带来的红薯，喂给儿子吃。

"儿子，池塘很漂亮吧！以前啊，这里有好多好多的小鲤鱼和小金鱼呢。可是现在，什么都没有了，真无趣啊。"

不知儿子有没有听我说话，他嘴里嚼着满满的红薯，呵呵地笑着。虽然是我自己的孩子，我还是觉得他是不是太愚钝了。

就这么一直在公园的长椅上坐着也于事无补，于是我又背起儿子，返回到吉祥寺车站。在热闹的露天街市逛了几圈后，便又买了一张去中野的车票。我心里既没想法也没计划，就鬼使神差地上了车。从中野车站下车后，我便按照昨天那两人告诉我的路线，步行到他们小酒馆的门前。

酒馆正门紧闭，我绕到后门走了进去。酒馆老板不在，只看见老板娘在打扫卫生。我自己都没想到，和老板娘打照面的瞬间，我竟然脱口而出，撒谎道：

“大婶，我已经想好还钱的办法了，今晚拿不出的话就明天，总之我会一分不少地还给你们的，请您放心。”

“哎呀，那真是太谢谢你了。”老板娘面露喜色，但脸上仍带着狐疑和不安的神色。

“大婶，您放心！到时肯定会有人将钱送来的。在那之前，我就做人质，我会一直待在这里的。这样您该放心了吧？在钱送来之前，我会在您店里帮忙干活的。”

说完，我便将儿子从背上放下来，让他一个人在里间六张榻榻米的房间里玩。随后，我便手脚利落地干起活来。儿子早就习惯一个人玩了，一点也不黏我。或许是因为脑子不好的缘故，他也不认生，还冲着老板娘笑。在我帮老板娘去取他们家的配给物资时，老板娘给了他一个美国罐头盒，让他当玩具玩。他又是敲又是滚，乖乖地待在六张榻榻米的房间里玩耍。

午饭时分，酒馆老板买了些鱼和蔬菜回来。一见到老板，我马上将向老板娘撒的谎又讲了一遍。老板听了，很是惊讶，不过，他马上镇定地说：

“夫人啊，钱不是握在自己手里，我觉得也没什么分别。”

老板的语调出奇地镇定，隐含着一股说教的味道。

“不，您听我说，这是千真万确的。所以请相信我，要打扰也只是今天一天，在这之前我会在店里帮忙的。”

听了我的话，老板自言自语道：“真的有钱还来的话，当然好了。毕竟今年就剩下最后的五六天了。”

“唉，所以说，所以我才……哎呀！来客人了。欢迎光临！”看见三个工人模样的人走进门来，我赶紧笑脸相迎，向他们打招呼。随后，我向老板娘小声道：“大婶，麻烦您，围裙借给我用一下。”

“嘿，还请了个美女来帮忙，真厉害啊！”一位客人说道。

“别打人家的主意哦。”老板半开玩笑半认真地说，“她可关系到一大笔钱呢。”

“还是匹价值百万美金的名马不成？”另外一个客人开着下流的玩笑。

“就算是名马，母马也只值一半的价钱。”我一边烫酒，一边和他们说着浑话。

“没这回事！在日本，从今以后，就连马和狗也都会男女平等的。”那位看起来最年轻的客人叫嚷着，“大姐，我迷上你了，人这么漂亮，一见钟情哪。可惜呀，你有个拖油瓶啊！”

“哪儿的话。”老板娘从里间把孩子抱出来，“这是我们从亲戚家抱养的孩子，这样一来，我们家终于有后了。”

“也能赚到钱。”

听到客人这么打趣，老板一脸严肃地喃喃自语道：“既劫财，又骗色啊。”他随后话锋一转，问客人道，“几位来点什么？什锦火锅怎么样？”

我突然明白了一件事。果然如此啊。我暗暗点头，但仍然一脸平静，若无其事地将酒壶端给客人。

那天正好是圣诞节前夜，似乎叫平安夜，因此，来酒馆的客人络绎不绝。我因为心里有事，从早到晚，一直没有进食，中间老板娘也曾劝我吃点东西，被我谢绝了。一整天，我都像身披轻纱的舞女一样，穿梭于客人之间。不知是不是我自我陶醉，我总觉得那天店里的气氛格外活跃，不少客人问我叫什么，抢着和我握手。

其实，我内心一直忐忑不安，不知接下来该如何面对老板和老板娘。我机械性地笑着，遭受客人猥亵的调笑，我用更下流的笑话回应，穿梭在客人之间端酒送菜。我宁愿自己像冰激凌那样融化在酒馆里，什么都不用想就好了。

奇迹，有时会降临人世。

九点钟刚过，店里来了两位客人。男客人戴着圣诞节用的纸质三角帽，像罗宾[①]一样戴着黑色面具，遮住了半张脸。和他同来的是一位三十四五岁，身材纤瘦的漂亮夫人。那男客人背对着我们，坐在外间角落的椅子上。尽管如此，在他刚跨进店门的一刹那，我就已经知道他是谁了。他，就是我那个偷人钱财的丈夫。

因为背对着我，他似乎还没发现我。而我也装作没看见他，继续招呼别的客人。那位女客人在我丈夫对面坐下来，向我招呼道："小姐，麻烦过来一下。"

"唉！"我应声来到两人的桌前。

"欢迎光临！两位要来点酒吗？"

丈夫闻言，透过面具瞅了我一眼，随机大惊失色。见状，我赶紧将手放在他肩上，轻轻摩挲，说道："是庆祝圣诞快乐吗，还是有什么别的说法？看您的样子，再来一升没有问题吧？"

那位女客人不理会我说的话，表情严肃地说："对不起，小姐，我们有些话要和这里的老板私下聊聊，麻烦你将他叫过来一下。"

我冲进厨房，对正在炸食品的老板说："大谷回来了，您去见见他吧。不过，请您千万不要对那位夫人提及我的事，免得让大谷难堪。"

"终于来了啊！"老板对我之前撒的谎半信半疑，但他似乎还是很信任我，以为我丈夫能回到此地，都是我一手安排的结果。

---

① 亚森·罗宾：法国作家莫里斯·勒布朗笔下的一个侠盗。

“请千万不要提及我啊。”我再次提醒道。

“如果这样比较好的话，我照办就是。”他爽快地答应了，朝着外间走去。

老板环视了一圈店里的客人后，便径直朝我丈夫那桌走去。他和那位漂亮的女客人交谈了几句，三人便一起出了店门。

我想这下好了，一切问题都解决了。不知为何，我对此深信不疑。我不由得开心起来，直接抓起一个客人的手腕，说道：“为了庆祝圣诞节，咱们喝一杯怎样？”那个客人身穿藏青底的碎白纹和服，看起来还不到二十岁。

三

大概过了三十分钟，似乎还要更快些，快到令我惊讶的速度，老板便独自回到了店里。他走到我身旁，说道：“夫人，太感谢您了。那笔钱已经收回来了。”

“是吗？真是太好了。全部吗？”

“嗯，昨天的那笔钱全还清了。”老板苦笑道。

“那我丈夫总共欠了多少钱？您给个大概数目，如果可以的话，请少算些。”

“两万元。”

“总共这么多吗？”

“是折上折了。”

“我来偿还。大叔，从明天开始，能让我来您店里上班吗？那样，我就能用工钱来偿还欠您的钱了。”

“唉，夫人，那可真是求之不得啊。”

说完，老板和我都笑了起来。

当晚十点后，我背上儿子，离开中野的酒馆，回到小金井的家。不出我所料，我丈夫果然没回来，但我也不担心什么了。或许，明天我就能在酒馆见到他呢。我以前怎么就没想到这个办法呢？到昨天为止，我所有的痛苦和烦恼，都源于我的愚蠢，是我没想到这么好的办法。原来，我也曾帮着父亲照看关东煮小摊，招待客人算是驾轻就熟了，今后在中野的酒馆里，我也一定能够得心应手的。这不，光今天一个晚上，我就挣了五百多元的小费呢。

据酒馆老板说，我丈夫昨晚拿着匕首冲出家门后，就在一位熟人家里住了一晚，今天一大早，就冲进了京桥那位漂亮夫人开的小酒吧里，大白天就喝起了威士忌，还给店里的五个女招待好多小费，说是圣诞节礼物。中午时分，他又叫了辆出租车，不知去了哪里。没多长时间，他便戴着三角圣诞帽、面具，拿着蛋糕和火鸡回到了小酒吧里。然后，他就打电话招来一群朋友，大宴宾客，完全不是平时那副穷酸相。酒吧老板娘知道他平时兜里没几个钱的，见他当天如此豪爽，不由得犯嘀咕。在老板娘的追问下，他将头天晚上发生的事如实说了出来。那个酒吧老板娘似乎和他关系很熟，认为将这件事闹到警察那里，对任何人都没好处，便苦口婆心地规劝他，并答应帮他垫付那笔钱。就这样，酒吧老板娘和我丈夫来到了中野的酒馆。

说完这些，中野酒馆的老板接着对我说："情况大概就是这样的。不过，夫人，您还真是有主意呢。是您去恳求大谷先生的朋友帮忙的吗？"

听语气，老板以为是我导演了我丈夫还钱的桥段，还提前到酒馆里来等着了。

我笑了笑，搪塞道：“嗯，差不多吧。”

从第二天起，我的生活就彻底改变了。为了迎接轻松愉快的新生活，我特意去发廊做了头发，去化妆品店买了整套的化妆品，缝补好和服，老板娘还送给我两双崭新的白布袜。长期以来的那种压得我喘不过气来的沉重心情，终于烟消云散了。

早晨起床后，我和儿子两人吃过早饭，我做好便当后，便背上孩子，去中野的酒馆上班。当时正值岁末，是商家最忙碌的时候，而我每天在这家酒馆里，也一刻不得闲。在这家名叫“椿屋”酒馆里，客人们都叫我阿佐。我丈夫隔个两天左右便会到这里来喝酒，每次的酒钱都是由我来付，他转眼就不见踪影了。不过，有时到了深夜，他又会溜进店里，轻声问我：“回去吗？”我点点头，收拾好东西，然后一起高兴地回家。

“为什么我从前就不知道出来工作呢？我现在觉得很幸福。”

“女人是无所谓幸福与不幸福的。”

“是吗？听你这么说，似乎也是。那你们男人呢？”

“男人都是不幸的。因为我们时刻要和恐惧作战。”

“你说的我不懂。不过，我盼望这样的日子能一直持续下去，因为椿屋的老板和老板娘待我都很好。”

“那两个乡巴佬，不是什么好人，他们贪得无厌，为了赚钱，使劲儿怂恿我喝酒！”

“生意人都这样啊，理所当然啊。也不止喝酒吧？你不是将老板娘骗到手了吗？”

“那都是以前的事情了。酒馆的老头怎么说？他觉察到了吗？”

“他应该知道了，曾叹着气说你劫财又骗色的。”

“我的行为确实有些过分，我那么做是因为我不想活了。说实话，我从小就产生了自杀的念头。我若是死了，对大家都有好处。真的。可我就是死不了，冥冥之中，似乎有可怕的神明阻止我去死。”

“因为你还有工作。”

“工作这玩意儿，是可有可无的。就如文章，没有所谓的杰出作品，也没有所谓的拙劣作品。别人说它好，它就是好作品；别人说它烂，它就是烂作品。感觉就像呼吸一样。令我感到害怕的是，这世上竟然存在神明，你觉得有吗？”

“什么？”

“你觉得这世上有神明吗？”

“我说不好。”

“是吗？”

在酒馆做了一二十天的帮佣以后，我渐渐发现，那些来椿屋酒馆喝酒的人中，很多人都是罪犯。与这些人相比，我丈夫那样的人算是好人了。而且，不光是酒馆里的客人，就连路上的行人，我也觉得他们隐藏着不可告人的秘密。就拿一位衣着光鲜的五十多岁的女人来说吧，她到酒馆的后门来推销酒水，她口口声声说她的酒才三百元一升。因为那女人的酒比市场上的酒便宜很多，酒馆老板娘当即就买了，后来才发现那酒里掺了水。世风日下，连高贵的女人卖酒都干这种龌龊的事了。像我这种没有半点害人之心的人，在这个世上，肯定是寸步难行。据说，在扑克牌游戏中，一套完整的副牌能够胜过主牌；同样，这世上的坏人都聚集在一起，那也定然会打败好人的。

如果这世上真有神明的话，那就请快显灵吧！正月的月末，我被酒馆的一个客人玷污了。

那晚下着大雨，我丈夫没有出现。不过，我丈夫在出版社的旧相识矢岛先生以及一位四十岁左右的同事来酒馆喝酒。这位矢岛先生，也是暗中接济我们母子生活的人之一。他们两人边喝酒，边高声地谈论，诗人大谷的老婆是否合适在这里工作。

我故意笑着问："两位说的那位太太身在何处？"

矢岛先生答道："我也不知道她身在何处，不过至少要比椿屋的阿佐漂亮华贵。"

"真让人忌妒啊。不过，要是有机会的话，我倒是愿意伺候大谷先生一晚上呢，我就喜欢他那种圆滑的人。"

"原来是这样啊。"矢岛先生朝他身边的同伴递眼色，调侃道。

彼时，我是诗人大谷先生老婆的事情，被和丈夫同来的记者们知道了。有不少好事的记者知道后，特地跑来看我的热闹。一时间，酒馆的客人络绎不绝，店里的生意蒸蒸日上，酒馆老板越发地满面红光。

当晚，矢岛先生和他的同伴谈论完纸张的黑市交易，十点多了才离开酒馆。我看外面还下着雨，料想丈夫多半也不会来了，虽然店里还有一位客人，我还是早早收拾好东西，到里间的角落里背起熟睡的儿子，准备回家去了。出门时，我小声地拜托老板娘："大婶，雨伞借我用一下吧？"

没想到，店里仅剩的那位客人突然站起身来，说道："我有伞，我送您吧。"

我回头一看，他是我当晚招待的第一位客人，看上去二十五六岁的样子，身材矮小瘦削，一身工人装扮，表情严肃。

"不敢劳烦您。我已经习惯一个人回家了。"

"您别客气。您家远着呢，我知道，我也在小金井一带住。就让我来送您吧。老板娘，麻烦结账！”

那天，他只在店里喝了三杯酒，看样子并没醉。

在小金井站下电车后，我们并排走在漆黑的雨夜里。一路上，那个年轻人都默不作声，此刻才断断续续开口道：“我知道，您是大谷先生的夫人。其实，我是大谷先生的粉丝。我也写诗，一直想请大谷先生帮忙指点下，可总是没有勇气……”

我到家了，向他鞠躬致谢道：“谢谢您了，咱们酒馆再见。”

“好的，再见。”他说完，便消失在雨夜中。

半夜时分，玄关处传来开门的声音，我以为是我那醉酒的丈夫回来了，便躺着没动。

“打扰一下，大谷夫人。有人在吗？”门口传来的，竟然是一个陌生男人的声音。

我起身打开电灯，到玄关处一看，竟然是刚才那个年轻人，摇摇晃晃地站在门前。

“夫人，抱歉啊。我回去的时候，又在路边的小摊上喝了一杯。其实，我家住在立川，等我喝完酒，到车站一看，已经没有去立川方向的电车了。夫人，我能在您家借宿一晚吗？我不需要被褥，只要睡在玄关的地板上就好了，明天一早我就坐早班车离开。要是没有这场雨，随便在个屋檐下将就一晚就行了，可这天儿一直下雨，我实在没办法，求求您了！”

“不好意思，我丈夫没在家。您要是睡在玄关的地板上也行的话，那就请进来吧。”随后，我便拿了两个破旧的坐垫给他。

“对、对不起，我真是喝醉了。”他口齿不清，一副十分难受的样子。他刚一说完，便躺倒在玄关处的地板上。等我回到床铺上时，玄关处响起了呼噜声。

可在第二天拂晓时分，我便被他乘机占有了。

那天，我像往常一样背着儿子去酒馆上班。

一进酒馆，我便看见丈夫独自坐在外间，他将酒杯放在桌子上，正在看报纸。沐浴在清晨的阳光里，那酒杯煞是好看。

“他们都不在吗？”

丈夫抬头看了我一眼，答道：“噢，老板出去进货去了，还没回来。老板娘刚才似乎在厨房，现在似乎不在了。”

“你昨晚没来酒馆啊？”

“来了。最近一段时间，不见椿屋的阿佐小姐，我就睡不着觉。昨晚十点多的时候，我到这里看了一眼，结果听说你刚走不久。”

“后来呢？”

“雨下得那么大，我就在这里住下了。”

“要不，我以后一直住在店里吧。”

“也行啊。”

“那就这么定了。我总是借住在你家也不好。”

丈夫一声不吭，仍然目不转睛地看报纸，说道：

“哎呀，报纸上又说我坏话了。说我是享乐主义的冒牌贵族，竟瞎写！说我是敬畏神明的享乐主义者才对嘛。阿佐，你看看，还有人说我没人性呢。胡说八道嘛。事到如今，我就实话告诉你吧，去年年底，我从这里拿走五千元钱，就是想让小佐和儿子过个好年。我要是没人性，我能做出这种事情吗？”

听了他的话，我并没有觉得喜出望外，只是沉静地答道：

“没人性又如何？我们只要活着就行了。”

斜阳

一

清晨，母亲喝了一小口汤，她幽幽地“啊”了一声。

“有头发吗？”

我以为汤里掉进了什么脏东西呢。

“不是的。”母亲装作没事的样子，又轻轻地喝了口汤，然后就扭头，欣赏起厨房外盛开的野樱花来了。她就那么侧着头，看向窗外，一小口一小口地轻盈地喝着汤。用“轻盈”这个词来形容母亲喝汤的动作一点也不为过。她喝汤的动作和女性杂志提倡的用餐方式完全不同。

曾经，我弟弟直治边喝酒，边对我这个姐姐说：“有些人虽然拥有爵位，却不能算是贵族了；有些人虽然没有爵位，也同样拥有贵族的品质。而像我们这样的人，虽然拥有爵位，却和平民没有什么差别了。就如岩岛（是弟弟的同学，拥有伯爵爵位）那种人，他们比新宿街头的皮条客还粗俗。前段时间，柳井（也是弟弟的同学，是一位子爵的二公子）的哥哥结婚时，那畜生竟然穿着燕尾服！真是的，如今谁还穿燕尾服？更滑稽的是，那家伙在席间致辞时，说的话不文不白的，竟然还用‘go za i ma su ru’（以前日语中的一种郑重表达方式，用在句末，如今已经不常用了）。装斯文不是有品位，顶多是虚张声势罢了。在本乡，经常会看到一些写着‘高级住宅’的招牌，可实际上，住在里边的贵族，多半是高级乞丐而已。真正的贵族，并不会像岩岛那样装腔作势。在咱们家里，能够称得上贵族的，恐怕就只有妈妈一个人了，其他人是学也学不来的。”

的确如弟弟所言。就拿喝汤来说吧。我们都是在盘子上方稍稍低下头，横握着汤匙舀汤，将汤送到嘴里喝掉。但母亲不同，她将左手轻轻搭在桌边，右手横握着汤匙，抬着头，看也不看餐盘，就蜻蜓点水般地舀起一勺汤来，动作轻盈地将汤匙对着嘴，让汤从汤匙尖端流入唇间。她总能随意地四处张望，而她手里的汤匙，就如同小鸟的翅膀一样，一张一合的，很是自如。她从来不会洒出半点汤汁来，从来不会发出吮吸声，也不会发出碰触盘子的声音。或许，母亲这种喝汤方式并不符合传统礼仪的标准，但在我看来，母亲的这种喝汤方式着实可爱，让人看着就有食欲。就如弟弟所言，我不过是个高级的乞丐，无法像母亲那样轻盈随意地使用汤匙。无奈，我只好彻底放弃了，仍旧低头看着餐盘，按照传统方式机械地喝汤。

不光是喝汤，我母亲的很多吃饭方式都和传统礼仪大相径庭。比如，吃肉时，她会快速用刀叉将肉切成小块，然后放下餐刀，只用右手拿着叉子，把肉一块块戳起来，开心地慢慢享受。吃带骨头的鸡肉时，当我们小心翼翼地把肉从骨头上切下来，尽量不弄出声响时，就见母亲不慌不忙地用手拈起骨头，直接用嘴咬着吃起来。这种看似野蛮的吃法，到了母亲那里，就显得可爱又性感了。看样子，真正的贵族就是不一样。不光是吃带骨鸡肉时那样，有时吃午餐，母亲也会直接用手拈起火腿和香肠来吃。

母亲曾经这样说：“知道饭团为什么如此美味吗？那是因为它是人用手捏出来的。”

有时，我也觉得用手直接拿着食物吃会很美味，可我这种高级乞丐要是东施效颦的话，那我就真成为活脱脱的乞丐了。所以，我只好忍耐。

真的，不光是我弟弟，我也觉得难以模仿母亲，最终我们都作罢了。

曾经，在一个初秋的夜晚，我和母亲坐在西片町老家后院池塘边的那个小亭子里，一边赏月，一边说些狐狸娶妻与老鼠娶妻有什么不同的闲话。突然，我母亲站起身来，钻进了亭子边上的树丛里。接着，她从白色的胡枝子花丛中探出白皙的脸庞来，冲我微笑，说道："和子，妈妈现在在干什么，知道吗？猜猜看。"

"您在摘花吗？"

"我在撒尿。"她笑着小声说。

我吃了一惊。因为她根本就没有蹲下身子啊！我不知道她是怎么做到的，觉得她实在是可爱。

或许，这些事与早晨喝汤的事没有任何联系，可我记得此前看过的一本书说，法国路易王朝时期的贵妇人，经常会满不在乎地在宫殿庭院或走廊的角落里撒尿。那种满不在乎的神情着实让人觉得可爱。从这点来看，母亲和她们很像。或许，我母亲就是日本最后一位真正的贵妇了。

而今天早晨，母亲轻轻喝了一口汤，"啊"地轻叫一声。当我问她汤里是不是有头发时，她回答说不是。于是，我接着问：

"是不是汤太咸了？"

今天早晨的汤，我是将美国配给的青豌豆罐头过滤了，而后做成了法式浓汤。我本就不擅长厨艺，就是听到母亲说不是，我仍是有些担心，于是就又问了一句。

"汤很好喝！"母亲很认真地说。喝完汤，她又用手直接拿起紫菜包饭，吃了一口。

从小时候起，我就从来不觉得早饭有多美味。不到十点钟，我是感觉不到肚子饿的。就是到了时间，我也是勉强喝下汤，将饭团放在碟子里，用筷子戳碎，再用筷子扎起一块，就像母亲喝汤一样，让筷子尖正对着嘴巴，像小鸟啄食一样，一点一点地啃着吃。通常情况下，母亲吃完饭，轻轻地离开席位，靠在洒满阳光的墙上，静静地看着我吃饭。

过了一阵，母亲说："和子，你又不想吃了吧？你可得好好享受早饭啊！"

"妈妈您呢？您觉得早饭好吃吗？"

"那当然。我又不是病人。"

"我也不是病人啊。"

"不许这样说。"母亲苦笑着摇头。

五年前，我因为不注意，曾经患上肺病，一度卧床不起。母亲为此担心不已。可我知道，这是一种富贵病。相反，母亲前段时间患的那种病才真叫人担心和难过呢。可母亲心里担心的只是我。

想到这里，我不禁"啊"地叫出声来。

"你怎么了？"母亲开口问道。

我和母亲对望了一眼。或许是心有灵犀吧，看见我笑，母亲也跟着微笑起来。

每次感到羞愧，或是觉得无地自容的时候，我便不禁"啊"地轻叫出声。刚才，我又清晰地回想起六年前离婚的事情来了，忍不住轻轻地"啊"了一声。如果换作母亲的话，又会怎样呢？不可能的，母亲可没有和我一样羞耻的过去。难道她是因为别的事？

"妈妈，您刚才是不是想起了什么事情啊？是什么事啊？"

"我忘了。"

“是我的事吗？”

“不是的。”

“直治吗？”

“是啊。也许是吧。”母亲歪着头，思索着回答道。

我弟弟直治，在念大学时应征入伍，去了南方的一个小岛，后来便杳无音信了。战争结束了，他仍然下落不明。我母亲悲观地认为再也见不到他了，我却始终认为他是一定会回家来的。

“我原本已经死心了，可一喝到这汤，就想起直治来了，心里难受。早知道这样，当初能对他再好点就好了。”

升入高中后，直治开始痴迷于文学，搞得整个人跟不良少年似的，让母亲不知操了多少心。就是这样，母亲还是喝一口汤就会想到直治。

听了母亲的话，我不禁眼圈湿润。我说：“没事的。他不会有事的。通常来说，那些早死的都是老实的、漂亮的、和善的人，像直治那样的无赖，他是不会轻易死掉的，就是用棍子打他也打不死。”

听了我的话，母亲笑了：

“照你这样说，和子你岂不是早死的那种人咯？”

“才不是呢！我这个人，又无赖，又长了个大脑门，活到八十岁应该不成问题。”

“是吗？那妈妈我活到九十岁应该没问题啦。”

“嗯。”

我嘴上这么说，心里感到很矛盾。无赖长命百岁，俊俏的人短命。我怎么能对漂亮的妈妈说长相漂亮的人会早死这样的话呢！我不是一直希望妈妈能长命百岁的吗？我一下子慌了神。

“妈妈，您可真会开玩笑！”我嘴唇颤抖，泪水夺眶而出。

再说段有关蛇的故事吧。四五天前的下午，邻居家的孩子们在院墙根的竹丛里掏出十多个蛇蛋，他们说是蝮蛇蛋。

我想，要是竹丛里孵出十多条蝮蛇的话，那人就不能到院子里去了。于是，我便对孩子们说：“烧掉吧。”

孩子们高兴得跳了起来，忙跟在我身后。我们从竹丛中捡来一些树叶和干树枝，点燃了，然后将蝮蛇蛋一个个扔了进去。可蝮蛇蛋烧不着。没办法，孩子们捡来了更多的树叶和干树枝，将火烧得更旺。就是这样，蝮蛇蛋还没有烧着的迹象。

这时，山下的一个农家姑娘从篱笆墙外经过，看见我们，笑着问：

“你们干什么呢？”

“我们在烧蝮蛇蛋呢，要是蝮蛇孵出来的话，那就太危险了。”

“你们烧的蛇蛋有多大呀？”

“有鹌鹑蛋那么大，是白色的。”

“要是那样的话，你们烧的不是蝮蛇蛋，只是普通蛇的蛇蛋。生蛇蛋是烧不着的。”那位姑娘说完，就笑着离开了。

我们烧了大约三十分钟，果然没将蛇蛋烧着。于是，我让孩子们从火堆里捡出那些蛋来，并将那些蛋埋在梅树下。我找来一些石子，做了一个墓碑。

我跟孩子们说：“来，我们祭拜一下它们吧。”

我合起双掌，祈祷起来。孩子们很听话，也在我身后合掌祈祷起来。

和孩子们分开后，我独自沿着石阶往家走。刚走上台阶，我便发现母亲站在紫藤树的树荫下，默默地看着我。

“你竟然会做出这么残忍的事啊。”

“我还以为是蝮蛇蛋呢，原来只是普通蛇的蛋。不过，我已经将它们安葬好了，没事了。”我嘴上这么说，心中还是暗想，这下糟了，竟然让母亲看到了。

母亲一点也不迷信，可自从十年前，父亲在西片町的家中过世后，母亲就开始害怕蛇了。父亲临终前，母亲看见他枕边有条黑色的细带子，正想伸手去捡，才发现是条蛇。那条蛇嗖嗖地溜到檐廊下，之后就不知所踪了。当时，只有母亲与和田舅舅看到了这一幕，两人对视了一眼，为了不引起众人的恐慌，便忍住没作声。当时我也在场，可关于那条蛇的事情，我却一无所知。

不过，父亲去世那天的傍晚，我在庭院里那个池塘边的树上，也看到一条蛇。我今年二十九岁，父亲去世那年，我正值十九岁，已经是大人了，所以对于十年前发生的事情，记得很清楚。当时，我准备到池塘边的树丛里剪些花来，好祭奠我那刚刚过世的父亲。我走到一棵杜鹃树下，一抬头，就看见花枝上缠着一条小蛇。我吓了一跳，正想到旁边的棣棠上折一根花枝，发现那上面也有。旁边的桂花树、枫树、金雀花树、紫藤、樱花树，所有的树上都有蛇。当时的我，并不觉得特别害怕，觉得它们和我一样，也为父亲的去世感到悲伤，觉得它们从洞里爬出来，只是为了祭奠父亲的亡灵罢了。当我将在院子里发现蛇的事情告诉母亲，她很是从容，稍稍歪着头，思索了一会儿，什么也没说。

不过，事实上，这两件与蛇有关的事情发生后，母亲就变得十分讨厌蛇了。说是讨厌，其实是介于崇敬和害怕之间的一种敬畏。

烧蛇蛋的事情被母亲发现后，我才意识到事情的严重性。母亲一定是感知到了什么不祥的东西。想到这些，我突然觉得烧蛇蛋是件非常恐怖的事情。这件事会不会给母亲带来厄运呢？我很是担心，直到第二天乃至以后的很长日子里，我都没能忘记这件事情。

今天早晨，在餐厅里，我又不小心说漏了嘴，说了什么美人早死之类的没边的话。说出这句话之后，我才意识到，话一旦说出来，就没办法再收回来了。我后悔得眼泪直流。用过早饭，在收拾餐具的时候，我总觉得有条小蛇钻进了我心里，盘踞在我心头，发下了母亲会短命的诅咒，让人讨厌得不得了。

而且，就是在那天，我在院子里碰到了蛇。那天风和日丽，我在收拾完厨房后，便想搬张藤椅到草坪上去，想在那里织毛衣。我刚将藤椅搬到院子里，就在石头旁的细竹里发现了一条蛇。唉，真讨厌！我想都没想，就搬着藤椅回到走廊里，在那里织毛衣。下午，我想到院角的佛堂去，那里有很多藏书，我想找那本洛朗桑[①]的画册来看。可我刚一进院子，就看见一条蛇在草坪上蜿蜒地爬着，似乎与我上午看到的是同一条蛇。那是一条细长而优雅的蛇，应该是一条母蛇。她静静地穿过草坪，爬到野蔷薇的树荫下，抬起头来，吐着细长的火焰般的芯子。她环顾四周后，忧郁地低下头，懒洋洋地蜷缩起来。我往佛堂走时，满脑子想的都是那条美丽的母蛇。当我从佛堂拿了那本画册出来，再次经过草坪时，那只蛇已经不见踪影了。

黄昏时分，我和母亲在中式客厅里喝茶。我抬头往院子里

---

① 玛丽·洛朗桑（1885–1956 年），法国画家，以用优雅和谐的颜色刻画儿童及年轻妇女著称。代表作有《母子》和《深宫后院》。

看时，又看见了今天早晨的那条蛇，她慢悠悠地出现在第三级台阶上。

母亲也看到它了，赶忙起身，来到我身边，抓住我的手，颤抖着说："不会是那条蛇吧？"

"您是说那条被我烧了蛇蛋的母蛇吗？"

"是的，是的。"母亲声音沙哑地说。

我俩手握着手，屏住呼吸，默默地望着那条蛇。那条蛇忧郁地盘踞在石阶上，过了好一会儿，开始晃悠悠地动了起来。它有气无力地穿过石阶，然后爬进燕子花丛中去了。

"它从早晨就在院子里爬来爬去的。"我小声对母亲说。

母亲叹了口气，瘫坐在椅子上，用低沉的声音说道："你看，我怎么说来着，她是在找自己的蛋啊！真是可怜！"

听到母亲这样说，我只好嘿嘿地干笑两声。

夕阳透过窗子，映照在母亲脸上。母亲的眼睛里微微地泛着蓝光，她那略带怒气的脸庞真是美极了，让人很想扑上去。我突然觉得，母亲的表情竟然和刚才那条蛇的表情出奇地相像。不知为什么，我总觉得，住在我心里的那条丑陋的蝮蛇，总有一天会将这条忧伤而美丽的母蛇吃掉。

我搂着母亲纤细的肩膀，内心涌起无限的悲伤。

日本无条件投降那一年的十二月初，我们卖掉东京西片町的那所房子，搬到了伊豆这座有着中式风情的山庄里。我父亲去世后，我家全部的收支都由母亲的弟弟——和田舅舅帮忙打理。战争结束后，社会发生了翻天覆地的变化。和田舅舅劝说母亲，没有其他办法了，最好卖掉房子，辞退女佣，母女二人到乡下买所漂亮房子，过自由自在的生活。在金钱方面，母亲比孩子还一窍不通，听和田舅舅这么一说，就全凭他做主了。

十一月份的月底，和田舅舅寄来快信，说河田子爵在骏豆的铁路沿线上有栋别墅要出售，还说那栋别墅建在高坡上，景色优美，另有一百多坪[①]的田地。当地是梅花胜地，冬暖夏凉，适宜居住。买家要求见面详谈，所以舅舅请母亲明天去他位于银座的事务所。

我问母亲："您会去吗？"

母亲无奈地苦笑着说："我是委托人，当然要去了。"

次日午饭后，母亲在家中原来的司机松山先生的陪同下，去了银座。当晚八点钟左右，母亲才被松山先生送回来。

"我已经说好了。"她冲进我房间，一手扶着桌子，就那样一屁股坐下来，说了这么一句。

"您说好什么了？"

"全部都说好了。"

"可是……"我很是吃惊，"您还没有看是什么样的房子……"

母亲将一只胳膊肘撑在桌子上，用手轻轻拍着额头，叹了口气，说道：

"和子，你舅舅说是个好地方哦。我呀，感觉就闭着眼睛直接搬过去也不会错的。"她抬起头来，微微一笑，脸庞有些憔悴，但很是秀美。

"要是您这么想的话，"母亲如此信任和田舅舅，她的那种信任也感染了我，我附和着说，"和子也会闭上眼睛的。"

我们两个会心一笑，可是笑过之后，又满心惆怅起来。

---

① 坪：日本面积单位，1坪为3.3057平方米。

从那以后，家里便每天都有工人过来帮忙打包行李。和田舅舅也来了，将该变卖的东西陆续都变卖了。我和女佣阿君一起整理衣物，在院子里焚烧垃圾，每天都很繁忙。只是母亲，她不帮忙收拾东西，也不指挥工人，每天都待在房间里，磨磨蹭蹭的，不知在干什么。

“怎么了？不打算去伊豆了吗？”我忍不住用略微强硬的语气问道。

母亲一副心不在焉的样子，含糊地答道：“我没事。”

经过十多天的忙碌，全部都打点妥当了。傍晚时分，我和阿君在院子里焚烧纸屑和稻草时，母亲也从房间里出来了，站在檐廊下，默默地看我们烧东西。寒冷的西风将灰色的烟雾吹得很低。我抬头看了看母亲，见她的脸色很是难看，不禁有些担心，喊道：

“妈妈，您的脸色好差呀！”

母亲强挤出一丝微笑，说道：“我没事。”说完，便转身回房间去了。

那天晚上，因为被褥都打包了，阿君便睡在二楼客厅的沙发上；我便睡在母亲的房间里，我们盖的是从邻居家借来的被子。

母亲说了句让我倍感意外的话：“因为有和子，我去伊豆也没关系，因为有和子你陪着我。”母亲的声音有气无力的，让我有些怀疑自己的耳朵。

我心里咯噔一下，不禁问道：“要是没有和子呢？”

听到我这样问，母亲突然哭了起来：“还不如死了算了。你父亲是在这个家里去世的，我也想死在这里啊。”她哽咽着说，哭得越发厉害了。

母亲从没在我面前表现得如此脆弱过，也从没在我面前哭得如此伤心过。父亲去世的时候，我出嫁的时候，我离婚怀着孩子再回到她身边的时候，孩子在医院胎死腹中的时候，我卧病在床的时候，弟弟直治做坏事的时候，母亲都没有这样难过。父亲去世后的十年间，母亲依然温柔高雅，和父亲在世时没什么两样。我和弟弟在她的呵护下快乐地生活着。可她手中的钱越来越少，为了我和直治，她花了太多的钱。这样一来，她就不得不从多年住惯了的房子里搬出去，到伊豆的小村庄里和我相依为命，开始过寒酸的生活。要是母亲心地不好，给我们钱时吝啬些，她也就不会这么拮据了。就算世道再怎么变化，她也不会产生想死的念头啊。我平生第一次体会到没钱的痛苦，就像掉进了恐怖的、悲惨的地狱！我胸口憋闷，内心悲伤，想哭又哭不出来，只能像个雕塑一样，一动不动地仰面躺在那里。所谓的人生艰难，可能就是这种感受吧！

第二天，母亲仍然面色凝重，故意磨磨蹭蹭的，似乎想尽可能地在这个住惯了的家里多待一分钟。可和田舅舅来了，催促说行李都运走了，今天就得动身到伊豆了。不得已，母亲才慢慢穿上外套，向前来送行的女佣阿君以及其他人默默点点头，同我和舅舅离开了西片町的家。

前往伊豆的火车比较空，我们三个人都有座位。在火车上，舅舅很是兴奋，絮絮叨叨地说个没完。母亲脸色依旧难看，她低着头，好像很冷似的蜷缩着。我们在三岛换乘骏豆线，在伊豆的长冈站下车，再坐十五分钟的汽车，此后再沿着缓缓的山路朝山里走。不久，我们便来到一个小村落，村边便是我们买下的那个中式的小别墅。

“妈妈，这地方比想象的好多了。”我兴奋地说道。

“是啊！”母亲站在别墅的玄关前，有那么一瞬，脸上流露出高兴的神情。

“住在这里的第一个好处便是空气清新！”舅舅夸耀道。

“的确，”母亲微微一笑，“这里的空气真好。”

我们三人不约而同地笑了起来。

一进玄关，就看到从东京寄来的行李，从玄关到房间都堆满了。

“住在这里的第二个好处，就是客厅外的景色漂亮！”一进门，舅舅便兴致勃勃地拉着我们在客厅坐下，观赏外面的景色。

当时是午后三点钟左右，冬日的阳光柔和地洒在院子里的草坪上。顺着草坪尽头的石阶望去，就见一个小池塘，池塘边上长着很多梅树。再往远处是一大片橘树林，再往前是村中的大路，对面是水田，再远处是松树林。透过松树林，能够望见湛蓝的大海。坐在客厅里往外看去，海水刚好和我的胸口持平。

“景色真柔和啊！”母亲悠悠地说道。

“不知道是不是空气的缘故。感觉连阳光都和东京的完全不一样，柔和得就好像用丝绢过滤过一样！”我兴奋地说。

这个小别墅里，一个房间有十张榻榻米大小，一个房间有六张榻榻米大小，一个中式客厅，玄关有三张榻榻米大小，浴室有三张榻榻米大小，还有餐厅和厨房，二楼有间西式房间，里边有张大床，可供客人使用。这几个方面，我们两人，不，就算弟弟回来了，我们也够住了。

这村里只有一家旅店，舅舅在那里订了餐。不久，旅店便有人送来了便当。舅舅喝着自己带来的威士忌，兴致勃勃地跟我们说起了小别墅以前的主人河田子爵，讲他游历中国时的奇闻逸事。母亲只稍微动了动筷子，便不吃了。

夜幕降临时，母亲小声说："我想稍微躺一下。"

我赶紧从行李中取出被褥来，让她躺下了。担心母亲身体不舒服，我又找出体温计来，给她量了体温，三十九度。

舅舅似乎也很紧张，赶紧到下面的村落去请医生了。

我紧紧握住母亲的手，哽咽着叫道："妈妈！"可母亲迷迷糊糊的。

母亲好可怜，不，是我们两个人好可怜。想到这些，我便难过地哭个不停。真想就这样和母亲一起死掉算了。从东京西片町的家搬出来后，我们的人生便终结了。

大约两个小时以后，舅舅带着村里的医生来了。那位医生是个老者，穿着仙台平袴[①]，脚上套着白色的短布袜。

诊断完毕，那医生说："可能是肺炎。不过，就是得了肺炎也没什么可担心的。"说完这让人不放心的话，他给母亲打了一针后就回去了。

到了第二天，母亲还没有退烧。和田舅舅留下两千元，说若是需要住院的话，就往东京给他发电报。随后，他就回东京去了。

我从行李中找出厨房用具，给母亲熬了些粥喝。母亲躺着喝了三勺，便摇摇头，说不喝了。

临近中午的时候，那位医生又过来了。这次，他没有穿仙台平袴，不过，脚上依旧穿着白色的袜子。

"是不是要住院才行……"我着急地问。

"没那个必要吧。今天我给她打强效针，就应该退烧了。"依然

---

① 袴：也称"袴褶"，是一种宽松的裙裤，源于方便跨马骑背的腿衣。仙台平是制作袴的知名店铺和品牌。

是让人不放心的回答。他给母亲打了一针强效针便回去了。

或许是那针强效针奏效了，那天午后，我母亲变得脸色通红，出了很多汗。换睡衣时，母亲笑着说："那可真是位神医啊！"

我给她量体温，发现三十七度，烧退了。我很高兴，就跑到村里的那家旅店，求老板娘卖给我十个鸡蛋。我将鸡蛋煮到半熟，端到母亲面前。母亲一口气吃了三个煮鸡蛋，还喝了半碗粥。

第三天，村里的那位医生又穿着白袜子来了。我告诉他，昨天打完强效针后，我母亲的烧退了，我向他表示感谢。听了我的话，他自信地点点头，再次认真地诊察之后，转向我说："老夫人的病已经好了，想吃什么就吃什么，想做什么就做什么吧。"他说的话很是滑稽，我强忍着，才没有笑出声来。

将医生送出玄关，我回到客厅一看，母亲已经坐起来了，一副开心的样子，小声嘟囔着："真是位神医呀！我的病全好了。"

"妈妈，我将里面的纸糊窗打开好吗？外面正下雪呢！"

窗外，鹅毛大雪洋洋洒洒地飘落下来。我打开里边的纸糊窗，和母亲并肩坐下，隔着玻璃窗欣赏伊豆的雪景。

"我的病已经好了，"母亲又自言自语道，"这样坐着，我感觉往事像梦境一样。其实，我是打心底里不愿意搬到伊豆来的，真希望能待在西片町的家里不走啊，哪怕是多待半天儿也好啊。坐上火车的时候，我感到自己只剩下半条命了。刚到这儿时心情还可以，可天一黑，我就开始怀念起东京的家来，心里焦躁不安，一着急，就失去意识了。我这病不是普通的病，是神明叫我脱胎换骨一次啊！"

从那天以后，我们母女便开始了宁静的乡村生活。村里人待我们母女非常好。从去年十二月份搬到这里，到如今已是四个多月的时间。每天，我们除了吃饭，便是在檐廊下织毛衣、在客厅读书喝茶，几乎过着与世隔绝的生活。二月，梅花开了，整个村子都笼罩在花海里。三月，风和日丽，盛开的梅花持续到月底。无论是清晨、午间、傍晚或是夜间，梅花都美得令人叹息。只要把走廊的玻璃窗打开，一股梅香便会飘进房间。三月底，黄昏时便会起风，我在餐厅摆放碗筷的时候，梅花瓣不时从窗子随风飘进来，落进碗里打湿了。到了四月，我和母亲在檐廊下边织毛衣边聊天，谈论的是耕田种菜的计划。母亲说她也想帮忙。啊，看我这么写，大家可能真以为就像母亲说的那样，我们已经死过一次，如今脱胎换骨了。可我们毕竟是常人，无法像耶稣那样复活，所以母亲仍会在喝汤的时候想起弟弟，忍不住要"啊"一声，而我过去的伤痕实际上一点也没治好。

啊，我真想毫不隐瞒地将一切都和盘托出。有时我甚至觉得，这宁静的乡村生活都是假象，它只不过是神明赐给我们母女短暂的喘息机会，我心里预感到，在这宁静乡村生活的背后，一种不祥的阴影正在悄悄逼近。母亲表面上装出幸福的样子，人却日益衰弱下去。盘踞在我心头的蝮蛇吞噬着母亲的生命，就是我拼命压制它，它仍在不停地变肥。唉，我受够了这种日子，期望下个季节快些到来，好让日子有所改变。在这种焦灼心情的驱使下，我才做出烧蛇蛋之类的蠢事，结果使母亲变得更悲伤，身体更衰弱。

不说了，感情上的事是说不完的。

二

烧蛇蛋的事过去十多天后，不祥的事情再次发生了。母亲越发地悲伤，身体更虚弱了。

我差点儿引发一场大火。

我竟然引发了火灾。从小到大，我还从没经历过火灾这种可怕的事。我这个“千金小姐”，竟然连疏忽大意引发火灾这样简单的道理都不懂。

一天夜里，我起来解手，经过玄关的屏风时，发现浴室那边发出亮光。我漫不经心地走过去看，就见浴室的玻璃窗映得通红，浴室里边啪啪作响。我赶紧打开门，光着脚冲进浴室，发现火炉旁的柴垛烧着了。

我慌忙飞奔到庭院外紧邻的那户农家，使劲敲门，大喊道：“着火了！中井先生！请快起来！”

中井先生似乎已经躺下了，可他还是回答：“好的，我马上来！”

我央求他快来帮忙时，见他穿着睡衣就从家里跑出来了。

我和中井先生跑到着火的地方，用洋铁桶从池塘里提水来救火。这时，我突然听见母亲在走廊里“啊”地叫了一声。我赶紧扔下铁桶，从院子跑到走廊那里，一把抱住快要晕倒的母亲。

“妈妈，您别担心，不要紧的！您去休息吧。”我扶着她回到卧室躺下，就又飞奔回去救火。

这次，我从浴室舀水递给中井先生，中井先生再提着水桶浇到火堆上。可是火势太大了，我们俩根本无法熄灭。

“着火了！着火了！坡上的别墅着火了！”山下传来这样的喊声。转眼间，就有四五个人打破篱笆墙冲了进来。大家一字排开，将墙根水沟里的水装到水桶里传递过来，三下两下就将火扑灭了。幸亏火灭得及时，不然浴室的屋顶就要烧着了。

我稍稍放下心来，可接着查看起火原因，不由得倒吸一口凉气。原来，是我粗心大意，傍晚时将带有火星的炉灰倒在了柴堆旁，才引发了这场火灾。想到这点，我都快哭出来了，呆呆地站在那里。这时，墙外传来前院西山家老婆的喊叫声：“火炉里的火把她们家的浴室都烧光了！”

不久，藤田村长、二宫巡警、警防团长大内先生等人也闻讯赶来了。

“吓到了吧，怎么回事啊？”藤田村长照常面带微笑，温和地问道。

“怪我不好，我原以为炉灰熄灭了……”话没说完，我就觉得自己太悲惨了，泪水夺眶而出，低下头去，说不出话来了。我那时以为自己就要被当成纵火犯给警察带走了，想到自己光着双脚、穿着睡衣、蓬头垢面、惊慌失措的样子，就感到很羞愧，深深觉得自己落魄。

“明白了。你妈妈呢？”藤田先生用安慰的口吻慢慢说道。

“她吓坏了，我让她在屋子里休息呢。”

“没烧着房子，真是万幸啊。”年轻的巡警二宫先生也安慰我。

这时，帮我灭火的农户中井先生换好衣服后过来了，为了掩盖我的过失，他气喘吁吁地说：“没什么，只是烧掉了一点劈柴，连小火灾都算不上。”

“哦，我完全明白了。”藤田村长连连点头，然后就和二宫巡警小声嘀咕了两句。

“那我们先回去了，请代我们向你母亲问好。”说完，村长就转身和大内警防团长等人离开了。

只有二宫巡警没走，他走到我跟前，声音低低地说：“那么，今晚的事我就不上报了。”

二宫巡警走后，农户中井先生紧张地问我：“二宫先生怎么说？”看得出，他确实是很担心。

“他说不上报了。”我回答道。

听我这么说，站在篱笆墙边的邻居们都说：“那就好，那就好！”然后，就陆陆续续地回家了。

“你也该休息了。”中井先生向我打过招呼后，也回去了。我独自一人，呆呆地站在燃烧殆尽的柴堆旁，泪眼婆娑，仰望夜空，感到天就快要亮了。

我走进浴室，洗了脸和手脚，总觉得害怕见到母亲，便在浴室旁那间三张榻榻米大小的房间里梳头发，磨磨蹭蹭的，然后又到厨房里整理那些用不着的碗筷，一直弄到天亮。

天亮以后，我蹑手蹑脚地来到母亲房间，发现她早已换好衣服，筋疲力尽地坐在中式的椅子上。她见到我，朝我微微一笑，脸色苍白得吓人。

我笑不出来，默默地走到母亲的椅子背后站着。

许久，母亲才说：“没关系的，那些劈柴本来就是用来烧的嘛。”

听她这么说，我才如释重负，呵呵地笑了。我想起《圣经》里的一句话：一句话说得合宜，就如同金苹果在银网子里。我感谢上苍让我拥有这么一位慈祥的母亲。昨晚的事已经过去了，不用再纠结了！我站在母亲身后，透过玻璃窗，静静地望着伊豆的大海，四周安静得只能听见我和母亲的呼吸声。

简单地吃过早饭，我开始收拾被烧毁的劈柴堆。这时，村里唯一的那家小旅店的老板娘阿咲来了。

“发生什么事了？我刚听说，昨晚你家发生什么事了？”她从庭院的栅栏门焦急地往里走，眼中闪着泪花。

“对不起。”我小声地道歉。

“没什么对不起的。重要的是，小姐，警察那边怎么说？”

“警察说不要紧。”

“哎呀，太好了！”她脸上露出真诚的喜悦说。

我问阿咲，该怎么向村里的人表示歉意和感谢。她告诉我，还是拿着礼金去上门道歉比较好，并且告诉我该去哪些人家。

“要是小姐不想一个人去，我可以陪您一起去。”

“还是我一个人去比较好吧？”

“您一个人去可以的话，最好还是一个人去。”

“那我就一个人去吧。”

之后，阿咲帮我收拾了一下火烧过的地方。

收拾完后，我向母亲要了钱，用美浓纸[①]做成封包，每封包里装一百元，并且在封皮上写上“道歉”两个字。

我最先去了村公所。藤田村长不在，我就将纸包交给了接待处的姑娘，并向她道歉说：

“昨晚的事非常抱歉。今后我会注意的，请多原谅。替我向村长致意吧。”

接着，我就去了大内警防团长家。大内先生亲自到门口，微笑地看着我，眼中满是忧伤。不知为何，看到他，我的鼻子酸酸的，想要哭出来。

“昨晚给您添麻烦了。”我好不容易说出这句话，强忍住泪水，赶忙告辞了。

一路上，我泪流满面，弄花了脸上的妆，只好先回到家里，到盥洗室洗脸，重新化妆。我打算重新出门，正在玄关处穿鞋时，母亲出来问：

---

① 美浓纸：一种产于日本岐阜县的高品质纸张，一般用于制作工艺品。

“你还得出去吗？”

“嗯，才跑了一两家呢。”我边低头穿鞋边答道。

“辛苦你啦！”母亲沉静地说。

受到母爱的鼓舞，我这次没哭过，挨家挨户都跑遍了。

去区长家时，区长没在家，他儿媳看见我，竟然先流出眼泪来。去派出所时，二宫巡警再三安慰我：“没烧着房子，就算万幸了！”然后，我又去了邻居家，大家都很友善，不是同情我，就是安慰我。只有我家前院的邻居，西山家的老婆——一个四十多岁的大婶，严厉地批评了我：

“以后要注意啊。我不知你是不是官小姐，反正我对你们过家家似的生活方式感到担心。你们两个人就跟小孩子过家家似的，不发生火灾才怪呢。真的，以后要注意啊！昨晚要是风大的话，整个村子都得被烧没了！”

这个西山家的老婆，就是农户中井先生等人在村长和二宫巡警面前帮我开脱时，在墙外高喊“火炉里的火把她们家的浴室都烧光了”的那个女人。不过，对于西山家老婆的怨言，我确实深有同感，所以一点也不恨她。母亲为了安慰我，半开玩笑似的说那些劈柴本来就是用来烧的，可如果当时风大的话，或许真如西山家老婆所言，全村都会被烧掉的。要是真那样的话，我就真能以死谢罪了。我要是死了的话，我母亲也不会独活，而且势必会玷污了我死去父亲的亡灵。虽然现在，我们没有官位，也不是贵族，可死也要死得光明磊落啊！因为火灾而以死谢罪，这种不光彩的死法，我会死不瞑目的。无论如何，我都必须坚强活下去！

从第二天开始，我将所有精力都放在了干农活上。邻居农户中井先生的女儿经常来帮我。自从上演了火灾的丑剧之后，我便感到自己身体里的血液好像变成了黑色的。之前，我心里就有条恶毒的蝮蛇盘踞着，如今连血液都变成了黑色的，我越来越觉得自己变成了充满野性的乡村姑娘。反倒是和母亲坐在檐廊下织毛衣之类的习惯，让我越来越觉得憋屈。只有走向地头，干干挖地的农活，我才感觉心情舒畅。

其实，我并不是第一次干体力活。战争时期，我曾经被军队征召，连打夯那样的重体力活我都干过。如今我下地干活时所穿的胶皮底袜子，就是那时军队发的。那时，我是第一次穿这种袜子，觉得惊人的舒服，在院子里走一圈，感觉自己就像鸟兽光脚在地上行走那样轻便，高兴得心里阵阵疼痛。回想起来，战争颇为无聊，但这种袜子带给我难忘的回忆。

去年，不曾发生过什么事情。

前年，不曾发生过什么事情。

大前年，不曾发生过什么事情。

这是战争刚刚结束时，某报纸上刊登的一首打油诗。确实，现在回想起来，其实发生过很多事，但又好像什么都没发生过。有关战争的回忆，我不愿意讲，也不愿意听。战争夺去了那么多人的生命，可讲起来，让人感觉陈腐又无聊。是我太任性了吗？只有我穿上胶皮底袜子被征去打夯那件事想来还不那么无聊。虽然也觉得相当痛苦，但因为打夯等体力劳动，我的身体着实健壮起来。就是现在，我也打算生活真正陷入困境时，便去当打夯女工度日。

战局日渐令人绝望的时候，一个穿着类似军服的男人来到西片町，递给我一张征召通知和一张劳动日程表。日程表显示，我从第二天起便要到立川的深山里去劳动。我不由得落下泪来。

“不能请人代替吗？”

我的眼泪怎么也止不住，终于啜泣起来。

“这是军队征召，必须本人去。”那男人斩钉截铁地回答。

我只能下定决心去那里。

第二天下着雨，我们在立川的山脚下排好队，先接受一位军官训话。

“战争必胜！”军官一开头就这么讲，又接着说，“战争必胜，但如果大家不按军队的命令工作，就会妨碍作战，就会导致冲绳那样的结果。因此，请务必按照我们的指示工作。另外，山里有可能混进间谍，彼此要小心。今后各位要像士兵一样入驻阵地，请务必注意，绝对不能将阵地的情形泄露出去。”

山雨迷蒙，近五百名男女队员站在雨中，浑身湿透，就那样站着接受训话。队伍中混杂的那些国民学校的男女学生，冷得都快哭出来了。雨水透过我的雨衣，浸湿了外衣，不久，将我贴身的内衣也都浸湿了。

那天，我们一整天都挑箩筐装运土石。在回家的电车上，我累得泪流不止。第二天是打夯，我觉得这是最有意思的工作。

去了两三次山里，国民学校的男生们便开始用奇怪的目光盯着我看。有一次，我抬着一个箩筐从两三个男生跟前走过，听见一个男生小声说：

“她是个间谍吧？”

我大吃一惊，问那个跟我一起抬箩筐的姑娘：“他们为什么这么说啊？”

“因为你长得像外国人。”那姑娘一本正经地回答。

“你也觉得我像间谍吗？”

“不觉得。”这回，她微笑着回答。

“我是日本人哦！”讲过之后，连我自己都觉得可笑，扑哧一下笑出声来。

有一天，天气特别好，从早晨开始，我便和男人们一起搬运木头。这时，一个负责监视的年轻军官看见我，眉头紧皱，用手指着我，说道：

“喂，你！过来一下！”

说完，他便朝着松树林的方向走去了。我诚惶诚恐地跟在他后边。松树林深处，堆积着刚从木材厂运来的木板。那个军官走到那里，停住脚步，转过身来，微笑着对我说：“每天都很累吧。今天你就负责看守这些木材吧。”他微笑时露出雪白的牙齿。

“要一直站着看守吗？”

“这儿又凉快又安静，你可以在木板上睡个午觉什么的。如果觉得无聊的话，你可以看看这本书。或许你已经看过了。”说着，他从上衣口袋里取出一本袖珍书，腼腆地放在木板上。

那本书的书名为《三驾马车》。

我拿起那本书说：

“谢谢您。我家也有一位爱读书的人，不过他现在人在南方。”

他似乎误会了，点点头，沉重地说：“哦，是吗，是你家先生吧。南方挺苦的。”停了一下，他接着说，“总之，今天就在这里看守木材吧。你的午饭，一会我给你送过来。你先好好休息一下吧。”说完，他便急匆匆地走了。

我便在木板上坐下来，读那本袖珍书。读到差不多一半的时候，就听见咯噔咯噔的皮鞋声，那位军官回来了。

"我送便当来了。你一个人觉得无聊吧?"他将便当放在草地上,便又匆忙赶回去了。

我吃完便当,便爬到木板堆上躺着看书,将那本书全部看完时,我竟然迷迷糊糊地睡着了。

等我睡醒时,已经是下午三点多了。我忽然觉得以前在什么地方见过那位年轻军官,可任我冥思苦想,就是没想起来。我从木板堆上爬下来,用手整理头发,又听见咯噔咯噔的脚步声,那位军官走过来了,说:

"嗨,今天辛苦了。你可以回家了。"

我走到那位军官面前,将书还给他,原本想说些感激的话,却一句话也说不出来,只是抬头默默凝视着那位军官的脸。四目相对,我眼中的热泪簌簌往下落,那位军官的眼睛里也闪着泪花。

我们就那样默默分别了,从那以后,那位年轻军官再也没有出现在我劳作的地方。轻松的日子只有那么一天,后来,每隔一天我便要到立川的山中做苦力。母亲一直担心我的身体吃不消,可我反倒觉得自己的身体越来越强壮了。直到现在,我仍然觉得我可以应付打夯那样的重体力活,下地干活也很轻松。

我说过,我不愿意讲也不愿意听有关战争的事,结果还是一不小心讲述了自己的那段令人难以忘怀的宝贵经历。不过,关于战争的回忆,我愿意讲的也就这么一点。除此以外,就如那首诗所写的一样:

去年,不曾发生过什么事情。

前年,不曾发生过什么事情。

大前年,不曾发生过什么事情。

我身边留下来的，就只有这双胶皮底袜子，其余都像一场梦幻，只让人觉得陈腐和无聊。

从胶皮底袜子开始，无意间说了这么多废话，偏离了主题啊。我如今穿着的这双胶皮底袜子，是那场战争留给我的唯一纪念品。我每天穿着它到田地里干活，能够稍稍缓解内心的不安和焦虑。而我的母亲，在经历了烧蛇蛋和火灾两件事后，她的身体明显衰弱下去了。

从那时起，母亲明显带着病容，而我则刚好相反，反倒越来越像乡下的粗野丫头了。我觉得，母亲身上的生气正在被我一点一点吸干，而我却不断变得强壮起来。

火灾发生后，母亲为了安慰我，开玩笑说劈柴早晚是要烧掉的，而且自那以后就再也没有提过火灾的事，反倒一直体恤我。实际上，母亲内心受到的打击要比我强十倍。那场火灾以后，母亲时常会在半夜痛苦地呻吟；到了刮大风的夜晚，她还会起来假装上厕所，偷偷地到家里的各处巡视。她的脸色越来越苍白，有时连走路都显得很艰难了。她说想帮我干农活，有一次不听我劝阻，竟然用大水桶从井里提水来浇地，接连浇了五六桶水，第二天她就说肩膀疼得喘不过气了，躺了一整天。那次以后，她似乎对农活彻底死心了，就是偶尔到田里来，也只是默默地看着我干活。

“听说喜欢夏天开的花的人会在夏天死去，不知这话是不是真的。”

今天，母亲在看我干农活时，忽然说了这么一句。我正默默地给茄子浇水。对了，说起来现在已经是初夏了。

“我喜欢合欢花，可是庭院里一株也没有啊。”母亲平静地说道。

“不是有很多夹竹桃吗？”我故意用粗暴的语气说。

“可我不喜欢那种花。夏天开的花我大都喜欢，可那种花给人的感觉太轻佻了。”

我说：“我喜欢蔷薇。可它四季都开，所以喜欢蔷薇的人就会春天死一次，夏天死一次，秋天死一次，冬天死一次，得反反复复地死四次。”

我们两人都笑了起来。

“休息一会吧，”母亲笑着说，“今天，妈妈有件事想跟你商量。”

“什么事啊？死呀活呀之类的事情我可不想听。”

我跟在母亲身后，和她并肩坐在紫藤架下的长椅上。紫藤花已经开过了，午后柔和的阳光透过紫藤叶子，洒在我们的膝头上，将我们的膝盖都染成了绿色。

“有件事我早就想跟你说了，但我想在我们心情都好的时候说，今天正是个好机会。不过，我想今天坦率地讲出来，希望你能耐心听我讲完。其实呢，直治还活着……”

我一下子愣住了。

“五六天前，你和田舅舅来信说，有个他以前公司里的职员，最近从南方回来了，他去拜访你舅舅，闲聊中讲到，他恰巧和直治在一个部队。他说直治平安无事，不久就要回来了。不过，有件让人感到头疼的事，那人说直治好像染上了很深的毒瘾……”

“他怎么又吸上了！”

听了母亲的话，我惊得目瞪口呆。直治上高中时，曾经受一个小说家的影响，吸食大麻成瘾，欠了药店一屁股债，我母亲用了整整两年的时间，才将那些欠债还清。

“是啊，他好像又开始吸了。不过，听那个人说，他只有戒掉毒瘾才能让他回来。你舅舅在信中说，直治回来后，最好让他待在伊豆的家中，闭门静养，免得让人担心。如今东京一片混乱，连正常人都发疯，何况是他这个刚刚戒掉毒瘾的病人呢。让他去东京工作，说不定又会做出什么疯狂举动呢。和子，你舅舅呀，还吩咐了一件事。舅舅说如今又是冻结存款，又是抽财产税的，我们已经没有什么钱了，舅舅不能再像以前那样给咱们寄钱了，说是有困难了。如果到时妈妈我、直治、和子你都无所事事地生活的话，那舅舅就要煞费苦心地给我们筹措生活费了。所以，舅舅说要么给你找个婆家，要么给你找个干活的人家，说让我们二选一。"

"他是让我去当女佣吗？"

"不是的，你舅舅的意思是让你去驹场，"母亲列举了一个皇亲的姓名，说道，"你舅舅说那位皇亲跟我们也有血缘关系，给他们家的公主做家庭教师，去他们府上工作，你也不会太辛苦，也不会感到寂寞。"

"没有别的工作吗？"

"你舅舅说，怕别的工作你应付不来。"

"不难吧！为什么会应付不来？"

母亲落寞地笑了笑，没有回答。

"不行，我不愿意！"说完这话我就后悔了，可我根本停不下来。

"我穿这样的胶皮底袜子下地干活，这样的胶皮底袜子……"话才说到一半，泪水便夺眶而出，我不禁"哇"地大哭起来。我扬着头，一边用手背擦眼泪，一边想着"不能对母亲这样，不能对母亲这样"，可我嘴里的话好像根本不听我使唤，还是一句接一句地冒出来。

"妈妈，您不是说，因为有和子在身旁，您才来伊豆的吗？您不是说过，没有和子您就不想活了吗？因为妈妈这些话，我才始终陪在您身旁，为了妈妈能吃上新鲜蔬菜，我才穿上这双袜子下地干活的。我一心一意为您着想，可您一听说直治要回来了，就觉得我是个累赘了，让我去皇亲家做女佣，这真是太过分了！”

我心里清楚，我说的话很是过分，可我的嘴，当时就像失控的野马一般，根本就停不下来。

“变穷了，没钱了，卖掉咱们的和服不就行了吗？卖掉咱们这个房子不就行了吗？我什么都能干。就算到村公所当个女办事员也可以啊。如果村公所不用我，我就去当打夯女工什么的。贫穷不算什么。只要妈妈疼爱我，我就一辈子都陪在妈妈身边，可妈妈更疼爱直治！好，我走，我会走的。我和直治从小就性格不合，三个人一起生活的话，大家都不会幸福的。我和妈妈一起生活了这么久，也没什么可遗憾的了。今后，妈妈就跟直治一起过吧，就让直治好好孝敬你吧。我已经感到厌烦了，对现在的生活厌烦了。我走，今天就走！我有地方去。”

我站起身来。

“和子！”

母亲厉声喊道，表情很是严肃。她一下子站起来，和我面对面站着，看上去比我的个子还高一些。

我本想向她道歉的，可一张嘴，就说出了这样的话：

“妈妈，你骗我！在直治回来之前，你一直在利用我，拿我当女佣。我现在没用了，就让我去皇亲府上了。”我就那么站着，“哇”地一声大哭起来。

“你真傻呀。”母亲低声说，因生气而颤抖不已。

我抬起头，盯着她，又说了不该说的蠢话：

"是啊，我就是个傻子。就因为傻，所以才被你骗，被你嫌弃。我还是离开的好。贫穷算什么？钱又是什么东西？我不懂。我只相信爱，因为相信妈妈的爱才活到今天啊。"

母亲听了，转过头去，低声啜泣起来。我本想说声对不起，然后紧紧拥抱母亲。可我担心干农活的双手会弄脏母亲的衣服，就假装没看到。我略微踌躇一下，不知为何，又变得冷冰冰起来：

"只要我不在这里就好了吧。我走，我有地方去。"

撂下这话，我一路跑向浴室，哭着洗了脸和手脚，然后回卧室换衣服。换着换着，我又委屈地号啕大哭起来。为了能尽情大哭一场，我跑到二楼的西式房间，扑倒在床上，用毯子蒙住头，全身颤抖着大哭起来。哭着哭着，我渐渐想起一个人来，特别特别想见到他，听见他的声音！简直倾慕得像两只脚的脚底被施了艾灸，一动不动地忍着灼痛一样，我产生了一种特殊的感情。

黄昏时分，母亲悄悄走进二楼的西式房间，"啪嗒"一声打开电灯，随后走到床边，非常温柔地叫道："和子！"

"嗯。"

我从床上坐起来，双手理着散乱的头发，望着母亲嘿嘿一笑。

母亲也微微一笑，然后将身体深埋进窗边的沙发里，说道：

"我平生第一次拒绝了你和田舅舅的建议。我呀，刚才给他写了封回信，告诉他我自己孩子的事情我会自己解决的。和子，咱们把衣服卖掉吧。把两个人的衣服都卖掉，拿出钱来挥霍一下，过一下奢侈的生活吧。我再也不想让你干农活了，每天干农活太辛苦了。就算买贵点的蔬菜也没关系啊。"

每天都干农活，我确实感到吃不消了，刚才大吵大闹，除了太悲伤，还因为干农活太累了。

我坐在床上，默默低着头。

“和子！”

“嗯。”

“你说有地方去，是去哪里呀？”

听母亲这么问，我脸都红到脖子根去了。

“是细田先生那里吗？”

我没吭声。

母亲深深叹了口气，说道：“我告诉你一件往事吧。”

“您说。”我小声说。

“你离开山木先生回到西片町家里的时候，妈妈相信没说过什么责备的话，只说了一句：‘你辜负了妈妈的期望啊！’你记得吗？你听了就哭了……我当时也觉得用‘辜负’这个词有些过分了，感觉对不起你，不过……”

不过，我当时听到母亲那样说，觉得很是感激，是喜极而泣的。

“我呢，当时说你辜负了我，并不是指你从山木先生家里出来这件事，而是听山木君说你和细田先生是恋人关系。听山木先生说这事时，我的脸色都变了。毕竟，细田先生是有家室的人，你再怎么倾慕他，也不可能有结果啊……”

“什么恋人关系，太过分了。那只是山木先生瞎猜罢了。”

“是吗？你该不会到现在还想着那个细田先生吧。你说你有去的地方，是去哪儿呢？”

“反正不是细田先生家。”

“是吗？那到底是哪儿？”

“妈妈，我最近一直在想，人和动物到底有什么区别。无论是语言、智慧，还是思考、社会关系，虽然有程度上的差别，但其他动物也拥有啊。说不定动物和人一样，也有信仰呢。人类自认为是万物之灵，不过好像和其他动物也没有什么本质区别。不过，妈妈您知道吗？我觉得人和动物还是有区别的。有一样东西，是只有人类拥有，而其他动物绝对没有的，那就是秘密。您觉得呢？”

母亲脸颊泛红，她微微一笑，说道：

“啊，和子的秘密能结出好果实就好了。妈妈可是每天早晨都向你死去的父亲祷告，让他保佑你幸福的。”

我的脑海里忽然出现秋天原野的景色，那是我和父亲从前到须野地区兜风时看到的风景。我们中途下车，看到胡枝子、瞿麦、龙胆和女郎花都盛开了，野葡萄还没有成熟。之后，我们乘汽艇游览了琵琶湖。我跳进湖里，水藻里的小鱼碰到我的腿，湖底映出我两条腿的影子，它们不停地划动着。这些情景前后毫无关联，突然就出现在我的脑子里，然后就消失了。

我从床上滑下来，抱住母亲的双膝，终于向她道歉说：

“妈妈，刚才对不起您啦。”

想来，那天是我们的幸福生活绽放出最后光芒的时候，接着，直治从南方回来了，我们的地狱生活就开始了。

三

我心悸得厉害，仿佛再也无法活下去了。这就是所谓的不安情绪吧，痛苦的浪潮在我心中翻滚，就好像骤雨过后空中的白云，一片又一片地匆匆掠过，让我的心脏时紧时松，让我血脉不畅，呼吸变得稀薄，眼前发黑，模糊一片。我感到浑身的力气正从指尖流走，根本无法静下心来织毛衣。

这阵子阴雨连绵，让人做什么事都打不起精神来。今天，我把藤椅搬到了房间一侧的廊檐下，想把春天没织完的毛衣织完。我打算在浅牡丹色的毛线中再加些天蓝色的毛线，好织成一件毛衣。那浅牡丹色的旧毛线，已经有些褪色了，是我把二十年前我上小学时妈妈给我织的围脖拆了。那条围脖的一头可以当头巾用，我把它戴在头上，站在镜子前一照，就像个小妖怪。而且，那条围脖的颜色跟其他同学围脖的颜色完全不同。我打心眼里讨厌那条围脖。我有个同学，家里是关西[①]的纳税大户。有一次，他装着大人的口吻，赞叹道："这围脖相当不错啊！"我听了以后，越发害臊，从那以后就将那条围脖压在了箱底，再也没戴过。今年春天，抱着废物利用的想法，我将那条围脖拆了，打算织件毛衣自己穿。由于仍然不喜欢那种发暗的颜色，我织到一半又搁到一边了。今天闲着无聊，我又找了出来，慢吞吞地织了起来。织着织着，我突然发现，当浅牡丹色的毛线和灰色的天空融为一体时，竟然形成了一种难以形容的柔和又温润的色调。我突然意识到，我忽略了很长时间的一个事实——原来，色彩调和竟是如此美妙。我不由得又惊又喜。灰色的天空和浅牡丹色的毛线配合起来，让两者都显得生机勃勃，真是不可思议啊！我忽然觉得手中的毛线变得暖和起来，就连阴冷的天空也忽然有了天鹅绒般的触感。我想起了莫奈[②]绘制的雾中寺院那幅画。通过毛线的颜色，我第一次认识到"搭配"的意

---

① 关西：日本历史上沿用的名称，通常是指本州以京都、大阪、神户为中心的近畿地方。

② 莫奈：（1840 年 11 月 14 日—1926 年 12 月 5 日），法国画家，是印象派创始人和代表人物之一。莫奈擅长光与影的实验与表现技法。

义。母亲的眼光真是不错呢。母亲一定早就知道冬季的雪天配上浅牡丹色是多么和谐美妙，所以才特意挑选了浅牡丹色，而我却愚蠢地嫌弃它。就是这样，母亲也没责备我，任我将那条围脖搁置了那么多年。直到今天，我才发觉这种配色的美妙。在我懂得这个道理之前的二十年间，母亲从来没有为这种配色说过一句话，她一言不发，默默地等我自己搞明白。我越发觉得她是个好妈妈，也深刻醒悟到，我和直治害得她日渐衰弱，一步步走向死亡。我心中涌起难以抑制的恐惧和不安。我越是想这想那，越觉得未来的路途上尽是可怕之事，内心惶恐不安，甚至觉得活不下去了。我连手指都没力气了，将棒针放在膝上，长叹一口气，抬头闭上眼睛，情不自禁地叫了一声："妈妈。"

当时，妈妈正坐在墙角的书桌前看书，听见我叫她，惊讶地问：

"怎么了？"

我张皇失措，不知怎么回答才好，迟疑片刻，才大声说：

"蔷薇总算开花了。妈妈，您注意到了吗？我刚刚发现的。"

我指的是紧靠房间廊檐的那株蔷薇花。那是和田舅舅过去从法国或英国带回来的，我记不清是哪个国家了，总之是遥远的地方。两三个月以前，和田舅舅将它移植到山庄的庭院里来了。其实，今天早晨我就看到有一朵花开了，刚才为了掩饰窘态，我故意说刚发现，大声嚷嚷出来。那朵绛紫色的花带给人强烈的印象，骄傲而坚强。

"我早知道啦。"母亲平静地说，"你好像把它当成了大事啊。"

"或许吧。不觉得有点可怜吗？"

"不是啦，我是说你总是这么多愁善感。给厨房的火柴盒贴上列那狐[1]的图像呀，给人偶做小手帕呀，你就喜欢做这些事情。还有，刚才听你说庭院里的蔷薇花，说的好像活人的事一样。”

“那是因为我没有孩子啊！”连我自己都意想不到的话，从我嘴里冒了出来。我自己都吓了一跳，觉得很不好意思，不停地摆弄着膝上的毛线。

“你已经二十九岁了。”

一个男人低沉的声音，仿佛从电话那端传来，模模糊糊的，却能够听清说话内容。真让人害臊啊，我一下子羞得面红耳赤，热得像发烧一样。

母亲没作声，继续看她的书。可能是戴着纱布口罩的缘故吧，母亲最近的话很少。这口罩是听直治的建议才戴上的。

十天前，晒得皮肤黝黑的直治从南方回来了，没有先通知，他就在一个夏日的黄昏，突然从后门走进庭院来了。

“哎呀呀，糟透了，这房子的风格糟透了！干脆挂个招牌，写上‘来来轩，内售烧卖’算了。”

这就是直治见到我时，跟我打的招呼。

两三天前，母亲因为舌头有毛病卧床了。她的舌头看不出有什么异样，但就是疼得动不了，吃饭时只能喝些稀粥。“请个医生看看吧。”我劝她。

她摇头苦笑道：“会让人笑话的。”

我给她涂了些卢戈氏溶液，似乎毫无用处，这让我很担心。

直治就是那时回来的。

他在母亲枕边坐下，低头行礼说“我回来了”，说完便站起身

---

① 列那狐：是法国作品《列那狐传奇》中的主人公，狐狸列那。

来，把家里各处看了看。我跟在他身后，问道：

“你觉得妈妈变了吗？”

“变了，变了，人变瘦了。不如早点死了好。这种世道，妈妈这种人是根本活不下去的。她太惨了，叫人不忍心看哪！”

“那我呢？”

“越来越粗俗了，像是跟两三个男人搞在一起的女人一样。有酒吗？今晚我要喝酒。”

我去了村中唯一的那家旅馆，告诉老板娘阿咲，说我弟弟回来了，问她能不能卖给我点酒。阿咲说不凑巧得很，酒都卖完了。我回家告诉直治，没想到他一副看陌生人的表情，说：“切，还不是因为你不会交际。”他向我要了旅馆的地址，穿上院子里的木屐就跑了出去，之后怎么等都不见他回来。

我做了直治喜欢吃的烤苹果和鸡蛋料理，还把餐厅的灯泡换了个更亮的。等了很久，没想到阿咲忽然从厨房后门进来了。

“哎呀，他没事吧？正在我们那儿大喝烧酒呢……”阿咲瞪着她那双圆鼓鼓的鲤鱼眼，像是发生什么重大事件似的压低声音问我。

“烧酒，就是甲醇吗？”

“不，不是甲醇，可是……”

“不会喝出病来吧？”

“不会，不过……”

“那就让他喝吧。”

听了我的话，阿咲想说什么，但硬是咽唾沫那样咽了下去，点点头回去了。

我来到母亲身旁，告诉她：

"听说他去阿咲那里喝酒了。"

母亲听了，歪着嘴笑了笑，说道：

"哦，看来鸦片是戒了。你先吃饭吧。今天晚上，咱们三个人都睡这屋吧，把直治的被褥铺在中间。"

我直想哭。

直到半夜，直治才拖着沉重的步子回来。我们三人挤在一个蚊帐里睡。

"给妈妈讲讲南方的事情吧。"我躺着说。

"没什么啦。没什么啦。我都忘光了。到了日本，坐上火车，透过车窗看外边的稻田，可真漂亮啊。就是这些，讲完了。赶紧关灯吧，不然怎么睡啊。"

我关上电灯。夏夜的月光如水一样流进蚊帐来。

第二天清晨，直治趴在床铺上，一边吸烟，一边眺望窗外的大海。

"您舌头疼？"听他的口吻，好像才知道母亲舌头不舒服似的。

母亲只是微微笑了笑。

他接着说："肯定是心理上的毛病啦。一定是晚上张着嘴睡觉造成的。太不卫生了。戴个口罩吧。把用利凡诺尔液[①]泡过的纱布，夹在口罩里就行啦。"

我听了，不由得笑出声来：

"你这叫什么疗法？"

"我这叫美学疗法。"

"妈妈可不喜欢戴口罩哦。"

---

① 利凡诺尔液：一种消毒防腐剂。

我知道，母亲不但不喜欢戴口罩，就连眼罩、眼镜之类的，凡是戴在脸上的，她向来都不喜欢。

“妈妈，您愿意戴口罩吗？”我试探着问。

“我戴。”母亲声音很低，却很认真地说。我不禁吃了一惊。看来，只要是直治说的话，她就会听。

早饭过后，我按照直治所说的，将一块纱布用利凡诺尔溶液浸泡了，夹在口罩里。我把那口罩拿去给母亲戴。母亲一声不吭地接过去，就那么躺着，将口罩带子直接挂在了耳朵上。她那样子，就像个温顺的女孩子，让人看了很是伤感。

午饭过后，直治说要去东京见朋友和文学导师，他换上一套西装，跟母亲要了两千元钱，就走了。十天过去了，直治还是没有回来。母亲每天都带着口罩盼着他回来。

“利凡诺尔溶液真是好药，我戴上口罩后，舌头完全不痛了。”母亲笑着说。

我总觉得母亲在说谎。母亲说她没事了，可以下床走动了，可她依旧没有食欲，话也越来越少了，真是让人担心哪。此时此刻，直治在东京干什么呢？肯定是和那个小说家上原先生四处游荡呢吧，他一定被卷进东京那股疯狂的浪潮中去了。我越想越难受，就故意岔开话题，跟母亲说蔷薇花开了，还顺口说出了“那是因为我没有孩子啊”这样的连我自己都觉得吃惊的话。我受不了了，“啊”地一声站起身来。我无处可去，连身子都不知道该往哪儿放，只好摇摇晃晃地爬上楼梯，进了二楼的西式房间。

这原本是准备给直治住的房间。四五天前，我和母亲商量好后，就请坡下的农户中井先生帮忙，把直治的衣柜、书橱、书桌，还有五六个塞满藏书和笔记本的木箱子，以及别的在西片町老家用过的东西，一股脑都搬进了这个房间。为了让他能按自己喜欢的方式放置，所以这些东西还杂乱地摆放着，我进这个房间来，连个插脚的地方都没有。我从脚旁的木箱子里随手拿出一个笔记本，就见封面上写着：

《夕颜[1]日志》

里边胡乱地记着下面这些内容。

烧灼致死的痛感。虽然万分痛苦，可却半句也喊不出来。这是开天辟地以来，前所未有，闻所未闻的痛苦，就犹如掉进了无底深渊，没法来半点掩饰。

思想？是假的。主义？是假的。理想？是假的。秩序？是假的。诚实？真理？纯真？统统都是假的。听说牛岛的紫藤有千年的树龄，熊野的紫藤有数百年的树龄。还听说，前者的花穗最长九尺，后者的花穗最长的五尺多，而我只对花穗感兴趣。

那也是人之子，拥有生命。

社会法则，说到底维护的还是法则本身，不爱活生生的人。

在金钱和女人面前，社会法则会羞怯地匆匆溜走。

历史、哲学、教育、宗教、法律、政治、经济、社会。这些学问统统加起来，也不如处女的微笑来得可贵。浮士德博士已经勇敢地证实过这一结论了。

学问是虚荣的别名，它努力使人泯灭人性。

---

① 夕颜：葫芦花，白色，黄昏盛开，第二天早晨凋谢。

就算向歌德[①]发誓我也敢说，再难的文章我也能写得很巧妙。不过，那些通篇结构严谨、适度调侃，既能使读者悲伤落泪，又能使读者正襟危坐，朗读起来像银幕解说词一样的完美小说，我是无论任何都写不出来的，我没那样的厚脸皮。写出这种杰作的想法原本就是卑劣的。另外，正襟危坐地读小说那是疯子的行径。要是那样的话，我恐怕得穿着很正式的和服写作才行啊。其实，越是好作品越不会装模作样。为了让朋友会心一笑，我才故意将小说写得很拙劣，假装一屁股摔在地上，搔搔头，溜走了。啊，那个瞬间，朋友笑得是多开心啊！

文章不行，为人无趣，还吹玩具喇叭给别人听，日本第一白痴在这儿！你还算好的，祝你长寿！怀着这种情感的祝愿，究竟算什么东西？

朋友得意扬扬地抒发感想：这就是那个家伙的缺点，真令人感到惋惜。别人爱他他也不知道。

到底有没有品行毫无错误的人呢？

真是无聊啊。

我需要钱。

不然的话，

就让我睡着睡着就死过去吧！

---

① 歌德：（1749 年 8 月 28 日—1832 年 3 月 22 日），德国著名的思想家、作家、科学家。

欠药店的债务有近千元了。今天，我悄悄把当铺的掌柜请到家里，告诉他我急需钱用，屋里值钱的东西他尽管拿去。我需要钱，真是十万火急呀。而那掌柜都没正眼看一下房间，就说："还是算了吧，这些家具又不是你的。"我装模作样地说："好吧，那就把我用零用钱买的东西拿走吧。"我边说边将一堆小玩意儿凑在一起，没有一样可当的。

首先是那个单手石膏像。这只手是维纳斯的右手。这只手就像大丽花一样美丽洁白。它孤零零地装在一个底座上。你仔细看就会发现，这是维纳斯被男子窥见自己全身赤裸时那种花容失色、胴体绯红、害羞地扭过身子时右手的姿势。维纳斯当时那种喘不过气来的羞涩，完全通过这只指尖无指纹、掌上无手纹的雪白娇嫩的右手传达了出来，让人看了心痛又哀伤。可这归根到底是不实用的东西。掌柜给它估价五十文钱。

其他的，还有巴黎近郊的大地图、直径一尺的赛璐珞[①]大陀螺、能写出丝般纤细文字的特制笔尖。刚淘到这些时我如获至宝。可掌柜看了，笑着要走。等等！我拦住了他。最后，掌柜抱走一大堆书，扔下五元钱。我书架上的书，大多是廉价的文库本，是从旧书店淘来的，要是估价的话，自然很便宜了。

我想还那一千元的债务，结果只得到五元钱。在这个社会里，我的实力就大致如此吧。这可不是笑笑就能蒙混

① 赛璐珞：硝化纤维塑料。

过去的。

颓废？如果不颓废的话，我几乎就活不下去了。指责我颓废的人，还不如直接咒我去死呢，那样反倒更爽快！可很少有人会说："你去死吧！"一群卑鄙又谨小慎微的伪君子。

正义？从本质上看，所谓的阶级斗争并非正义。人道？别开玩笑了。我可知道，为了捍卫自己的幸福，就一定要把敌人打倒，消灭掉。这不就是在宣告"你去死吧"，除此还能算什么？别掩饰了。

可是，我们所处的这个阶级中，也没什么像样的家伙，尽是些白痴、幽灵、守财奴、疯狗、吹牛专家、讲话不文不白装文雅的人、只会从云端往下撒尿的人。

他们连"去死吧"这句话都不配说。

战争。日本的战争是自暴自弃。

被卷进自暴自弃中丢掉性命，我才不干。我宁愿独自一人死去。

人撒谎时定会摆出一副一本正经的样子。我们现在的领导人，就完全是一副假正经的样子。哼！

我不想跟那些自认为受人尊敬的人交往。

不过，那种高等人也不屑于和我交往。

我伪装早熟，人们便风传我早熟。我伪装成懒汉，人们便风传我是个懒汉。我伪装写不出小说来，人们便风传我不会写小说。我伪装撒谎，人们便风传我是个撒谎的人。我伪装有钱，人们便风传我是个有钱人。我伪装冷淡，人们便风传我是个冷淡的人。不过，当我真正因为痛苦而发出呻吟时，人们却说我伪装痛苦。

总是格格不入。

到最后，除了自杀外，我真是无路可走了。

受了这么多苦，到最后还是要自杀一死了之？我一想到这些，不禁放声大哭起来。

据说，某个春日的早晨，阳光照耀下的开了两三朵梅花的枝头上，挂着一个海德尔堡的年轻学生，已经自缢身亡了。

“妈妈！你骂我吧！”

“该怎么骂呢？”

“就骂我是个胆小鬼！”

“好吧，胆小鬼……行了吧？”

妈妈无比慈爱。一想到妈妈我就想哭。为了向妈妈表示歉意，我也应该死。

请原谅我，就这一次，请原谅我吧。

幼鹤生下目已盲，

岁月如梭渐长成，

羽翼丰满成大鸟，

叫声依旧满悲伤。

（元旦试笔）

吗啡、阿特罗莫尔、纳尔科蓬、盼得本、巴比纳尔、班奥宾、阿托品[①]

自尊是什么？什么叫自尊？

“我很优秀！”“我有很多优点！”一个人，不，一个男人，难道不这样想就活不下去吗？

我讨厌别人，别人也讨厌我。

智力比拼。

严肃 = 愚蠢

总之，人只要是活在这世上，就肯定会做出些见不得人的勾当。

一封借钱的信：

“回信吧！

请给我回信吧。

希望是个好消息。

我料到会蒙受各种侮辱，正独自痛苦呻吟。

---

① 以上所列都是用于镇静、麻醉的药。

我没有演戏，绝对没有。

求求您了。

我快要羞死了。

这并不夸张。

我天天等着您的回信，从早到晚都胆战心惊。

请不要击垮我。

隔壁传来哧哧的笑声。夜深了，我在床上辗转反侧。

请别再让我受辱了。

姐姐！”

读到这里，我合上那个日记本，将它放回木箱子里。然后，我走到窗前，将窗户全部打开。俯视着烟雨迷蒙的庭院，我回想起当年的往事。

六年时间过去了。那时，直治吸毒成瘾，也直接导致我离婚了。不，不能这样说。就算直治不吸毒成瘾，我也会因为其他什么原因离婚的。我觉得，这好像命中注定的。直治没法付药店的欠款时，就常常向我借钱。那时，我刚嫁给山木先生，哪有支配钱的自由呢？而且我觉得，私自把男方的钱用来接济娘家弟弟是不合适的。所以，我就和从娘家陪嫁过来的奶妈阿关商量，把我自己的手镯、项链、衣服变卖了。弟弟寄信给我，说他需要钱。他信中还说：

“我现在感到痛苦而害臊，没脸见姐姐，连个电话都不敢打。请姐姐吩咐阿关，将钱送到小说家上原二郎先生那里吧，他住在京桥 x 町 x 丁目的茅野公寓里。姐姐应该听过上原先生的名字，虽然他的名声不太好，社会盛传他是个堕落的人。其实，他绝不是那种人，可以放心将钱交给他。上原先生一收到钱，会马上打电话告诉我的。请务必这么办。我这次吸毒成瘾，无论如何都不想让妈妈知道。我想在妈妈发觉前戒掉毒瘾。这次，我得到姐姐的钱，就还清药店的欠款，然后到盐原的别墅去，等身体康复了再回来。是真的，等我还清药店的欠款后，就再也不碰大麻了。我可以向神明发誓，请相信我，并对妈妈保守秘密。叫阿关悄悄将钱交给茅野公寓的上原先生，我求求您了。”

我按照弟弟信中所说，让阿关偷偷将钱送到了上原先生的住处。可弟弟信中的誓言全是谎言，他没去盐原的别墅疗养，毒瘾也越来越重了。他缠着要钱的那些信，总是用近乎悲鸣的痛苦语调，说什么这次无论如何都要把毒瘾戒了，发一些让人不忍直视的毒誓。于是，我一边怀疑他是不是又在撒谎，一边又忍不住让阿关变卖我别针之类的首饰，把钱送到上原先生的公寓去。

“上原先生是什么样的人呢？”

“矮个子，脸色很不好，说话爱搭不理的，”阿关答道，“不过他极少在家，大多是他夫人和一个六七岁的女孩子在家。那位夫人长得不怎么漂亮，可她为人和气，很有教养。将钱交到那样的夫人手中，是可以放心的。”

和现在相比，那时的我简直就是另一个人，每天过着无忧无虑悠闲的日子。可弟弟接连向我要钱，而且要的数额越来越大。我到底放心不下。一天，在看完能乐[①]之后，我吩咐司机将我送到银座，便独自步行到京桥的茅野公寓。

---

① 能乐：在日语里意为“有情节的艺能”，是最具代表性的日本传统艺术形式之一。

当时，上原先生独自在房中看报纸。他身穿条纹和服，外面套着藏青色的外褂，看不出年纪，就像一只我从未见过的稀有动物。这就是他留给我的古怪的第一印象。

“我老婆……刚和孩子一起……去拿配给的东西了……”

他说话略带鼻音，断断续续的。他可能把我当成他夫人的朋友了。我说我是直治的姐姐。他听后，竟然“哼”地笑了一声。不知为什么，我心中有些害怕。

“出去谈吧。”

他说着，披上双层外套，又从鞋箱中取出一双新木屐穿上，然后就走在我前头，沿着公寓的走廊，头也不回地出去了。

初冬的傍晚，寒风凛冽，那风，似乎是从隅田川[①]吹来的。上原先生迎着风，耸起右肩，默默地朝着筑地走去。我只能一路小跑，跟在他后边。

我们进入东京剧场后面一栋大楼的地下室。进去之后，就见在一个二十张榻榻米大小的细长房间里，有四五成群的客人，正围坐在桌子旁静静地喝酒。

上原先生用玻璃杯喝酒。他帮我也叫了一杯，劝我也喝点。我喝了两杯，一点事也没有。

上原先生默默地喝酒吸烟，我也沉默着。这是我有生以来第一次到这种地方来，却觉得十分安静，心情舒畅。

“光是喝酒没关系啦，可是……”

“啊？”

“我是说你弟弟。他改喝酒就好了。以前，我也吸食过大麻。

---

① 隅田川：是日本东京都的河流。

人们总觉得大麻是洪水猛兽，其实和酒精也没什么两样，可人们对酒精就宽容多了。让你弟弟喝酒吧，如何？”

“我见过酒鬼。那是新年的时候，我要出门去，看见我家司机的一个朋友，像怪物似的满面通红，躺在副驾驶座上呼呼大睡。我吓得叫出声来，司机说那人是个酒鬼，拿他没什么办法。司机把那人从车上拖出车子，扛在肩上，不知扛到哪里去了。当时那人浑身瘫软，耷拉着脑袋，嘴里还不停地嘟囔着。那是我第一次看到酒鬼，不过还是挺有意思的。”

“我也是个酒鬼。”

“是吗，但看起来不一样啊！”

“你也是个酒鬼哦。”

“才不是呢。我见过酒鬼，跟我可完全不一样。”

上原先生这才露出了快活的笑容，说道：

“那么，你弟弟或许不会成为酒鬼，但不管怎样，还是让他变成一个爱喝酒的人比较好。我们走吧。太晚的话，你会不方便吧？”

“不，没关系的。”

“说实话，是我兜里没钱，喝不起了。大姐！结账！”

“贵吗？钱不多的话，我有……”

“是吗？那就由你来付好了。”

“我的钱也许不够呢。”

我看了看手提包，然后告诉上原先生有多少钱。

“有这么多钱啊，可以再到两三家酒馆去呢。跟我开什么玩笑！”上原先生皱着眉头说，说完又笑了。

“您还要换个地方喝酒吗？”我问道。

上原先生认真地摇摇头，说道：

“不去了，我已经喝够了。我帮你叫辆出租车，你快回家去吧。”

我们沿着地下室昏暗的楼梯往上走。上原先生走在我前面，等走到一半时，他忽然转过身来，迅速地亲了我一下。我紧闭着嘴唇，接受了他的吻。

其实，我并不怎么喜欢上原先生，但从那一刻开始，我有了一个“秘密”。上原先生噔噔噔地上了楼梯。我呢，则怀着一种不可思议的清爽感觉，慢慢上了楼梯，来到楼外面。河风吹拂着我的脸颊，让我感觉很舒服。

上原先生帮我叫了辆出租车，我们便静静地分手了。

我任凭身子随着出租车摇晃，心里突然感到世界就如大海那般广阔。

“我有喜欢的人呢。”一天，我在受到丈夫责骂时，内心倍感凄凉，脱口说出了那句话。

“我知道！是细田吧?！你还死不了那份心吗?”

我一言不发。

从那以后，每次我们夫妻俩发生摩擦，就会将这个话题搬出来大吵一架。我想，我这婚姻是无药可救了，就好比缝衣服时用错了布料，没办法，只能扔掉那块没法使用的旧布料，换上一块新布料。

“你肚子里的孩子，难道是……”

一天晚上，丈夫突然这样问我。我听了浑身发抖。现在想来，我和丈夫那时都太年轻，不懂得什么是情，也不懂得什么是爱。我因为醉心于细田先生的画作，逢人便说：“要是能成为细田先生的夫人，我该过上多么美满的生活啊！要是不能和那样风雅的男人结婚，那婚姻还有什么意义？”这样一来，我就被大家深深地误会了，没法收回因为不懂情爱而在众人面前坦言喜欢细田先生的傻话，就连肚子里的孩子，也受到了丈夫的质疑啊。虽然我和丈夫谁都没公开说离婚，但不知不觉中，周围的人开始对我冷眼相待。不得已，我带着阿关回娘家了。后来，我生下死胎，紧接着就因病卧床不起，从那以后，我和山木便完全断绝了联系啊。

对于我离婚这件事，直治认为他负有一定责任，号啕大哭："让我去死好了！"最后，他连脸都快哭肿了。我问他到底欠了药店多少钱，他告诉我一个大得惊人的金额。就是这样，他还没有说真话。后来我才知道，他欠药店的实际金额，比他告诉我的三倍还要多。

"我和上原先生见过面了，他是个好人。今后，你就和上原先生一起喝酒玩吧。酒也不便宜，不过，我会随时给你酒钱的。你欠药房的钱也不必担心，总会有办法解决的。"

听我说见过上原先生，还说上原先生是个好人，弟弟似乎很高兴。那晚，弟弟就拿着我给他的钱，立刻去找上原先生了。

吸毒成瘾或许真是一种心理疾病。我称赞上原先生，跟弟弟借他的作品来看，说他是个了不起的人。弟弟听了，说道："姐姐怎么可能看得懂呢？"不过，他还是表现得很高兴，又向我推荐上原先生的另一本书，说道："那就再读读这本吧。"就这样，我认真读起了上原先生的小说。我和直治，常常谈论上原先生的事情。弟弟几乎每晚都大摇大摆地去找上原先生玩乐，他慢慢按照上原先生所说的，将兴趣转移到喝酒上来了。我偷偷和母亲商量偿还药店欠款的事情。母亲一只手捂着脸，安静地思考了很久。之后，她抬起头来，凄凉地笑了，说道："没想出什么好办法。不过，每个月还一点总是可以的，不知要用几年时间。”

那之后，六年的时间过去了。

唉，弟弟也很痛苦吧。而且，他前途渺茫，除了每天拼命喝酒外，恐怕都不知道怎么办好吧？

所以，他就索性豁出去了，做一个品行不端的人，这样他反倒感觉轻松了吧？

到底有没有品行毫无错误的人呢？他在笔记本里这样写道。被他这么一问，我似乎也是个品行不端的人，舅舅也似乎是个品行不端的人，就连母亲，或许也有品行不端的时候。所谓的品行不端的人，是不是有人情味的人呢？

四

该不该给您写信呢？我踌躇了很久。今天早晨我忽然想起了耶稣的话：你们要灵巧像蛇，驯良像鸽子[①]。不知为何，我又打起精神，决定写信给您。我是直治的姐姐。您忘了吗？如果您已经忘了，那么请您回忆起来吧。

前些日子，直治又去打搅您了，肯定给您添了不少麻烦，很是抱歉啊。（不过，直治的事情，应该由他自己来决定，我擅自替他道歉，好像没多大意义）今天，我不是为了直治，而是我自己有事情麻烦您。我听直治说，由于战火，您从京桥的公寓搬到如今的住所来了，我很想到您东

① 灵巧像蛇，驯良像鸽子：见《圣经马太福音》10章16节。“灵巧像蛇”指要像蛇一样懂得躲避凶险；“驯良像鸽子”指像鸽子一样与人无争。

京郊外的新家拜访，可近段时间我母亲身体欠佳，我不可能丢下母亲而去东京看您，所以决定写信给您。

我有件事情想请教您。

我想请教您的问题，从以往的“女子行为规范”的角度看，或许是非常狡诈和肮脏的，说不定还是某种恶劣的犯罪行为。但如果不解决这个问题，我，不，是我们，在如今的处境下，真的是几乎活不下去了。您是我弟弟在这世上最尊敬的人，所以我打算毫不保留地告诉您，恳求您给予我指点。

我无法忍受现在的生活了。这已经不是喜欢不喜欢的问题，而是照这样过下去，我们母子三人是没法活下去的。

昨天，我感到很难受，浑身发热，喘不过气来，不知如何是好。中午过后，坡下农户家的姑娘扛着一袋米，冒着雨来到我家。按照约定好的，我给了她一些衣服。我们两人在餐厅面对面地喝茶，她用非常现实的口吻问道：

“您这样变卖东西，能维持多久啊？”

“大概能维持一年半载吧。”我答道。我用右手遮住半边脸，继续说道：“我老是想睡觉，倦怠得不得了。”

“累着了吧。人一神经衰弱就会发困的。”

“也许是吧。”

我差点落下泪来，那时我脑海里浮现的是现实主义和浪漫主义这两个词语。我是缺乏现实主义精神的。我们到底能否在这样的窘境下活下去呢？想想我就不寒而栗。母亲已是半个病人，经常卧床不起。弟弟呢，您也知道，他有很严重的心理问题。在家时，他每天都去附近一家兼做旅馆的菜馆喝烧酒，每三天就带着用我们衣服换来的钱去东京玩。但最令人感到痛苦的并不是这些事情。我清楚地意识到，我虽然没有病倒，但我的生命却在这样的日常生活中一天天地泯灭，就像不落的芭蕉叶在树上直接腐烂一样。这令我异常恐惧，也令我无法忍受。所以，就算是违背"女子行为规范"，我也要从现在的生活中挣脱出来。

所以，我想找您商量一下。

现在，我想向母亲和弟弟明确表明，从很早以前开始，我便倾慕一个人，并且准备做他的情人，和他生活在一起。这个人，您应该认识。他名字的首字母缩写为M·C。以前，一有痛苦的事情，我就想飞奔到M·C身边去，我想他都要想死了。

和您一样，M·C也有妻子和孩子。除此之外，似乎还有比我更年轻漂亮的女友。但除了去M·C那里，我已经别无选择。我尚未见过M·C的妻子，据说她是个心地善良的人。一想到那位夫人，我便觉得自己是个可怕的女人。但我又觉得我现在的生活更为可怕，所以不得不投靠M·C。"灵巧像蛇，驯良像鸽子"，我想用同样的方式来成全我的恋情。不过，妈妈、弟弟以及这世上的绝大多数人，肯定不会赞成我吧。您会怎样呢？除了独自思考和独自行动外，我别无他法。想到这里，我的眼泪就不知不觉落了下来。毕竟，这是我有生以来第一次遇到这样的问题。难道我就没办法在人们的祝福声中解决这个难题吗？像是在思考一道非常复杂的因数分解的代数答案一样，我绞尽脑汁，终于找到一个似乎能顺利解决问题的突破口，整个人一下子都变得快活起来。

但最重要的是，M·C会怎么看我呢？想到这点，我就垂头丧气了。说起来，我是自己送上门的……怎么说好呢，我不能说自己是送上门的妻子，只能算是送上门的情人吧。所以，只要M·C不愿意，那就完了。我想拜托您去问问他。六年前的某一天，我心中映出一道淡淡的彩虹，虽然不是什么爱情，但伴随岁月的流逝，那道彩虹的色彩越加浓艳，令我至今都无法忘记。骤雨后晴空中的彩虹会很快消失，可架在人心中的彩虹却不会消失。拜托您问问那个人，他究竟是怎么看待我的。我是不是那骤雨后的彩虹，早就已经消失了？

要是那样的话，我也不得不抹去我心中的彩虹了。然而不先结束我的生命，我心中的彩虹是无法抹去的。

盼望您的回信。

上原二郎先生（我的契诃夫。My Chekhov。M·C）

再者，我近来一点一点胖起来了。我觉得，与其说我渐渐成了一个动物般的女人，不如说我更有人味了。这个夏天，我只读了一本劳伦斯[①]的小说。

没收到您的回信，所以我再次写信给您。上封信里充

① 戴维·赫伯特·劳伦斯：20世纪英国作家，是20世纪英语文学中最重要的人物之一，也是最具争议性的作家之一，主要成就包括小说、诗歌、戏剧、散文、游记和书信。长篇小说有10部，最著名的是《虹》《爱恋中的女人》和《查特莱夫人的情人》。

满蛇一般的诡计，您可能一个个都识破了吧。的确，那封信字里行间都充满狡诈。您或许会认为，我写那封信只是想向您要钱，请您接济我的生活。我并不否认这一点，可要是只是想寻求个保护人的话，很抱歉，我没有必要特意选择您。愿意照料我的有钱老人不在少数。事实上，不久前，我就遭遇了一件向我提亲的怪事。对方的名字您可能也知道，是一位六十多岁的单身老人，据说还是某艺术院的会员呢。这位艺术大师为了得到我，竟然亲自到山庄来了。他家在我原来住的西片町附近，由于过去和我家比邻而居，我有时也能碰到他。记得，那是一个秋日的黄昏，我和母亲坐车从他家经过，看见他正独自站在家门口发呆。我母亲透过车窗向他点头致意，没想到他那张总是板着的黑脸，竟然一下子变得比霜叶还红。

“他好像恋爱了，”我开玩笑说，“妈妈，他一定是喜欢上您了。”

我母亲听了，很是镇静，自言自语似的说：

“不会的，他可是个了不起的人。”

尊敬艺术家是我家的家风。

那位艺术家的夫人在前几年去世了，他通过一位跟我和田舅舅很要好的皇族谣曲爱好者来向我母亲提亲。我母亲让我自己回复他，让我将自己的真实想法告诉他。我不愿意，我想都没多想，就直截了当地写信回复他，说我现在还不想结婚。

“我拒绝他没关系吧？”

“没关系的……我也觉得这门亲事不太合适。”

他当时住在轻井泽的一栋别墅里，在我把拒绝信寄出去的第二天，他在来伊豆温泉办事的途中，竟然亲自到我家来拜访了。他和我寄出去的信擦肩而过，并不知道我已经拒绝他了。看来，艺术家这类人，不论年纪多大，都会做出充满孩子气的事情来。

母亲身体不舒服，只能由我来接待。

我带他来到中式房间，奉上茶，说道：

“我那封辞谢信，现在应该已经到轻井泽了。我是认真考虑过的。”

“是吗？”艺术家慌张地说。他揩了揩汗珠，接着说，“这件事，请您再好好考虑下。我能使您……怎么说好呢，也许我无法在精神上给您带来幸福，可在物质上，我绝对可以给您带来无尽的幸福。我可以保证这一点。嘿，坦率地说就是这么回事。”

“您所说的那种幸福，我还是不太懂。请恕我直言，契诃夫在给他妻子的信中写道：‘给我生个孩子吧，生一个我们的孩子吧！’尼采的随笔也提到过‘想和她生个孩子的女人’。我希望有个孩子。幸福之类的东西，有没有无所谓。钱我是想要，不过只要够抚养孩子的钱就足够了。”

听了我的话，艺术大师露出奇怪的笑容，说道：“您可真是与众不同啊！不管对谁都这么心直口快。跟您这样的人一起生活，肯定会激发我工作的灵感的。”

他装模作样地说了一些和他的年龄不太相称的话。如果我能让这位伟大的艺术大师在工作中返老还童的话，那应该也是一件极有意义的事情。可我怎么都不敢想象大师抱着我的样子。

“就算我对您没有感情也行吗?”我略带微笑地问道。

艺术家一本正经地回答:“女人这样就行了。女人是个傻子也没关系啊。”

“可我这种女人,没有感情是不会考虑结婚的。我的年龄不小了,明年就三十岁了。”刚说完,我不由得捂住了嘴巴。

三十岁。我记得有篇法国小说说,女人直到二十九岁还留有少女气息,可一到了三十岁,她身上的少女气息便荡然无存了。这话令我感到无限悲凉。我抬头望向窗外,正午的阳光洒在海面上,波光粼粼,就像撒下了无数玻璃碎片一样。读那本小说时,我只是觉得这句话不错,现在想来,当时满不在乎地认为女人到了三十岁就完了,那时的时光真是令人怀念啊。手镯、项链、衣裳、腰带,这些东西一件件从我身边消失,我身上的少女气息也越来越淡了。一个贫穷的中年少女。哎呀,真难过!不过最近我才明白,中年妇女的生活也还是女人的生活啊,一样是有价值的。我记得十九岁时,有个英国女教师在回国前对我说:

“您现在千万不能谈恋爱,一谈恋爱就不幸福了。要谈恋爱也等长大后再谈。三十岁也不迟。”

我那时听了,感到莫名其妙。因为我那时实在想不出自己三十岁以后的模样。

“听说你们要将这栋别墅卖掉……”艺术大师不怀好意地说道。

听了他的话，我不由得笑了：

"请原谅我失礼，您的话让我想起了《樱桃园》[1]。您想出钱买下来吗？"

毕竟是大师，他敏锐地觉察到了什么，生气地闭上嘴巴，不再作声了。

确实有个皇族打算用五十万新币买下这栋别墅，有这事不假，不过很快就没下文了。想必大师也听说了这个传闻。他被我看作《樱桃园》中的商人罗巴辛，心情自然差，没聊几句便悻悻地走了。

我现在需要的您，并不是罗巴辛。这一点您尽可放心。我只求您接受一个送上门的中年女人就是了。

我初次见到您，是六年前的事了。那时的我，完全不知道您是怎样的人，仅知道你是我弟弟的老师，而且是个不太好的老师。后来，我们喝了几杯酒，您之后不是还悄悄地胡闹了一下吗？我没有怪您，反倒觉得很舒畅。那时，我说不上喜欢您也说不上讨厌您。这以后，为了讨弟弟开心，我从他那里借来您的著作看，觉得有些颇有趣味，有些着实无趣。我不算个热心的读者。可六年时间过去，不知从何时起，关于您的种种就像雾气一样渗入我心中来了。那天晚上，我们两人在地下室楼梯上所做的事情，清晰地浮现在我的脑海里。我总觉得这是决定我人生命运的大事。我好倾慕您，或许，这就是爱情吧。意识到这一点，我感到惶恐不安，又寂寞无助，一个人抽抽搭搭

---

①《樱桃园》：是契诃夫晚年的一部力作。

地哭了起来。在我心中，您和其他男人完全不一样。我不是《海鸥》[①]中喜欢作家的妮娜，我喜欢的也不是小说家，您不要认为我是个文学少女。我只是希望给您生个孩子。

如果您之前单身，而我也没有嫁给山木，我们相遇并结合，那我就不会像现在这么痛苦了。可现在我不得不认命，我是无缘和您结婚了。让您推开您夫人，那是无耻的暴力行为，我不喜欢那么做。我哪怕就当个小老婆呢（我很不情愿用这个字眼，可叫情人又如何，说得粗俗点，和小老婆也没什么区别，所以我还是直接讲出来了），也是没关系的。不过，在这世上，小老婆的生活似乎是很困难的。人们常说，小老婆一失宠就会被人抛弃的，而无论哪个男人，快到六十岁时都会回到正房那里去。我也曾听西片町的老仆人及乳母说，不管怎么样，千万不能当小老婆。不过，那是这世上一般小老婆的遭遇，我觉得我们的情况会有所不同。对您而言，最重要的应该还是工作。如果您喜欢我的话，我们两个相好对您的工作也是有好处的吧。这样的话，您夫人也定会理解我们的关系的。这样说似乎有点牵强，可我坚信我的想法没错。

现在就看您的回复了。您到底是喜欢我，还是讨厌我，或是您对我根本就没有感觉？我害怕得知您的答案，可我又不得不问清楚。上封信中，我将自己说成是送上门的情人；这封信中，我又将自己说成是送上门的中年女

---

①《海鸥》：契诃夫的四幕喜剧，剧中的主人公从事文学艺术活动，描绘艺术与世俗间的冲突，以及艺术天才在生活重压下挣扎的艰辛。

人。可仔细想想，如果您不答应的话，我就是想自己送上门也毫无办法，只能独自憔悴下去。您倒是说句话呀！

我忽然想问问您，您因为在小说中大肆描写偷情之类的故事，而被世人称为恶棍，但您其实是个墨守常规的人吧？我不太懂什么世俗常规，只是想过自己喜欢的生活。除了您，我从没想过要给别的男人生孩子。所以我才找您商量。如果您能理解我的话，就请给我回信吧，把您的想法明确告诉我。

雨停了，又起风了。现在是下午三点钟，我待会要去领配给的一级酒。我会将两只空朗姆酒酒瓶装在袋子中，将这封信塞在胸兜里，再过十分钟，我便会到达坡下的村庄。这酒不是给我弟弟喝的，我想自己喝。每天晚上，我都喝一杯酒，而且我觉得，喝酒要用玻璃杯才够味。

您不来见见我吗？

M·C先生。

今天又下雨了。外面正下着肉眼无法看清的蒙蒙细雨。我每天都足不出户，静待您的回复。可到了今天，我依然没收到您的回信。您究竟在想什么呢？是我在上封信中提到那位大师的事情，让您不愉快了吗？您或许会想“故意写那件相亲的事，是想激起我的竞争心吧”。不过，请您放心，那门亲事就那样结束了。刚才，我和母亲谈到这件事时还笑呢。近日，母亲的舌尖疼得不行，用了直治推荐的美学疗法后，我母亲的舌尖不疼了，人也精神了不少。

刚才，我站在檐廊下，一面望着风卷起的蒙蒙细雨，一面在心里揣测您的想法。

这时，母亲在餐厅叫我：

“牛奶煮好了，快进来喝吧。”她说，“天气寒冷，所以我煮得烫一些。”

我们在餐厅里，喝着热气腾腾的牛奶，说起了前几天那位艺术家的事。

“那位先生和我根本不般配，是吧？”

“是不般配。”母亲平静地说。

“我太任性了。我不讨厌艺术家，而且那位老先生的收入也不错，和他结婚倒是蛮好的呢。可还是不行啊。”

“和子你真坏。你明明不愿意，偏偏还和他说了半天的话。真不懂你想些什么。”母亲笑着说。

“啊呀，因为很有趣嘛。我还想跟他多谈谈呢。我的做法是不是不够慎重啊。”

“不，是你太黏人了。和子你太黏人了。”

今天，母亲的精神似乎特别好。

从昨天开始，我将头发梳成一个高髻。母亲见了，说道：“高髻呀，比较适合头发少的人。对于你来说，这个发髻过于显眼了，应该戴一顶小金冠。你梳这个发型不合适。”

“太伤心了。妈妈，您以前不是说我的脖子又白皙又漂亮，梳头发时适合把脖子露出来吗？”

“你光记得这些事情。”

“别人称赞我的事，就是再小，我也会一辈子记得。

因为记住了让人高兴啊。”

“上次那位先生也称赞你了吧？”

“是呀，所以我才黏着他说了那么多话啊。他说跟我在一起就有灵感……哎，真让人受不了。我不讨厌艺术家，但他那种伪君子，我就不喜欢了。”

“直治的老师又是怎样的人呢？”

我吓了一跳。

“我不太了解，既然是直治的老师，那肯定是个公认的大坏蛋。”

“公认的？”母亲饶有兴趣地喃喃道，“这个词有意思。如果是公认的话，那反倒让人放心了。就像脖子上系着铃铛的小猫让人觉得很可爱一样。那种不为众人所知的坏人才更可怕呢。”

“是吗？”

我高兴得很，身子变得轻飘飘的，就像被吸到天上去的云烟似的。您应该知道我为什么高兴吧？您要是不懂的话……我可是要揍您的。

您真的不打算来我这里玩一次吗？如果我让直治带您来，总感觉不太自然，太奇怪了。您就假装借着酒劲儿顺道来这里吧，或是让直治带您来。不过，您最好一个人来，而且要挑选直治去东京的时候。直治要是在家的话，他肯定会拉你去阿咲那里喝烧酒的，我就无法和您在一起了。我家世世代代喜欢艺术家。古时的画家光琳[1]，就曾

① 光琳：也称尾形光琳，是日本德川时代的画家，装饰艺术家。

长时间住在我们京都的家中，在我家的拉窗上画了很漂亮的画。所以，我想我母亲是一定欢迎您来我家的，还会安排您在二楼的西式房间住的。到时请别忘了将电灯关掉，我会手持小蜡烛，顺着漆黑的楼梯上去的……这样可以吗？还是太快了吧。

我喜欢坏蛋，特别是众所周知的坏蛋。其实，我也希望成为一个众所周知的坏蛋，否则，我已经没有别的活路了。您大概是日本的第一大坏蛋吧？听弟弟说，最近又有很多人恶毒地攻击您，说您卑鄙无耻，令人厌恶。我听了以后，反倒越发地喜欢您了呢。我想，像您这样的人，一定有很多女朋友，但不久以后，您就会只喜欢我一个人的。我一直有这样的直觉。您跟我一起生活的话，每天都能愉快地工作。因为在我很小的时候，人们便常常跟我说："跟你在一起，不觉得辛苦呢。"直到现在，我从没被人讨厌过，大家都说我是个好孩子。所以，我觉得您也绝对不会讨厌我的。

要是咱们能见面的话，就不需要再回信了。我好想见见您，去您东京的家中找您，可能是最简单的办法，可我母亲已经是半个病人了，我是她的贴身护士和女佣，无论如何我都不会离开她的。我恳请您来我这里吧。我想和您见一面，到时您就会明白一切的。请看看我嘴边新出现的小皱纹吧，这些象征着时间和悲哀的小皱纹，比任何言语都能清楚地传达我对您的思念。

在第一封信中，我提到我心中出现了一道彩虹，虽然那道彩虹没有萤火虫和星光那么优雅美丽。我的思念要是淡薄遥远的话，那我就不会这么痛苦了，也可以逐渐将您忘掉了。我心中的彩虹是一座燃烧着的桥，它炙烤着我的心，就快要烧焦了。恐怕就是吸毒成瘾的人，在大麻吸完而又偏偏毒瘾发作的苦痛，大概都没有我这么痛苦吧。我心里想着，我没有错，我没有做邪恶之事。想是这么想，我有时也会感到不寒而栗。我忽然觉得自己做了一桩大蠢事。我时常反省自己是不是疯了。当然，我也有冷静计划事情的时候。真的，请您到这里来一趟吧，什么时候来都行，我哪里都不去，始终等候着您。请您相信我。

再见一面吧，您如果不愿意的话，届时就明确告诉我好了。我心中的火焰是为您点燃的，所以，也请您来熄灭吧，靠我一个人的力量是无法熄灭的啊。总之，就见一面吧，见一面我就得救了。要是处在《万叶集》[①]或《源氏物语》[②]的时代，我的想法是没有一点问题的。我的愿望是做您的爱妾，成为您孩子的母亲。

如果有人嘲笑这封信，那他就是在嘲笑一个想努力活下去的女人，就是嘲笑一个女人的生命。我无法忍受海港内滞积着的令人窒息的空气了，就算海港外狂风暴雨，我也要扬帆起航。歇着的帆毫无例外都是肮脏的，那些嘲笑我的人都是歇着的帆，他们什么事情都不会做。

让人伤脑筋的女人。在这个问题上，最痛苦的人是

①《万叶集》：是日本最早的诗歌总集，所收诗歌自 4 世纪至 8 世纪中叶的长短和歌，成书年代和编者众说纷纭，但多数为奈良年间（公元 710~784 年）的作品。

②《源氏物语》：日本的一部古典文学名著，对日本文学发展影响巨大，在日本开启了“物哀”的时代。

我。那些对此感受不到任何痛苦的旁观者，他们抱着污秽的帆停滞不前，却还要就这个问题指手画脚，那实在是太无聊了。我不想别人随便批判我怀着某种思想，我从没有在什么思想或哲学的指导下采取行动。

世上那些所谓的好人以及受尊敬的人，全都是说谎者，全都是伪君子，我再了解不过了。我不相信这世道。只有那些世人公认的坏蛋才是我的朋友。就算是变成公认的坏蛋，就算是被钉死在十字架上，我也心甘情愿。就算受到万人指责，我也要回击他们：你们这些不为众人所知的坏人才更危险呢！

您能理解吗？

恋爱不需要理由。好像大道理讲得太多了点。我觉得自己不过是在模仿弟弟的口吻说话罢了。我等着您到来，想再见一面，如此而已。

等待。啊，人的生活里有喜怒哀乐，但这些感情只占人类生活的百分之一，其余的百分之九十九不都是在等待中度过吗？我怀着焦灼不安、望眼欲穿的心情，等待走廊上传来幸福的脚步声，可什么都没有。唉，人类的生活实在太凄惨了。大家都后悔出生到这世界上来，这都是事实。每天从早到晚，人们都处在虚无缥缈的等待中，真是太悲惨了。啊，我觉得生下来也不错，这样我就能好好地看一下生命、众生和世界。

您就不能冲破道德的阻碍吗？

M·C（这并不是“我的契诃夫”之意，我并不倾慕小说家，它指的是“我的孩子”）

五

今年夏天，我给一个男人写了三封信，可他一封回信也没有。我当时走投无路，写信向他倾诉心声，在信投进邮筒的那一刻，我的心情，就好比从悬崖边往惊涛骇浪里跳下去一样。而我等啊等，始终没有收到回信。我曾装作没事似的跟直治打探消息，那个男人似乎根本无动于衷，每晚仍旧出去饮酒作乐，仍然写一些道德沦丧的作品，被所谓的正人君子骂作败类，招致憎恨。他鼓动直治从事出版业，直治也似乎很有热情，邀请那人及两三个小说家担任顾问，拉拢客户出资。听了他的话，我意识到从我爱慕的人身上，根本嗅不到我的任何气息。我羞愧难当，感到我想象中的他与现实中的他真是判若两人。一时间，就犹如独自置身于一片深秋茫茫的旷野上，任我怎么叫喊，都得不到回应，我内心顿时感到一种从未有过的悲怆袭来。难道，这就是失恋的感觉吗？太阳完全沉落，夜幕降临，寒意渐深，我除了在黑暗中死去，别无他法。想到这里，我不禁悲恸起来，双肩颤抖，呼吸困难。

发展到这一步，看来，无论如何我都要去东京见上原先生一面了。我这艘船，已经扬帆出港，势必无路可退，只能奔着目标前进了。正当我准备悄悄前往东京之际，母亲的身体突然恶化了。

一整夜，她都咳得厉害，我帮她量体温，竟然烧到三十九度了。

“可能是着凉了，明天就好了。”

母亲咳嗽着小声说。我觉得她这次不是普通的咳嗽，便决定第二天到坡下请村里的医生来看看。

次日清晨，母亲烧退了，降到了三十七度，也不怎么咳嗽了。

我还是去了村里的诊所，跟医生说我母亲最近身体很是虚弱，昨晚又咳嗽发烧了，感觉不像是普通的感冒咳嗽，请他出诊，帮母亲检查一下。

医生说："我这就去。"说着，他从客厅一角的柜子上拿三个梨给我，说这是别人给他的。

午饭刚过，那医生就穿着夏季的白大褂来了。他和往常一样，认真检查了很长时间，接着他转过身来，面对着我说：

"不用担心，吃点药就能康复。"

我觉得很好笑，但还是忍住了，问道："需要打针吗？"

"那倒不需要，就是普通的感冒，静养几天就会好的。"医生满脸认真地说。

可持续一周的时间，我母亲的烧一直没退。就算不咳嗽了，可仍然是早晨烧到三十七度七，晚上烧到三十九度。那个医生从给我母亲看完病第二天起，就因为吃坏了肚子一直在家休息。我去诊所拿药，请求护士将我母亲的症状转告医生，可那医生让护士转告我，我母亲患的不过是普通感冒，不必担心，服用他给开的药水和药片就行了。

直治去东京十多天了，到现在都没回来。我一个人照料母亲，因为实在担心，就写信给和田舅舅，告诉他母亲的身体不太好。

母亲发烧到第十天时，那位诊所医生终于腹泻痊愈了，又来给母亲诊治。

那医生满脸严肃地为母亲诊察肺部，叫道：

"清楚了，清楚了！"

然后，他转向我说道：“清楚夫人发烧的原因了。是左肺积水引起的。可能还会持续发烧几天，不过不要紧，只要静养几天就好了。”

“原来是这样啊！”听了医生的诊断，我就像溺水者抓到了一棵救命稻草，稍稍放下心来。

医生走后，我跟母亲说：“太好了，妈妈。只是一点积水，很常见的。只要妈妈意志坚强，就一定会痊愈的。都怪今年夏天气候反常，让人身体不适。我讨厌夏天，也讨厌夏天开的花。”

母亲耷拉着眼皮，笑着说：“听说喜欢夏花的人，也会在夏天死去。我还以为我会在今年夏天死去的，没想到因为直治回来，我竟然活到了秋天。”

听了母亲的话，我心中一酸。那样不像话的直治，竟然是母亲活下去的精神支柱。

“夏天过去了，妈妈也算过了那个坎儿了。妈妈，庭院里的胡枝子花已经开了，接下来的就是女郎花、地榆、桔梗、黄背草和狗尾巴草，咱们院子里可是一幅秋天景象啊。进了十月份，天就该凉快了。”

我暗自祈祷，这个闷热的九月快点过去吧。那样，菊花盛开，秋高气爽的日子就来了，母亲的烧就会退了，身体也康复了，我也就能去见那个人了。或许，我的计划就能像菊花盛开一样实现了。啊，快到十月吧，母亲的烧快点退去吧。

在我给和田舅舅寄信一周后，受到和田舅舅的委托，曾经当过御医的三宅老先生带着护士从东京来了，来给母亲诊治。

这位老先生，是我已故父亲的旧交，能够再看到他，母亲也很高兴。不过，那位老先生平时言语粗俗，举止粗鲁，多少让母亲有些担心。所幸，那天诊察完毕，两个人海阔天空地聊起天来，气氛很是融洽。我在厨房做好布丁，端到房间的时候，好像已经诊察完了，老先生将听诊器像项链一样胡乱地搭在肩膀上，斜躺在廊下的藤椅上，悠闲地说着：

"我也会在路边摊站着吃乌冬面啦，管它好吃不好吃呢……"

母亲看上去没什么事，看着天花板，听老先生讲话。没什么事，我终于放下心来。

我鼓足勇气，向老先生问道：

"情况怎么样？村子里的医生说左肺有些积水。"

老先生若无其事地轻声道：

"没什么事，不要紧的。"

"哎呀，太好了，妈妈。"我会心地笑了，冲母亲喊道，"医生说不要紧的。"

这时，三宅老先生忽然从藤椅上站了起来，朝我使了个眼色，走进了旁边的中式房间。看来他有事情要和我谈，我忙跟着他进了那个房间。

老先生走到中式房间挂着壁毯的墙角，说道："能听到咕噜咕噜的声音。"

"不是积水吗？"

"不是。"

"那是支气管炎吗？"我噙着眼泪问道。

"也不是。"

"是结核！"

结核病！我根本不敢想象这个字眼。如果是肺炎、积水或支气管炎的话，我会尽全力治好母亲的，可要是肺结核的话，说不定已经没救了。我的世界，瞬间从脚底开始崩塌。

“听声音很糟糕是吗？能听见咕噜咕噜的声音了吗？”我吓得抽泣起来。

“左右两肺都那样。”

“可妈妈那么精神，她还说饭很香呢……”

“很是遗憾。”

“骗人的。其实根本就没事吧？多吃些黄油、鸡蛋、牛奶就行吧？只要抵抗力上去了，自然会退烧了。”

“嗯，不管什么都多吃点吧。”

“是吧？没错吧？妈妈每天能吃五个西红柿呢。”

“嗯，吃西红柿好。”

“那她的病能治好吧？”

“这病可能会要了她的命，你们最好有心理准备。”

这个世界上，有很多事情是人力所无法掌控的。我第一次有了绝望的感觉。

“那我妈妈还能活多久，两年，还是三年？”我颤抖着，小声问。

“这不好说，总之，现在已经无能为力了。”

三宅老先生说，他已经预订了伊豆长冈温泉的旅馆，说完就带着护士离开了。我将他们送到大门外，精神恍惚地回来，坐在母亲枕边，装出没事的样子，冲母亲笑笑。

母亲问：“医生怎么说的？”

“说只要烧退了就好了。”

“肺部呢？”

“没什么大病，不要紧的，症状就像您以前有次生的病一样。

很快天就凉了，您会好起来的。”

我只能对母亲撒谎，不能告诉她这次是要命的病。我无法想象母亲会离我而去，那样我也没办法活下去了。从今天起，我要忘掉一切，要给母亲做很多好吃的东西——鱼、汤、罐头、牛肝、肉汤、西红柿、鸡蛋、牛奶、高汤，要是有豆腐就更好了。豆腐煮的味增汤。白米饭、年糕。就是把东西全部卖光也行，我也给妈妈做好吃的。

我起身去了中式房间，把里面的一张躺椅搬到廊下，在一个能看到母亲的地方坐了下来。从母亲的面色看，她一点儿也不像个病人，她眼睛美丽清澈，面色红润。每天早晨，她都能按时起床，先去卫生间洗漱，再到三张榻榻米大小的洗澡间梳妆打扮，然后坐在地板上吃早饭，稍事休息后，她会整个上午都读书看报，可一到下午便又发起烧来。

“妈妈，您这么有精神，病一定会痊愈的。”我始终对三宅老先生的诊断结果心存很大的疑虑。

到了十月，菊花盛开的时候……我想着想着，迷迷糊糊地睡着了。睡梦中，我经常梦到现实中未曾出现过的一幕。啊，我又梦到了那片森林，那片湖泊。我和一个身穿和服的青年在湖畔走着。周围的一切都笼罩在绿色的雾霭中，湖底沉着一座别致的白色小桥。

“啊，桥沉到湖底去了。今天哪儿都去不了了。就在这家旅店住下吧，应该还有空房间。”

湖边有一座石头建成的旅店，旅店的石头上蒙着一层湿润的绿雾。石门上刻着一排纤细的文字——HOTEL SWITZERLAND。我刚读到前三个字母，突然想到了母亲。不知母亲怎么样了，她来这个旅馆了吗？我满心狐疑。我和那个青年穿过石门，来到前院。烟雾弥漫的前院中，一簇簇绣球花那样的红花绽放着。小时候，每次我看到被子上绣着火红的绣球花，我便感到无限的悲伤。原来，红色的绣球花是真实存在的啊。

“你冷吗？”

“有一点。雾气打湿了耳朵，耳朵有点凉。”我笑着问道，“我妈妈怎样了？”

那个青年，面带悲悯仁慈的微笑，语气凝重地说：“您母亲已经躺在坟墓里了。”

“啊！”

我小声地叫了出来。原来母亲已经过世了，连葬礼都举行过了。我这才意识到母亲早就过世了，莫名的凄凉感袭上心头，不由得激灵一下，顿时醒了过来。

我从阳台望去，见已经是黄昏时分了。外面飘着雨，如梦境中一样，周围满是寂寞的绿色。

“妈妈！”我喊道。

“怎么了？”母亲的声音很轻。

喜闻母亲的声音，我一下跳了起来，跑进母亲房里，说道：

“我刚才睡着了。”

“是吗，我还以为你有什么事呢。你这觉睡得时间可真长啊！”妈妈饶有兴致地笑了。

见到母亲仍旧那么优雅地活着，我喜不自禁，热泪流出眼眶。

“晚饭您想吃些什么？”我欢快地问道。

“不用准备了，我吃不下。今天烧到三十九度五了。”

母亲这话令我分外沮丧，我没有答话，只是默默环视着昏暗的房间，想死的念头突然袭上心头。

“三十九度五，您觉得难受吗？”

“没关系啦。就是开始发烧时不舒服。头有些疼，身体发冷，然后就发烧了。”

外面已经暗下来了，雨似乎停了，又开始刮风了。我打开灯，刚要转身去厨房时，母亲突然说：

“太耀眼了，把灯关上吧。”

“但是，您不是讨厌黑暗的吗？”我问道。

母亲说：“和闭上眼睛是一样的，我一点也不觉得寂寞。反倒是开着灯太耀眼，我讨厌太耀眼。以后这个房间就不要开灯了。”

我的心头再次燃起不祥的预感，默默将房间里的灯关掉，然后到隔壁房间，打开台灯，感到一股难忍的悲凉。我冲进厨房，打开一盒鲑鱼罐头，扣在冷饭上吃了起来，没吃两口，眼泪就吧嗒吧嗒地掉落下来。

当晚，风越刮越大，到了九点钟左右，就风雨交加。走廊门口的帘子两三天前被卷起来了，如今被风雨吹得哗啦哗啦直响。我在母亲隔壁的房间里，怀着兴奋的心情读着罗莎·卢森堡的《经济学入门》。前两天，我从二楼直治的房里找的这本书。除了这本，还有《列宁选集》和考茨基的《社会革命》。我将这些书放在房间的书桌上。母亲清晨洗完脸后从书桌旁经过，看到那三本书，随手拿起来翻看，小声叹了口气，又默默放回书桌上去了。她看了我两眼，眼中满是悲哀，没有半点反对和厌恶。母亲喜欢阅读，比如雨果、大仲马父子、都德等人的书，她都喜欢读。我知道那些小说中也有革命的气息。我总觉得，像母亲这样天生有教养的人，她是能够接受革命思想的。实际上，我自己读罗莎·卢森堡的书，有时也会感到不安，但我还是对那些书特别感兴趣。如果从经济学角度来读这本书，其实是很无聊的。实际上，那本书讲的都是简单明了的事实。不，很有可能是我没有理解经济学的本质。总之，我是觉得很无聊的。人都是吝啬的，并且以吝啬为前提做学问，如果没有这个前提的话，那所有学问都无法成立了。对于不吝啬的人而言，他们对分配等问题是毫无兴趣的。即便如此，这本书还是引起我相当大的兴趣，那就是作者将传统思想消除殆尽的勇气。这就好比为人妻者不顾一切，就算违背道德也要冲到爱人身边一样。破除旧思想。“破除”两个字让人感到无限悲凉，但也很美丽。这是一个由破除到重建再到达成目标的梦想。明知一旦破除旧思想，可能永远等不到达成目标的那一天。可就是这样，为了爱情，也依然要去勇敢破除旧思想，勇敢地革命起来，就如罗莎悲壮地迷恋马克思主义一样。

我想起十二年前冬日的那件事。

“你就像《更级日记》[①]中的那个少女！我无话可说了。”

我一个朋友这么说着离我而去。当时，那个朋友借给我列宁的书，我看都没看就还给了她。

“你读过这本书没有？”

“很是抱歉，我没读过呢。”

从我们当时站着的桥上，能够望见东京圣尼古拉大教堂。

“为什么？怎么没读读看？”

我这个朋友比我高出一寸左右，精通外语，长相漂亮，特别是

①《更级日记》：菅原孝標之女所著，是作者在晚年所写的自传，内容是十岁至五十一岁约四十年间的回忆。

戴着红色贝雷帽的时候，和蒙娜丽莎一样美。

“我不喜欢这本书封面的颜色。”

“你好奇怪啊！不是出于这个原因吧？你其实是害怕我，是吗？”

“我才不害怕你呢。我只是受不了那个封面的颜色。”

“是吗？”

她闷闷不乐地说。接着，她就称我是《更级日记》中的少女，还说对我来说没什么好处。

我们默默地站着，远望冬日的河流。

“保重。如果，这是永别的话，那就祝你永远幸福。”

她说着，又流利地用原文背诵拜伦的诗歌，还轻轻地拥抱了我。

我很难为情，羞涩地小声道歉：“对不起啊。”

之后，我就朝着御茶水车站走去。我回头一看，我那位朋友仍然站在桥上，一动不动地望着我。

从那以后，我就再也没见过那个朋友。我们虽然在同一个外国教师家上课，可我们在不同的学校上学。

十二年的时光过去了，我依然沉浸在《更级日记》中。这些年，我不知我都干过什么，没有憧憬过革命，甚至连恋爱都不懂。一直到现在，社会上那些所谓的大人物一直在教导我们，说革命和爱情是最愚蠢、最可憎的两件事。战前和战中阶段，我们一直对此深信不疑。可战争失败后，我们不再相信那些大人物的话，觉得将他们所说的反过来看，才是正确的人生之道。不论是革命还是爱情，都是这世上最美好最动人的事。正因为这两件事太美好了，那些大人物自已吃不着葡萄说葡萄酸，所以才故意欺骗我们的。我甚至坚信：人是为了革命和爱情才降临人世的。

隔扇门忽然被打开了，母亲笑着探出头来，问道：

“还没睡呀？你不困吗？”

我看向桌上的钟表，发现已经十二点了。

“嗯。我一点都不困。这本社会主义的书，让我兴奋起来了。”

“是嘛。有酒吗？这时候要是喝点酒的话，很快就能睡着了。”

母亲半开玩笑地说道。她的脸色，颓废而妖艳。

不久就到了十月份，但预期的天高气爽天气没有来临，迎来的反倒是梅雨季那样持续闷热潮湿的天气。每到傍晚，母亲的体温便在三十八九度之间徘徊。

一天早晨，我发现了一个可怕的现象——母亲的手肿了。以往，母亲总说早饭最好吃，可如今她每天早上只能喝下一小碗粥，小菜的味道稍微重些就不行。那天，我给她做了松茸清汤，可她似乎连松茸的香味也不喜欢了。她将碗端到嘴边，闻了一下，便又慢慢放回到餐桌上去了。那时，我看到母亲浮肿的手，吓了一大跳。她的右手已经肿得胀鼓鼓的了。

“妈妈！您的手，不要紧吧？”妈妈面色苍白，脸也有些浮肿。

“不要紧的。肿这么一点不要紧的。”

“什么时候肿起来的？”

母亲目眩似的眨眨眼，没有回答。我真想放声大哭。这不是我母亲的手，这是别人的手。我母亲的手应该更小巧、更纤细才对。我熟悉的母亲的手，那是一双优美的手，可爱的手。母亲那双手永远消失了吗？她的左手虽然肿得不太厉害，但也让人不忍心看。我赶紧将目光移开，看向了壁龛上的花篮。

我的眼泪就要掉下来了，终于忍不住，我“霍地”站起身来，奔向餐厅。

餐厅里，直治正一个人吃着半生不熟的鸡蛋。他很难回到伊豆的山庄来，就算回来了，晚上也会到阿咲那里喝烧酒，早晨总是一副闷闷不乐的样子，不吃饭，只吃四五个半生不熟的鸡蛋，然后就到二楼的房间睡觉去了。

“妈妈的手肿了……”我对直治说，话还没说完，便低头哭了起来，双肩耸动。

直治没吭声。

我抬起头来，紧抓住桌子的一端，说道：

“她要不行了。你没注意到吗？肿得那么厉害，这下可完了。”

直治的脸色阴沉下来，说：“看样子快了。真是太无聊了，什么都……”

“我要把妈妈的病治好，无论如何都要把她的病治好。”我用右手使劲拧着左手说道。

突然，直治抽抽搭搭地哭了起来：“不是什么好事都没有吗？我们不是什么好事都没有吗？”他边说边胡乱地用拳头使劲揉着眼睛。

那天，直治去东京了，去跟和田舅舅汇报母亲的病情，商量今后该做何打算。我不在母亲身边侍奉的时候，从早到晚，几乎都在哭泣。在晨雾中去取牛奶的时候，对着镜子梳头的时候，涂口红的时候，我一直都在哭。回想起与母亲共同度过的幸福时光，往事像画一样浮现在我的眼前，想到这些，我就哭个不停。傍晚时分，天色完全黑下来了，我独自来到中式房间的阳台上，又哭泣了许久。秋天的夜空星光点点，一只猫蜷缩在我脚旁，一动不动。

第二天，母亲的手比头天肿胀得更厉害了。她什么东西都吃不下去，就连橘子汁也因为口腔干裂，痛得喝不下去。

“妈妈，您再戴上直治说的那种口罩吧？”我原本是想笑着说出来的，结果因为心里难受，“哇”地一声哭了。

“每天这么忙，你不累吗？雇个护士吧。”母亲平静地说。

和她自己的病比起来，母亲更关心我的身体。我更加悲伤，跑到浴室边上三张榻榻米大小的房间，放声大哭起来。

午饭刚过，直治陪着三宅老先生以及一名护士来了。

一向侃侃而谈的三宅老先生，此刻似乎很生气，板着一张脸，“咯噔咯噔”走进病室，马上就开始诊察。他低声自言自语道：“衰弱了不少啊。”随后，他给母亲打了一针樟脑剂。

“医生，您的住宿？”母亲迷迷糊糊地问。

“还是去长冈。我已经预订旅馆了，您不必担心。您可是病人，不要担心别人的事情啦，可以更任性一点，想吃的东西就多吃点，多摄取营养病就会好起来的。明天我还会来的，我留下护士，您尽管吩咐她。”

老先生冲着病榻上的母亲大声说完，起身向直治递了个眼色。

直治和那名护士送医生离开了。不一会儿，直治强忍着泪水回来了。

我们悄悄来到餐厅。

“不行了吗？是这样吧？”

“真没劲。”直治歪着嘴笑了，说道，“说是急速恶化了。医生说不知道能不能挺得过今明两天呢。”他这么说着，眼泪就流下来了。

“是不是打电报告诉一下亲戚？”此时，我倒是显得平静得多。

"我和舅舅商量过这件事。舅舅说，如今不是原来那种一下子就能把人唤来的时代了，就算是亲戚们来了，这么小的房子反倒失礼，附近又没有像样的旅馆，长冈温泉又只能预约两三个房间。总之，我们已经没钱能邀请来那些大人物了。舅舅说他马上就来，不过那家伙向来是个吝啬鬼，就是想靠他也靠不住的。昨晚，他不提妈妈的病情，反倒把我狠狠说了一顿。被那个吝啬鬼说教之后，我幡然悔悟，古今中外怕是没有像他那样的人了。姐姐和我比，妈妈和那家伙比，简直是天壤之别啊。真叫人讨厌。"

"我倒无所谓，可你今后还得依靠舅舅呢……"

"免谈。那还不如当个乞丐好呢。姐姐你今后才应该投靠舅舅呢。"

"我……"

我流泪了。

"我有自己的去处。"

"再婚吗？"

"不是。"

"自主生活？劳动妇女？算了吧，算了吧。"

"不是啦。我要掀起我自己的革命。"

"啊？"

直治很是惊讶地望着我。

这时，三宅医生留下来的护士过来叫我："夫人好像有事找您！"

我赶紧回到母亲房间，坐在床铺旁边，靠近母亲问道：

"您有什么事吗？"

母亲想说什么，可是没说出来。

"您想喝水吗？"我问道。

她轻轻摇了摇头，似乎也不是要水。

过了一会儿，她小声说："我做梦了。"

"梦？"

"我梦见蛇了。"

我的心不由得缩紧。

"你去看看，檐廊的换鞋石板上，是不是有条红色的、带条纹的母蛇？"

我不寒而栗，走到檐廊，隔着玻璃往外一看，发现换鞋石板上果然有条蛇，正伸直身子晒太阳。我顿时觉得头晕目眩。

我认识你，你看起来比当时大了些，也老了些。你就是被我烧了蛇蛋的母蛇吧？你想要复仇，我已经全都领教了。快给我走吧，赶紧给我走吧。

我在心中默念着，又注视着那条蛇。可它一动也不肯动。不知为什么，我不想让护士看到那条蛇，就用力跺了一下脚，故意提高嗓门说：

"没有啦，妈妈。那只是梦，不要当真啦。"

说完，我又瞥了一眼换鞋石板，发现那条蛇蠕动了，慢吞吞地从石板上滑了下去。

没救了，这下没救了。从看到蛇的那一刻，我打心底里绝望了。父亲去世时，他枕边就曾有过一条小黑蛇，我看到庭院里的树上爬满了蛇。

母亲连起床的力气都没有了，总是昏昏沉沉地睡着。她身旁有护士照料着，她似乎什么东西都咽不下去了。看到蛇以后，我决定化悲痛为力量，每天尽量陪侍在母亲身旁，以求内心的平静和短暂的幸福。

第二天开始，我就靠着母亲的枕边坐下，开始织起毛衣来。我不论是织毛衣还是做针线活，都比别人做得快，但手艺很差。以前，母亲总是手把手地教我。

其实，那天我根本没心情织毛衣，只是为了避免陪在母亲身旁时显得不自然罢了。我从毛线箱中取出毛线，装作心无旁骛地织毛衣。

母亲一直注视着我的手，忽然说：

“你织的是袜子吗？袜子的话，还要加八针，要不穿起来太紧。”

小时候，不管母亲教过多少次，我都织不好毛衣。听母亲这么说，我仿佛又回到了儿时，又羞涩，又亲昵。一想到母亲再也不能教我织毛衣了，我就泪眼婆娑，连针眼都看不清了。

母亲就那么躺着，看不出痛苦的样子。她从早晨开始便没吃过一点东西，我只能用纱布蘸了茶，不时地给她喝两口。不过，她的意识还算清醒，不时会平静地跟我说话。

“报纸上好像登了陛下的照片，再让我看一下。”

我就把那张报纸举到母亲面前，好让她看。

“陛下看起来老了啊。”

“不，是照片拍得不好啦。几天前，陛下的照片看起来还显得很年轻、很有朝气呢。他或许反而更喜欢这个时代吧。”

“为什么？”

“因为，陛下这次也算是被解放了嘛。”

母亲干笑了笑。过了好久，她才说：

“我想哭，可是，眼泪就是流不出来。”

我突然想，母亲现在或许是幸福吧？所谓幸福感，难道不是像沉在悲伤的河底微微闪耀着的砂金一样的东西吗？是经历过无限的悲伤后，看到一丝朦胧的光亮的那种奇妙心情。如果这就是幸福感的话，那么陛下、母亲和我，现在确实是幸福的。宁静的上午，柔和的阳光洒满秋日的庭院。我放下织了一半的毛衣，一边抬头眺望着远方波光粼粼的大海，一边对母亲说：

“妈妈，以前我真是个没见过世面的人啊？”

我还想说下去，又怕被在房间角落里准备为母亲做静脉注射的护士听见了，觉得很不好意思，便住了嘴。

“你说以前……”母亲浅浅一笑，责问道，“那你现在就见过世面啦？”

不知为何，我的脸都涨红了。

“人情世故，可不好懂啊。”母亲将脸转向一边，自言自语似的小声说。

“我就不懂。懂的人也不见得有吧？无论活多久，大家都还是小孩子，依然什么都不懂。”

然而我是必须活下去的，就算我依然是个长不大的孩子，也不能再向母亲撒娇了。接下来，我就不得不和世俗做斗争了。啊，在这世上，与世无争、不卑不亢、美丽悲壮地度过一生的人，母亲恐怕是最后一个了吧？今后再也不会有像母亲这样的人了吧？即将死去的人依然是那么美丽。而生存，生存下去才是极端丑陋的散发着血腥味道的肮脏的事情。

我幻想席子上有条怀孕的母蛇在掘洞。有件事我还没完全死心。不管是卑鄙也好，还是苟延残喘也罢，为了完成心愿，我还是要和世俗斗争下去。自从知道母亲将不久于人世的事实之后，我的浪漫和感伤就逐渐消失了，我觉得自己渐渐变成一个不能让人掉以轻心的狡猾生物了。

那天午饭刚过，我正在母亲身旁帮她润嘴唇，门外响起了停车声。和田舅舅和舅妈坐车从东京赶来了。舅舅走进母亲的房间，默默坐在母亲枕边。母亲用手帕遮住下半张脸，凝视着舅舅的脸，哭了。不过，她只是抽泣着，并没有眼泪流出来，就像个人偶一样。

“直治去哪儿了？”过了好一会儿，母亲转过脸来问我。

我来到二楼，见直治正窝在西式房间的沙发里看最新的杂志，便说：

“妈妈在叫你。”

“唉，那种生离死别，你还真能忍受得了啊！不是神经大条，就是薄情之人。我可不行啊。我内心纵然很热，可身体难挨，无论如何都不忍侍奉在妈妈身旁啊。”他胡乱地说着，仍旧穿上衣服，和我下了二楼。

我们两人并排坐在母亲枕边。母亲突然从被子里伸出一只手来，默默地指指直治，又指指我，然后将脸转向舅舅，两手紧紧地攥起来。

舅舅深深地点了点头，说道：“啊，知道啦，知道啦。”

母亲似乎放心了，轻轻闭上眼睛，悄悄将手收进被子里。

我哭了，直治也低头呜咽。

这时，三宅老医生从长冈来了，给母亲打了一针。

母亲见过舅舅后，似乎没什么遗憾了，平静地说：

“医生，请让我早点安息吧。”

老医生和舅舅面面相觑，默默无言，眼里噙着泪花。

我进入厨房，准备了舅舅爱吃的油豆腐乌冬面，端了四份出来，送到中式客厅。接着，我又将舅舅带来的丸之内酒店的三明治，给母亲看了看，放在她的枕边。

“很忙吧？”母亲小声问我。

众人在中式房间闲谈了一会。舅舅和舅妈说有急事，当晚无论如何要赶回东京去，又递给我一个装有慰问金的钱包。三宅先生和护士也准备一起回去。医生向留在我家的护士交代了一些注意事项。从他的话中可以知道，我母亲的意识还算清醒，心脏也没什么大碍，仅靠注射针剂就能维持四五天时间。于是，他们当天就驱车回东京去了。

我把他们送走后，回到母亲身边。母亲露出亲切的笑容，说道：

“忙坏了吧？”

她的声音小得好像在说悄悄话。她脸上生气勃勃，可以用容光焕发来形容。我想，大概是和舅舅见面高兴的缘故吧。

“不忙。”我稍稍放下心来，微微一笑道。

没想到，这就是我和母亲最后的谈话。

三个小时后，我母亲便去世了。在秋日静谧的黄昏里，我那美丽的母亲，日本最后一位贵妇人，便由护士摸着脉搏，在我和直治这两个仅有骨肉的守护下与世长辞了。

母亲死后，她的脸色几乎没什么改变。我父亲去世时脸色骤变，可我母亲的脸色没变，只是没了呼吸，我们甚至不知道她什么时候停止的呼吸。从前一天，她脸上的浮肿就慢慢消退了，脸颊像蜡一样光滑，薄薄的嘴唇略微歪着，好像微笑着。母亲此刻比活着时更美艳动人，感觉很像《圣母怜子图》中的圣母玛利亚。

六

战斗开始了。

我不能总是沉浸在悲痛中，有件事无论如何我都要为之奋斗。新的伦理吗？这样说似乎有些伪善，爱情，仅此而已。就像罗莎无法离开经济学一样，我如今也不能没有爱情。耶稣为了揭穿这世上的宗教家、道德家、学者、权威人士的伪善嘴脸，为了将神的真爱如实宣讲给世人听，他将自己的十二个门徒派去远方。他对门徒的训诫，对我也产生了影响。

“腰袋里不要带金银铜钱。行路不要带口袋，不要带两件褂子，也不要带鞋和拐杖。”“我差你们去，就如同羊进入狼群，所以你们要灵巧像蛇，驯良像鸽子。你们要防备人，因为他们要把你们交给公会，也要在会堂里鞭打你们。并且，你们要因为我的缘故，被送到诸侯君王面前。你们被上交的时候，不要考虑怎么说话，或说什么话。到那时，必赐给你们当说的话。因为到时你们所说的，不是你们自己说的，乃是你们父的灵在你们心里说的。”“并且你们要为我的名被众人恨恶，忍耐到底的必然得救。有人在这城里逼迫你们，就逃到那城里去。我实话告诉你们：以色列的城邑，你们还没有走遍，人子就到了。”

“那杀身体不能杀灵魂的，不要怕他们；唯有能把身体和灵魂都灭在地狱里的，正要怕他。你们不要想，我来是叫地上太平；我来并不是叫地上太平，乃是叫地上动刀兵，因为我来是叫人与父亲生疏，女儿与母亲生疏，媳妇与婆婆生疏。人的仇敌就是自己家里的人。爱父母超过爱我的，不配做我的门徒；爱儿女超过爱我的，不配做我的门徒；不背着十字架跟从我的，也不配做我的门徒。得着生命的，将要丧失生命；为我丧失生命的，将要得着生命。”

战斗开始了。

如果我发誓，为了爱情，我一定会恪守耶稣的训导，不知耶稣会不会训斥我。我不懂，为什么“爱情”不可以，而“爱”就可以呢？这两种感情难道不是一回事吗？为了不明不白的爱情而生出悲伤来，身体和灵魂都堕入地狱的人，我敢肯定，我就是那样的人。

在舅舅的帮助下，我们没有讣告亲友，就将母亲葬在了伊豆，然后在东京举行了正式的葬礼。之后，我和直治回到了伊豆的山庄，从此过着大眼瞪小眼，见面都不说话的烦闷生活。直治把母亲的珠宝都拿走了，说是要投资出版业。他到东京买醉，每次喝到半死，他就像个重症病人似的，脸色苍白、摇摇晃晃地回家睡觉。有一次，他带了一个舞女模样的年轻女子回来，他面对我时，显得满脸尴尬。

我趁这个机会说：“今天我想去东京见一个很久没见面的朋友，可能会住两三晚，请你看家吧。烧饭吗，就请那位帮忙好了。”

我像蛇一样灵巧地抓住了直治的弱点，然后将化妆品和面包收拾进手提袋里，终于能自然地去东京见那个人了。

我搭乘电车，在东京郊外的荻洼站的北口下车后，然后步行了二十分钟，到了那人战后的新居所。那人的地址，是此前我从直治那里套来的。

那天刮着刺骨的寒风，我在荻洼站下车时，天色已经变暗了。我跟过往的行人问路，请他们告诉我那人所在的社区。在昏暗的小巷里，我徘徊了近一个小时，因为害怕，我不由得哭了起来。不知不觉，我在碎石路上绊了一跤，一只木屐的带子断掉了。我不知所措地站在原地，无意间朝右手边的两间长屋望去，见其中一家的门牌上泛着白光，上面好像写着“上原”两个字。我光着一只脚，走到那家门前仔细一看，果然写着“上原二郎”四个字。只是屋里没有灯光。

该怎么办？我瞬时僵住了。但我还是怀着赴死的心情，身子像是倒在格子门上似的，紧紧靠着它，说道：

“请问里边有人吗？”

没有人回答。于是，我转过身来，用指尖抚摸着格子门，轻声问道：

“上原先生您在吗？”

没想到，里边有人应声了，是个女人的声音。

大门从里面打开了，一个气质优雅的女人在昏暗中冲我笑着，她看起来比我大三四岁的样子。

“请问您是？”她询问道，语气里没有半点恶意。

“我，我是……”

我没有说出我的名字。在这个女人面前，我的爱情让我怀有愧疚感。我惴惴不安，近乎卑微地说：

“先生呢，他不在家吗？”

“嗯，”她过意不去似的看着我，说道：

“他大概是去……”

“那地方远吗？”

“不远。”她似乎觉得可笑，抬起手挡着嘴说道，“你去荻洼站前那家叫‘白石’的关东煮小店打听一下，就大概知道他的行踪了。”

“噢，是吗？”我高兴得几乎跳起来。

“哎呀，您的木屐……”

在上原夫人的邀请下，我走进屋里，坐在门口的地板上。上原夫人给我一个皮带——大概是简易木屐带吧，在木屐带断掉时，能用它做简单修理——我用它修理起木屐来了。

这期间，夫人从里间端出一支蜡烛，随口说道：

“真不巧，家里的两个灯泡都坏了。最近，灯泡真是又贵又不经用。我丈夫要是在家的话，我会让他去买的，可他已经接连两晚没回家了。家里没钱，所以，这三天我睡得都比较早。”

她说话的时候，始终带着微笑。她身后站着一个十二三岁的女孩子，眼睛大大的，身体瘦削，不太亲近人的样子。

敌人。我虽然没把她们当作敌人，可总有一天，她们母女会视我为敌人的，到时肯定会憎恨我的。想到这些，我爱情的热度一下降了下来。修好木屐的带子后，我起身拍拍双手，拍掉了手上的脏东西。可同时，一种苦闷猛然袭上心头，简直让人无法忍受。我想跑进屋去，想在一片漆黑中紧抓夫人的手痛哭一场。我思前想后，觉得自己还是不适合做这么直白的事情，只能作罢。

“谢谢您了。”

我恭敬地鞠了躬，走了出来，接受寒风的洗礼。我边走边胡思乱想。战斗开始了。爱恋、喜欢、想念。这才是真心爱恋，真心喜爱，真心想念。真心爱恋是没法控制的，真心喜欢是没法控制的，真心思念是没法控制的。那位夫人真是难得的好人，上原小姐也很漂亮。但即使让我站在神的审判台前，我也问心无愧。人是为了爱情和革命而生的，神不该惩罚他。我一点也没有错，因为真正喜欢那人，我才大胆来见那人一面。就算露宿两三晚，我也一定要见那人一面。

很快，我就找到了车站前那家叫“白石”的关东煮店，可那人不在那里。

“他准是到阿佐谷去了。从阿佐谷站北口直走两百米左右，有个五金店，然后再右转一百米左右，有家叫‘柳屋’的小吃店。最近，先生和那家店的女招待阿舍打得火热，成天泡在那里呢。”

于是，我到车站买票，坐上开往东京的电车，在阿佐谷下车后，出北口走了快二百米，见到那家五金店，再右转一百米左右，就到了柳屋，但店里静悄悄的。

“他刚走不久，和一大帮人在一起，好像说要去西荻的千鸟酒屋那里去喝个通宵呢。”

和我说话的这个女人，比我年轻，很沉着，又文雅，又亲切。她就是那个跟他亲热得不得了的阿舍姑娘吗？

“千鸟？在西荻什么地方呢？”我有点泄气，内心忐忑不安，眼泪都快流出来了，忽然怀疑自己是不是疯了。

“我也不太清楚。好像是从西荻站下车，从南口往左拐。到时您再问问派出所的巡警吧。不过，他只喝一家是不会满足的，说不定到千鸟之前，可能会去别的地方。”

“我到千鸟看看，再见。”

我按原路返回，在阿佐谷搭上了前往立川的电车。到达荻洼后，在西荻洼的南口下车。我被寒风吹得晕头转向，好不容易找到派出所，问到了千鸟的地址。我赶了一段夜路，终于找到了千鸟。看到千鸟门口的绿灯笼时，我毫不犹豫地推开了格子门。

我走进屋里，见是个六张榻榻米大小的房间，里面烟雾缭绕，有十多个人，围坐在屋子中央的一张大桌子前，喧闹地喝着酒。那些人中间，坐着三个比我年轻的姑娘，也在吸烟喝酒。

我站在门口环视一圈，很快便找到了那个人。就像做梦一般，时隔六年，他已经变成另外一个人了。这就是我的彩虹，我的M·C，让我觉得活下去有意义的那个人吗？

六年了，他依旧头发蓬乱，只是变得稀薄了。他面庞浮肿，脸色发黄，眼睛充血，门牙脱落，说起话来嘴唇不停抖动，像个弯腰驼背的老猴子一样坐在屋子的角落里。

有个姑娘发现了我，向上原先生使眼色，示意我来了。但那人坐着没动，伸着细长的脖颈，面无表情地抬抬下巴，示意我过去坐。其他在场的人对我毫无兴趣，依旧玩乐着，但还是一一挪动屁股，给我腾出一个位子，让我坐在上原先生右侧。

我默默坐下。上原先生给我的杯子里倒满酒，又往自己的杯子里添了些酒，然后用嘶哑的嗓音低声说：

“干杯。”

两只杯子轻轻地碰在一起，发出悲哀的“咔嚓”声。

“断头台、断头台，骨碌骨碌！”不知是谁开了个头，马上有人应和道：“断头台、断头台，骨碌骨碌。”那两人用力地碰杯，一口气喝干了杯中的酒。紧接着，四周此起彼伏地响起那荒唐无稽的歌声，大家频繁地碰杯喝酒。他们像是用这种戏谑的节奏制造气氛，硬将酒灌下肚去。

“失敬！失敬！”

有人说完这句，踩着云雾一般离开了酒桌。但没过多久，就有新的酒客过来，朝上原先生点头示意后，加入进来。

“上原先生，那个地方，就是‘啊啊啊’那个地方，您觉得怎么读才好呢？是‘啊，啊，啊’呢，还是‘啊啊，啊’呢？”有个人探出身子问上原先生。我记得在舞台上见过他，他是话剧演员藤田。

“是‘啊啊，啊’。就像‘啊啊，啊’，千鸟的酒可真贵啊！”上原先生答道。

“老是讲钱。”一个姑娘说。

“两只麻雀卖一文钱，是贵还是便宜啊？”一个年轻绅士问道。

“耶稣说‘若有一文钱没有还清，你断不能从那里出来’。这其实是话里有话。他又说五塔兰特[①]、两塔兰特、一塔兰特，可真是麻烦的比喻呀！看来耶稣也很会算账啊。”另外一个绅士说。

“而且那家伙还是酒鬼呢。我原本就感到奇怪，《圣经》里居然有那么多有关酒的比喻。《圣经》里不记载着，说他曾被责难为‘嗜酒的人’。说的不是‘饮酒的人’，而是‘嗜酒的人’。他说不定是个大酒鬼，是一次就能喝一升的那种。”又一个绅士补充道。

“行了行了，你们怕受谴责，就拿耶稣来当幌子吧。小惠惠，来，咱们喝酒。断头台、断头台，骨碌骨碌。”上原先生与最年轻漂亮的那位姑娘用力地碰杯，然后“咕咚”一声喝干了杯里的酒。酒顺着他的嘴角流下来，下巴都沾湿了。他有些恼怒似的胡乱抹了一把，然后接连打了五六个喷嚏。

我悄悄起身，去了隔壁房间，向面色苍白、身材瘦削的老板娘询问厕所的位置。我从厕所出来，经过那个隔壁房间时，就见刚才那个最年轻漂亮的阿惠姑娘站在那里，好像在等着我似的。

“您肚子饿吗？”她亲切地笑着问我。

“嗯，有点饿。我带着面包呢。”

“也没什么好款待你们的，”老板娘病恹恹的，侧卧在长方形

---

① 塔兰特：古代中东等地使用的质量单位。

的火盆旁，慵懒地说，“就在这个房间吃点饭吧。陪着那种酒鬼喝酒，一晚上也吃不上饭的。别客气，请坐到这里来吧。阿惠你也过来吧。”

“喂，阿娟，没酒了！”有个绅士在隔壁房间喊道。

“来了，来了。”一个三十岁上下的女招待答应着，端着一个盆子出来了，盆中装着二十几壶酒。这个阿娟，三十岁上下的样子，身穿漂亮的条纹和服。

老板娘笑着叫住她，说道：“这里也来两壶吧。另外，阿娟，麻烦你去巷子里的铃木家买两碗乌冬面来吧。”

我和阿惠并排坐在火盆边烤火。

“坐在垫子上吧，天这么冷，您不喝一杯吗？”

老板娘说着，往自己的杯子里倒了些酒，然后往另外两个杯子里倒了酒。

我们三人默默地喝着酒。

“大家的酒量都不错啊。”不知为何，老板娘平静地说了这句话。

这时，就听见咯嗒咯嗒的开门声，接着就是一个青年的声音：“先生，我带来啦！咱们那个社长可真精明啊，我坚持要两万，纠缠了半天，才给了一万。”

“是支票吗？”上原先生沙哑地问道。

“不，是现款，真是抱歉啊。”

“嗯，没什么，我来写收据。”

这时，仍有“断头台、断头台，骨碌骨碌”的歌声传来，还混杂着碰杯声。

“阿直先生呢？”

老板娘认真地问阿惠小姐。听她这么问，我吓了一跳。

“不知道，我又不是阿直先生的跟班。”阿惠小姐慌得脸颊绯红。

“他最近是不是和上原先生闹别扭了？以前他们两人可总是在一起的啊！”老板娘沉静地说。

“听说他喜欢起跳舞来了，大概是爱上舞女了吧？”

“阿直先生啊，酗酒又玩女人，真是过分啊。”

“这都是上原先生教导有方啊。”

“我看阿直先生有过之而无不及，那种落魄的公子哥……”

“对不起。”

我笑着插嘴道，因为我觉得如果再沉默下去，这两人会说出更无礼的话来。

“我是直治的姐姐。”

听我如此说，老板娘大吃一惊，重新打量我。阿惠倒是显得很平静。

“长得可真像。我刚才看您站在昏暗的外间里，还以为您是阿直先生哩。”

老板娘一改刚才的腔调：“我这破地方，真是让您见笑了。那您和上原先生早就认识？”

“嗯。六年前就认识了……”

我说到半截，就低下头去，两眼噙着泪水。

“让你们久等了。”女招待阿娟将乌冬面端了上来。

“请趁热吃吧。”老板娘劝道。

“那就不客气了。”

乌冬面的热气扑面而来，我哧溜哧溜地吃着面条，仿佛品尝到了极端贫困生活的凄凉味道。

“断头台、断头台，骨碌骨碌。断头台、断头台，骨碌骨碌。”上原先生低声哼唱着，走进我们的房间，“扑通”一声盘腿坐在我身旁，默默地将一个大信封交给老板娘。

“就这么点，余下的你可别想赖账哦。”老板娘笑着接过信封，只是摸了一下，看也没看就直接放到火盆旁的抽屉里去了。

“会拿来的。余下的酒钱得明年给了。”

“又这样说。”

一万元。一万元不知道可以买多少灯泡呢！我要是有这么多钱，起码够生活一年了。唉，真不知这些人是怎么想的。说不定，他们就和我追求爱情一样，不这么做就没法继续活下去吧。如果说人生在世就得活下去，也就没必要就他们的生活方式多做评价了。活着，本身就是件让人痛苦得要窒息的大事啊！

“总之，”隔壁房间有位绅士说道，“今后要在东京生活，不厚颜无耻地说些‘您好您好’之类的奉承话，怎能混得下去呢。如今要恪守厚重、诚实之类的美德，那就像使劲拉住那吊死人的脚一样。厚重？诚实？呸！如果你没法厚着脸皮说‘您好您好’之类的奉承话，那就只剩下三条路可选了：一是回家种田，二是自杀，三是靠女人吃饭。”

“这三条路都走不通的可怜家伙，那就只有一个办法了。”另一个绅士说道。

“那就是让上原二郎请客，喝个痛快。”

于是，外面又是一阵“断头台、断头台，骨碌骨碌”声。

“你没有住的地方吧？”上原先生自言自语似的低声问道。

“我吗？”

我感到自己心中的那条毒蛇扬起了镰刀形的脖子。敌意。我心中涌起一股近乎敌意的情绪，不由得一下绷直了身体。

“你能和我们挤在一起睡吗？虽然有点儿冷。”上原先生无视我的敌意，仍旧小声嘟囔着。

“不行吧？”老板娘插嘴说道，“太可怜了吧。”

上原先生撇着嘴说：“要是那样，就不该来这种地方。”

我沉默不语。这人肯定是看过我写给他的信了。我能从他的话里察觉出来，他比谁都爱我。

“真让人头疼啊。只好请福井先生帮忙了。阿惠小姐，你能帮忙带她去吗？算了，两个女人在路上走太危险了。真麻烦啊！大婶，请你把这位小姐的木屐放到厨房去吧。我去送她。”

外面夜色已深，风基本上停了，星星满天，眨着眼睛。我和他肩并肩走着。

“大家挤着睡也好，怎么都好，都可以。”

上原先生带着倦意“嗯”了一声。

“想单独地两个人相处一下，对吧？”我说完就笑了。

“就因为这样才讨厌。”

他说这话时面无表情。我清楚意识到，他其实非常喜欢我。

“您每天晚上都这么喝酒吗？”

“是啊，每天。从早晨开始。”

“酒就那么好喝吗？”

“很难喝。”

不知为何，听他这么说，我不禁感到脊背发凉。

“工作呢？”

“别提了，一塌糊涂。写什么都觉得无趣，悲观得要死。现在是生命的黄昏，人类的黄昏，艺术的黄昏。这种话说出来真让人反胃。"

"尤特里罗[①]。"我不假思索就脱口说出这个名字。

"哦，尤特里罗！好像还活着吧。"他是个大酒鬼，只是个躯壳罢了。近十年来，那家伙的画作越加粗俗了，太烂了。"

"不光是尤特里罗吧，其他名人巨匠也都……"

"是啊，都凋零了。但嫩芽还没成长就凋零了。霜，Frost。这世界好像结了一层霜啊。"

上原先生轻轻抱着我的肩膀，我的身子像被上原先生的大和服袖子给裹起来一般，但我没有拒绝，反倒偎依着他，慢慢向前走着。

路旁树木的树枝。是没有一片树叶的光秃秃的树枝，枝头刺向天空。

"这树枝很美呀！"我情不自禁地小声道。

"嗯，鲜花和黑树枝的调和。"他没料到我会这么说，有些惊慌失措地附和说。

"不，我喜欢的是没有花没有叶子没有树芽的光秃秃的树枝。就是这样，它也是好好活着的！和枯枝是不同的。"

"只有自然界才不会衰败啊！"上原先生说完，接连打了好几个喷嚏。

"感冒？"

"没有。这是我的一个怪病，在酒喝到一定的饱和点的时候，

---

① 尤特里罗：是20世纪法国画坛最杰出的天才画家之一，也是以自学为主独立成材的最好典范。他享有"巴黎之子"的美誉。因为奇特的身世和不幸的遭遇，他少年时曾嗜酒如命。

马上就会打喷嚏，就像喝多了的气压计一样。”

“那爱情呢？”

“唉？”

“有谁了吗？让你能达到饱和点的女人？”

“女人都一样，太烦人了。不瞒你说，现在有一个。不，应该说是半个。”

“看到我给您写的信了吗？”

“看到了。”

“那您的回信呢？”

“我讨厌贵族。像你们这样的人，随时随地都趾高气昂，傲慢无比。你弟弟阿直虽然是贵族，却是个了不起的男人。就是这样，他有时也会任性，让人忍受不了。像我这种乡下出身的小老百姓，每次走到河边时，都会想起儿时在家乡小河中钓鱼的事情。所谓的贵族，实在是太气人了。”

我们沿着河边的小路往前走。小河在黑暗中发出微弱的水响。

“对我这种从农村来的，你们贵族别说理解，只会蔑视我们。”

“屠格涅夫呢？”

“那家伙是个贵族，所以我不喜欢他。”

“但他写的《猎人笔记》……”

“嗯，那本书还不错。”

“它写的是农村生活的感伤……”

“那家伙是乡下的贵族，所以能写出来吧，这没什么好奇怪的。”

“我现在也是乡下人，而且是乡下的穷人。”

“现在还喜欢我吗？”他语气粗暴地问，“还想生我的孩子吗？”

我回答不上来。

他的脸像滚落的山石一样突然靠了过来，开始胡乱地吻我，那是充满性欲的吻。我虽然接受了他的吻，但却流出了泪水。这苦涩的泪中饱含屈辱和悔恨。泪水打湿了我的脸颊。

之后，我们两人继续朝前走去。

“完了。喜欢上你了。”他笑着说。

可我笑不出来，只是皱着眉头，抿着嘴。

真是没办法啊。

要是能用言语表达的话，我心里就是这种感觉。我注意到自己趿拉着木屐，连步子都乱了。

“完了。”这个男人又说了一遍。

“走一步算一步吧。”

“听着可有点刺耳啊。”

“你这家伙！”上原先生轻轻在我肩上打了一拳，又打了个大喷嚏。

到福井先生家了，可看样子那家人都睡了。

“电报，电报！福井先生，你的电报！”上原先生敲着门，大声喊道。

“是上原吗？”房内传来一个男人的声音。

“正是。王子和公主到你家来借宿一晚。这么冷的天，让我一个劲儿地打喷嚏，好不容易私奔出来，就快变成滑稽戏了。”

大门从里面打开了。从里面走出一个五十多岁的秃头的小个子男人来，他穿着鲜艳的睡衣，脸上挂着奇怪的憨笑，出门来迎接我们。

“打扰了。”上原先生说完，便连斗篷都没脱，就直接走进了屋子。

“工作室太冷了，把二楼借给我吧。快进来。”

说完，他便拉着我的手，穿过走廊，登上楼梯，进了一个漆黑的房间。他到屋角，“咔哒”一声拉开电灯。

“好像高级酒店的房间啊。”

“嗯，这是有钱人的喜好。给他这个三流的画家真是太可惜了。他贼运亨通，无灾无难的。这么好的房间不用白不用。快睡吧！”

他就像在自己家里一样，随手打开壁橱，取出被褥来，铺在地上。

“你睡在这里吧，我回去了。明天早上我来接你。厕所下楼往右一拐就是。”

说完，他就走了。接着就传来他下楼的嗒嗒声，不像是走下去的，像是滚下去似的。等他离开后，就什么声音都没有了。

我熄灯后，脱下父亲生前用天鹅绒给我定做的外套，解下腰带，没有脱下和服，就直接钻进了被窝。我太累了，再加上喝了酒，浑身酸软，所以躺下不久就迷迷糊糊地睡着了。

不知什么时候，我发现那人竟然躺在我身边。我无言地抵抗了近一个小时，忽然觉得他很是可怜，也就放弃抵抗了。

“如果不这样做，您就不安心吗？”

“是啊，就是这种感觉。”

“您身体不好，对吗？最近咯血吗？”

“你听谁说的？最近我身体的确不好，咳出不少血。不过谁也不知道。”

“因为您嘴里的气味和我母亲去世前的气味一样。”

“我一直拼命喝酒，活着让我感到无限悲伤。我没有闲情逸致去感受空虚寂寞，我感到的只是悲伤而已。当你心情郁闷时，四周便净是叹息之声，哪会感受到自己幸福呢？当你活着根本没有幸福和荣誉可言时，你会是什么心情呢？努力，那只不过是饥饿野兽的诱饵罢了。痛苦的人实在太多了。你觉得我是在无病呻吟吗？”

“不。”

“看来只有爱而已。正如你信上所说的。”

“是的。”

我的爱情消失了。

天亮了。

借着微弱的亮光，我仔细凝视睡在我身旁的这个男人的脸。一张垂死之人的脸，脸上写满了疲倦。

牺牲者的脸，高贵的牺牲者。

我的爱人，我的彩虹，我的孩子，可憎的人，狡猾的人。

此时，望着这张举世无双的脸，我觉得他异常美丽，我的心异常激动，觉得爱情又回到了我身边。我抚摸他的头发，主动亲吻了他。

悲哀，一种满是悲哀的爱情实现了。

上原先生闭着眼睛，紧紧抱住我说：

“是我过去对你怀有偏见。因为我是穷人家的孩子。”

我不想离开他了。

“我现在很幸福。就算四周都传来忧郁的叹息声，我现在的幸福感达到了饱和点。我幸福得就要打喷嚏了。”

上原先生呵呵一笑，说道：

“但已经完了，已经是黄昏了。”

“不，还是早晨。”

我弟弟直治，在那天早晨自杀了。

七

直治的遗书。

姐姐。

我受不了了，再见。

我实在不懂我为什么要活着。

让想活着的人活着就行了。

人既然有生存的权利，那同样也应该有死亡的权利。

我是这样想的，而这种想法一点也不新奇。这是众所周知的道理，只是害怕说出口罢了。

想要活下去的人，不管遇到什么困难，都会顽强活下去的。这一点非常棒，身为人类的优越感肯定起到了作用。但我觉得，死也不是什么罪过。

我觉得，我这根草是很难在这世上的空气和阳光中存活了。要是活下去，总觉得还缺少点什么。我能活到现在，已经拼尽了全力。

我进入高中后，第一次遇到了和我所处的阶层完全不同的友人，他们就像草一样坚强，野火烧不尽，春风吹又生。为了不输给他们，我吸食大麻，好和他们疯狂地对抗。后来，我当兵进了部队，将吸食鸦片作为自身活下去的最后手段。姐姐，你可能不会理解我的这种心情吧。

我想变得更强壮、更凶暴一些，我以为这是结交大众朋友的唯一途径。只靠喝酒是不行的，因为它不能让我一直处于晕晕乎乎的状态，必须要靠吸食大麻才行。我必须忘记家庭，必须和父亲抗争，必须拒绝母亲的关心，必须对姐姐冷淡。因为不这样做，我就拿不到进入大众圈子的入场券。

我终于变得粗俗了，连说话都变得庸俗不堪了。但我是个笨拙的工匠，我所说的那些话，有一半，不，有百分之六十是现学现卖的，剩下的百分之四十也彻底变粗俗了。在普通人眼中，我依旧是个装腔作势、让人作呕的男人。就算和我一起吃喝玩乐，他们也从不愿向我打开心扉。但现在，我已经无法回到抛弃我的沙龙里去了。因为我一刻也不能忍受那些所谓的上流沙龙里的高雅，那只会让我感到恶心。而那些地位显赫、目中无人的人，他们见到我粗俗的举止，也会目瞪口呆，拒绝再接纳我。无法再回到以前我所抛弃的世界，如今又只能坐在大众施舍给我的却又充满敌意的观众席上。

从古至今，像我这种缺乏生命力的有缺陷的小草，根本没有思想可言。或许等着我的命运就只有自生自灭。但我想说，很多情况都让我活不下去。

所有人都是一样的。

这句话折射出什么思想吗？我认为能说出这句不可思议的话的人，应该不是宗教家、哲学家和艺术家。这句话应该是在酒馆里诞生的。像蛆一点一点从地下爬出来一样，不知谁最先说了这句话，之后就慢慢传开了，传播到全世界，让全世界的人都变得不和谐了。

这句不可思议的话，和民主主义、马克思主义没有任何关系。这肯定是那些丑男在酒馆喝酒时骂美男子的一句话。这句话充满焦躁和忌妒，根本毫无思想可言。

可是，这句源自酒场的充满忌妒和谩骂的话，竟然被冠以思想的名义，在民众间大肆传播开来。原本，民主主义和马克思主义是没有关系的，但不知从何时起，被荒诞地、拙劣地作为政治思想和经济思想来使用。就是梅菲斯特[①]大放厥词，恐怕也不会将这句不可思议的话当作思想来宣传吧，恐怕也会因为受到良心谴责而犹豫不决吧。

所有人都是一样的。

这是一句多么卑劣的话啊！蔑视别人的同时也小看了自己，毫无自尊可言，也教人放弃所有努力。马克思主义主张劳动人民是社会的主宰，但也没说劳动人民都是一样的。民主主义尊重个人尊严，但也没说所有人都是一样的。只有皮条客，他们才会说："再怎么装腔作势，人不都是一样的吗？"

为什么说是一样的，而不说优于别人呢？这就是一种奴隶劣根性的复仇。

其实，这句话猥琐而可怕，使所有的人都相互防备，所有的思想都被强奸，所有的努力都被嘲笑，所有的幸福都被否定，所有的美貌都被亵渎，所有的荣誉都被抹杀。我觉得所谓的"世纪性的不安"，都是由这句不可思议的

① 梅菲斯特：是歌德诗剧《浮士德》中的魔鬼。

话引起的。

尽管讨厌这句话，可我还是受它胁迫，害怕得瑟瑟发抖。现在，不管做什么事，我都惶恐不安，不知所措。索性，我就靠酒精和麻药来安慰自己，在头晕目眩中寻得片刻安宁。但这样做的后果就是我变得越加颓废了。

我太软弱了吧！因为我是棵有致命缺陷的小草啊！皮条客们听了这些话，或许会笑话我，说我在找借口，说我本身就是个贪图享乐的人，是个懒鬼，是个色狼。如果是以前听别人这么说我，我会腼腆地点头默认，不和他争辩。但我现在是个将死的人，我要抗争两句。

姐姐，请你相信我。

我喜欢玩乐，可我一点也不快乐。这或许就是快乐功能性障碍吧。我只是想挣脱贵族的阴影，才发疯似的玩乐。

姐姐，我们有罪吗？出生在贵族家庭是我们的错吗？就因为出生在这样的家庭里，我们就必须像犹太人那样诚惶诚恐地谢罪，战战兢兢地生活吗？

我原本应该早死的，但一想到妈妈的爱，我就没办法去死。人拥有自主生存的权利，同样也拥有自主死亡的权利。不过母亲活着时，我必须保留这种自主死亡的权利。因为这种权利是会害死母亲的。

不过现在好了，没有人会因为我的死伤痛欲绝了。不，姐姐你别说，我知道你，我知道失去我你会有多悲伤。别说了，就让我们抛开那些装腔作势的感伤吧。得知我的死讯，你们一定会哭的，但如果你们想想我活着时有多痛苦，再想想我从痛苦的人生中完全解脱出来，你们就不会那么悲伤了。

那些没有给我任何援助的正人君子，只会指手画脚，指责我不应该自杀，应该顽强地活下去。那些人都是些能心平气和地建议天皇陛下去开水果店的“大人物”。

姐姐，死是我最大的解脱。因为在别人看来，我根本没有所谓的生活能力，也不会挣钱，甚至凑不到人群中去。和上原先生一起饮酒作乐时，所有的花销都是我出的。按照上原先生的说法，我这是贵族虚伪的自尊。其实，我埋单并不是为了自尊，是我没法用上原先生的劳动所得去吃喝玩乐。要说这全是因为我尊敬上原先生的工作，好像也不全是，我也说不清楚，就是觉得被人请客是很可怕的事。尤其是那人用自己双手挣来的钱请客，我如果接受了，心里会更痛苦的。

我从家里拿走不少钱和东西，已经够让妈妈和你伤心的了，我自己也不快乐。我说的出版计划只不过是借口，我根本没有认真去做这件事。一个连别人请客吃饭都不能接受的男人，就算用心做事，也根本赚不到钱。就算我再愚蠢，这点道理我还是明白的。

姐姐，我们已经成了穷人。我本想趁着活着时好好款待别人，可如今却陷入了别人不请客就活不下去的境地。

姐姐，你说这样我还有什么活下去的理由？我受不了了，我还是去死吧。我有一种药，吃下去会毫无痛苦地死去，是我当兵时搞到的。

姐姐是个非常漂亮的人（我一直为有漂亮的妈妈和姐

姐感到自豪），也很聪明，所以我不担心你的未来。再说，我也没资格替你担心，就好像小偷同情被偷了东西的人一样，我只感到面红耳赤。姐姐，你以后会有自己的孩子的，也会和丈夫幸福生活下去的。

姐姐，我有个秘密，一直埋在心底，从未跟人说过。

在战地时，我一直想着一个人，做梦时经常梦见她，有好几次醒来时还哭了。

她的名字，就是烂在心里我也不能说出来。可现在我就要死了，觉得至少在死前将这件事告诉你。可我还是无法说出她的名字来。

一想到将这个秘密埋在心底，对谁也不说就死去的话，那就是我的尸体被火化了，埋藏在我心底的秘密也烧不干净，会臭烘烘地残留下来，我就深感不安。所以，我打算把这个秘密讲给姐姐一个人听。就像讲虚构故事一样，细节我就不明说了。读了这个虚构故事，你马上就能知道这个人是谁了。说是虚构故事，我也只是换了个人名而已。

姐姐，你不认识她吗？

我觉得你应该是认识她的。或许只是听说过，但没见过面吧。她比姐姐大几岁，丹凤眼，头发没烫过，总是在脑后梳成一个发髻，看上去很土的发型。她穿着廉价的衣服，却不邋遢，打扮得干净得体。她是一位中年画家的夫人。那位画家在战后陆续发表了很多新兴画法的画作，一举成名。他的风评不好，在外面拈花惹草，但他夫人对此不闻不问，就算别人提起，也只是一笑了之。

我站起身来："那我先走了。"

她也站起来，毫无戒备地走到我身旁，仰头看着我，说道：

"为什么？"

她语气平静，不明所以地歪头看着我的眼睛。她眼中没有任何邪念，也没有任何掩饰。平时，我一和女人对视就觉得心虚，马上移开视线，可这次，我没感到一丝羞怯和不自在。我隔着一尺左右的距离，心情舒畅地注视着她的眼睛，持续的时间超过了六十秒。看着她的眼睛，我不由自主地微笑起来：

"不过……"

"他马上就回来了。"她依旧一本正经地说。

我突然觉得，她这种表情带给我正直的感觉，和那种教科书式的、中规中矩的表情不同，她这种表情所传达的正直美德，本身就是可爱的东西。

"那我下次再来吧。"

"那好吧。"

自始至终，我们的对话没有显得不自然。这是某个夏日的午后，我去那位西洋画家的公寓拜访，但他刚巧不在。夫人说她先生应该很快会回来的，问我要不要进去等。我听从了夫人的建议，进了她家，在房间里翻了三十分钟的杂志，见画家还没回来，准备起身告辞时，就发生了上面的对话。那天那时那人的那双眼睛，让我陷入了一场苦恋。

高贵，用这个词来形容画家夫人一点也不为过。我敢断言，在我认识的贵族中，除了妈妈以外，再也没有人拥有她那样纯洁、正直的眼神了。

一个冬日的傍晚，我再次被她脸庞的侧影吸引了。仍然是在那位画家的家里，我和画家坐在暖桌[①]前，从早上就开始喝酒，将日本那些所谓的文化名人批得体无完肤，骂完后就哈哈大笑。没多久，画家就喝醉了，躺在一边鼾声不断。我最后也喝醉了，在画家身边躺下来，迷迷糊糊快要睡着的时候，发觉有人在给我盖毛毯。我微微睁开惺忪的双眼，看见在东京冬日傍晚淡蓝色的天空下，画家夫人抱着女儿站在窗边。夫人静静地站着，她那端庄的侧脸在远处淡蓝色天空的映衬下，就像欧洲文艺复兴时期的侧脸画一样，轮廓清晰分明。她给我盖上毛毯的举动，不容任何情欲的念头来玷污。啊，这个时候，用“人性”这个词来形容再恰当不过了。她对人怀着怜悯关爱之心，才会无意识地做出关怀我的举动。她眺望远方的样子，就像画一样宁静安详。

我闭上眼睛，爱她爱得简直要发狂了。眼中难以抑制的热泪，顺着脸颊打湿了毛毯。

姐姐，我最初去那位画家家里玩，是陶醉于他画作的诡异风格，以及画中蕴藏的激情。但和他混熟后，发现他其实是个没教养、很荒唐、很卑鄙的人。与之相反，我反倒被他夫人的善良心地所打动，我被她迷住了，不，应该说，我爱上这位有“正直爱情观”的夫人了。后来，我到

---

① 暖桌：也称被炉，是日本的一种取暖用具。

那位画家家里去，纯粹是为了见到他的夫人。

如果说那位画家的画作里或多或少带有一些高贵的艺术气息的话，那是因为他创作时，受到了他夫人美好心灵的影响吧。

现在让我评价那位画家的话，那他应该是一个喜欢饮酒作乐的投机商人。为了挣得饮酒作乐所需的费用，他在画布上胡乱涂抹一番，然后利用宣传造势，故意坐地起价。那个人所拥有的，就是乡巴佬的厚脸皮、愚蠢的自信以及狡猾的商业头脑。除此之外，他就什么也没有了。

对于他人的画作，无论是外国画还是日本画，其实他一窍不通，就连他自己的画作，他也不明白自己画的是什么。他只是为了获得吃喝玩乐的经费，而用画具在画布上疯狂地胡乱涂抹罢了。

更令人吃惊的是，对于自己的荒唐行径，那个人竟然感觉不到丝毫的不安和羞愧。他觉得自己说的都是对的。

他不但不以为耻，反倒扬扬自得。他那种连自己的画都不懂的人，哪会懂得他人工作的重要性，只会一味地贬低诽谤他人。

这人过着颓废的生活，嘴上一个劲儿地说自己如何如何痛苦，其实就是个什么都不懂的乡巴佬，来到梦寐以求的大城市，意外地获得成功后，他便忘乎所以，每天到处游玩了。

有一次，我跟他说："朋友们都在玩乐，就我一个人用功也觉得难为情，惶恐不安，就算我不想玩乐也得加入他们。"

没料到，这位中年西洋画家满不在乎地说：

“唉？这是你讨厌的贵族脾气在作怪吧。换成是我，如果我看着别人玩而自己不玩的话，那我会觉得吃亏的，所以我也会拼命玩的。”

当时我从心底里瞧不起他。他自己放荡不羁，无节制地玩乐，不以为耻反以为荣。真是个愚蠢的享乐主义者。

我想，我就是说那位西洋画家再多坏话也跟姐姐没有关系。但我和他交往那么久，临死之际，我还是挺想念他的，甚至有想和他见最后一面的冲动。此时，我对他一点也不憎恨。其实，那人有诸多优点，也有诸多苦衷，我就不想再多说了。

姐姐。我只想告诉你，我很想念他的夫人，朝思暮想，内心焦灼痛苦。但姐姐你知道后，请不要对别人说，更不要去告诉那位夫人，也不要费事地去帮我完成这个遗愿。姐姐知道后，就只需在心里想“啊，原来是这样”就行了。如果说我还有什么奢望的话，那就是听了我这让人感到羞耻的坦白之后，还有人能理解我活着的痛苦，我就很高兴了。哪怕只有姐姐你一个人。

有一次，我梦见自己牵着那位夫人的手，发现夫人早就喜欢我了。从梦中醒来，我似乎还能感觉到太太指尖的余温。我觉得自己应该就此满足了，是时候该放手了。我并不害怕那杀人的道德，而是怕那个神经兮兮的画家，不，应该说是那个疯疯癫癫的画家，害怕得不得了。我想放弃，将心里的火发泄到别处去。于是，我抓到什么就是什么，和各种各样的女人交往，疯狂到就连那个画家看了都要皱眉头。我这样做，只是想不再幻想那位夫人，想彻底忘掉她。可还是不行。最终我发现，我还是只爱那个女人。我可以明确地说，除了那位夫人，我从没觉得其他女人漂亮可爱过。

姐姐。请让我在死前写一次吧。

……小菅。

这就是那位夫人的名字。

昨天，我带着一个根本不喜欢的舞女（这个女人真的很蠢）到山庄来了。我绝不是想自杀才回来的，虽然我打算近期结束生命。这个女人缠着我，要我带她去旅行，而我也在东京玩累了。我想，带着这个傻女人到山庄里住两三晚也不错，知道会给姐姐带来不便，但我还是带她来了。后来，姐姐去东京见朋友了，我突然觉得，不如就趁这个机会死吧。

我原本是想死在西片町老家的里屋的，因为我不想死在街上或野外，让那些好事者对我的尸体品头论足，我无法忍受这一点。可西片町老家的房子转卖给了别人，如今只能死在山庄里了。不过，如果选择姐姐在时自杀的话，第一个发现的人肯定是姐姐。一想到姐姐见到我尸体后惊慌悲伤的样子，我就心情沉重，所以绝不能选择晚上或山庄里只有姐姐和我两人在的时候自杀。

现在是一个千载难逢的好机会。姐姐不在家，那个愚蠢的舞女会是第一个发现我尸体的人。

昨晚，我们两个喝完酒后，我让那个舞女睡在二楼的西式房间里，我一个人到妈妈去世的房间里，铺好被褥，然后开始写这封遗书。

我已经没有任何活下去的希望了。永别了。

最终我将自然死去。人并不是只有思想会消失的。

我还有一个不太好意思说的请求。姐姐，你不正用妈妈的一件麻料衣服给我改做夏天穿的和服吗？请把那件和服放进我的棺材里吧。我很想穿它。

天就快亮了。姐姐，一直以来，给你添麻烦了。

永别了！

现在，我已经从昨晚的酒醉中清醒过来了。我不是因为喝醉酒才自杀的。

再说一次，姐姐，永别了！

姐姐，我是贵族。

八

一切都恍如梦境。

大家都渐渐离我远去。

料理完直治的葬礼，我独自在冬日的山庄里住了一个月的时间。

我的心平静如水，给那人寄去一封长信。这应该是我写给他的最后一封信了。

看来您也把我抛下了啊，不，应该是渐渐淡忘了吧。

但是，我很幸福。虽然感觉失去了所有，但是，我如愿怀上了孩子。肚子里的小生命，在我孤独的时候，成为微笑的种子。

我从没觉得自己的肮脏计划失败了。最近，我终于渐渐懂得，这个世界上，为什么存在战争、和平、贸易、祝贺和政治。你可能不知道，所以才不管到什么时候都那么不幸。就让我来告诉你吧，那都是为了女人能生出更好的孩子。

我从一开始就不相信你的人格，也没指望你为我负责，我只是为了完成自己的爱情冒险任务罢了。现在，我已经如愿，所以内心就像森林里的沼泽那样平静。

我觉得我胜利了。

玛利亚生下一个不属于她丈夫的孩子，那她也会感到自豪，因为他们母子是圣母和耶稣。

我漠视传统道德，坦然地为获得一个好孩子而感到满足。

你今后恐怕还会和以前一样，唱着古怪的歌曲，和那些年轻人一起饮酒作乐，继续过颓废的生活吧。我是不会阻止你的，因为那种生活可能是你最后的斗争方式吧。

戒掉酒、治好病、从事体面的工作，我不会那样虚情假意地劝说你。和所谓的体面工作相比，倒不如将舍命进行到底，倒不如将你所谓的不道德的生活方式进行到底。或许，后人还会佩服你呢。

牺牲者，你我势必都会成为道德过渡期的牺牲者。

革命究竟在哪里进行呢？反正我们周围，传统道德依旧盛行，没有丝毫改变，我们依旧看不到光明的前途。无论海面如何波涛汹涌，可海底依旧纹丝不动，海狸们仍旧在安眠。

不过我依然觉得，在第一回合的斗争中，我的确撼动了传统道德，尽管成效很小。今后，我会和即将降临的孩子一起，进行第二回合、第三回合的斗争。

为所爱的人生下孩子，并将他抚养成人，就意味着我的道德革命任务完成了。

就算你忘了我，或是因为酗酒死了，为了完成我的道德革命，我都会顽强地活下去的。

最近，我从别人那里听到一些你的事情，从中得知你的人格有多卑劣。不过，我知道让我坚强起来的人是你，在我心中画出一道革命彩虹的人是你，给予我人生目标的人是你。

我为你感到自豪，等我生下孩子后，也要让他为你感到自豪。

私生子和他母亲。

我们要和传统道德抗争到底，像太阳一样充满热情地活下去。

请你，也用自己的方式斗争下去吧。

革命尚未成功，还需要很多很多令人惋惜但又无比高贵的牺牲者。如今，这世上已经有一个牺牲者了，他的名字叫上原。

我对您已经别无他求。不过，为了这个小牺牲者，请您答应我一个请求吧。

那就是，请您的夫人抱一次我的孩子，一次就好。那时我会说：

“这是直治和一个女人偷偷生下的孩子。”

请不要问我为什么这样说，其中的缘由，我不想告诉任何人。但我觉得非这么做不可。为了一个叫直治的小牺牲者，请您一定要答应我这个请求。

你可能会不高兴吧。就算你不高兴，也请一定要忍耐。因为这是一个被您遗忘、被您抛弃的女人唯一一个任性的请求。请你一定要答应。

M·C，我的滑稽戏演员

昭和二十二年二月七日